Ernst Theodor Amadeus Hoffmann, geboren am 24. Januar 1776 in Königsberg, ist am 25. Juni 1822 in Berlin gestorben.

E. T. A. Hoffmanns Nachwirkung ist immens – als Erzähler, auch als Komponist. Die Nachtgestalten, das Schaurige, das Traurige, das Ungeheure geben seinen Erzählungen die unnachahmliche Atmosphäre. Er liebt die Randfiguren des Lebens, die Darstellungen von Grenzsituationen, Vorgänge des Grauens, ohne aber Grauen zu erregen. Edgar Allan Poe hat die von E. T. A. Hoffmann begründete Tradition verdichtet und ebenso fortgeführt wie Stevenson in seiner Geschichte des *Seltsamen Falls von Dr. Jekyll und Mr. Hyde.*

Monika Wurmdobler ist es gelungen, mit ihren farbigen Illustrationen diese schaurige Atmosphäre einzufangen, diese Zwischenwelt zwischen Traum und Wirklichkeit. Die Sammlung enthält unter anderem *Die Abenteuer der Silvester-Nacht, Das Majorat, Der unheimliche Gast.*

insel taschenbuch 1880
E. T. A. Hoffmann
Spukgeschichten

E.T.A. Hoffmann
Spukgeschichten

Mit farbigen Illustrationen
von Monika Wurmdobler
Insel Verlag

insel taschenbuch 1880
Erste Auflage 1996
© Insel Verlag Frankfurt am Main und Leipzig 1996
Alle Rechte vorbehalten
Hinweise zu dieser Ausgabe am Schluß des Bandes
Vertrieb durch den Suhrkamp Taschenbuch Verlag
Umschlag nach Entwürfen von Willy Fleckhaus
Satz: Hümmer GmbH, Waldbüttelbrunn
Druck: Nomos Verlagsgesellschaft, Baden-Baden
Printed in Germany

1 2 3 4 6 – 01 00 99 98 97 96

Inhalt

Die Automate

Der redende Türke machte allgemeines Aufsehen, ja er brachte die ganze Stadt in Bewegung, denn jung und alt, vornehm und gering strömte vom Morgen bis in die Nacht hinzu, um die Orakelsprüche zu vernehmen, die von den starren Lippen der wunderlichen lebendigtoten Figur den Neugierigen zugeflüstert wurden. Wirklich war auch die ganze Einrichtung des Automats von der Art, daß jeder das Kunstwerk von allen ähnlichen Tändeleien, wie sie wohl öfters auf Messen und Jahrmärkten gezeigt werden, gar sehr unterscheiden und sich davon angezogen fühlen mußte. In der Mitte eines nicht eben großen, nur mit dem notwendigsten Gerät versehenen Zimmers saß die lebensgroße, wohlgestaltete Figur in reicher geschmackvoller türkischer Kleidung auf einem niedrigen, wie ein Dreifuß geformten Sessel, den der Künstler auf Verlangen wegrückte, um jede Vermutung der Verbindung mit dem Fußboden zu widerlegen, die linke Hand zwanglos auf das Knie, die rechte dagegen auf einen kleinen freistehenden Tisch gelegt. Die ganze Figur war, wie gesagt, in richtigen Verhältnissen wohlgestaltet, allein vorzüglich war der Kopf gelungen; eine wahrhaft orientalisch geistreiche Physiognomie gab dem Ganzen ein Leben, wie man es selten bei Wachsbildern, wenn sie selbst den charaktervollen Gesichtern geistreicher Menschen nachgeformt sind, findet. Ein leichtes Geländer umschloß das Kunstwerk und wehrte den Anwesenden das nahe Hinzutreten, denn nur *der*, welcher sich von der Struktur des Ganzen, soweit es der Künstler sehen lassen konnte, ohne sein Geheimnis zu verraten, überzeugen wollte, oder der eben Fragende durfte in das Innere und dicht an die Figur treten. Hatte man, wie es gewöhnlich war, dem Türken die Frage ins rechte Ohr geflüstert, so drehte er erst die

Augen, dann aber den ganzen Kopf nach dem Fragenden hin, und man glaubte an dem Hauch zu fühlen, der aus dem Munde strömte, daß die leise Antwort wirklich aus dem Innern der Figur kam. Jedesmal wenn einige Antworten gegeben worden, setzte der Künstler einen Schlüssel in die linke Seite der Figur ein und zog mit viel Geräusch ein Uhrwerk auf. Hier öffnete er auch auf Verlangen eine Klappe, und man erblickte im Innern der Figur ein künstliches Getriebe von vielen Rädern, die nun wohl auf das Sprechen des Automaten durchaus keinen Einfluß hatten, indessen doch augenscheinlich so viel Platz einnahmen, daß sich in dem übrigen Teil der Figur unmöglich ein Mensch, war er auch kleiner, als der berühmte Zwerg Augusts, der aus der Pastete kroch, verbergen konnte. Nächst der Bewegung des Kopfs, die jedesmal vor der Antwort geschah, pflegte der Türke auch zuweilen den rechten Arm zu erheben und entweder mit dem Finger zu drohen oder mit der ganzen Hand gleichsam die Frage abzuweisen. Geschah dieses, so konnte nur das wiederholte Andringen des Fragers eine mehrenteils zweideutige oder verdrießliche Antwort bewirken, und eben auf diese Bewegungen des Kopfs und Armes mochte sich wohl jenes Räderwerk beziehen, unerachtet auch hier die Rückwirkung eines denkenden Wesens unerläßlich schien. Man erschöpfte sich in Vermutungen über das Medium der wunderbaren Mitteilung, man untersuchte Wände, Nebenzimmer, Gerät, alles vergebens. Die Figur, der Künstler waren von den Argusaugen der geschicktesten Mechaniker umgeben, aber je mehr er sich auf diese Art bewacht merkte, desto unbefangener war sein Betragen. Er sprach und scherzte in den entlegensten Ekken des Zimmers mit den Zuschauern und ließ seine Figur wie ein ganz für sich bestehendes Wesen, das irgendeiner Verbindung mit ihm nicht bedürfe, ihre Bewegungen machen und Antworten erteilen; ja, er konnte sich eines gewissen ironischen Lächelns nicht enthalten, wenn der Dreifuß und der Tisch auf allen Seiten herumgedreht und durchgeklopft, ja in die herabgenommene und weiter ans Licht gebrachte Figur mit Brillen und Vergrößerungsgläsern hineingeschaut wurde, und dann die Mechaniker versicherten, der Teufel möge aus dem wunderlichen Räderbau klug werden. Alles blieb vergebens, und die Hypothese, daß der Hauch, der aus dem Munde der Figur strömte, leicht durch verborgene Ventile hervorgebracht werden könne, und der Künstler selbst als ein trefflicher Bauchredner die Antworten erteile, wurde gleich dadurch vernichtet, daß der Künstler in demselben Augenblick, als der Türke eben eine Antwort erteilte, mit einem der Zuschauer laut und vernehmlich sprach. Unerachtet der geschmackvollen Einrichtung und des höchst Rätselhaften, Wunderbaren, was in dem ganzen Kunstwerke lag, hätte das Interesse des Publikums daran doch wohl bald nachgelassen, wäre es dem Künstler nicht möglich gewesen, auf eine andere Weise die Zuschauer immer aufs neue an sich zu ziehen. Dieses lag nun in den Antworten selbst, welche der Türke erteilte, und die jedesmal mit tiefem Blick in die Individualität des Fragenden bald trocken, bald ziemlich grob spaßhaft und dann wieder voll Geist und Scharfsinn und wunderbarerweise bis zum Schmerzhaften treffend waren. Oft überraschte ein mystischer Blick in die Zukunft, der aber nur von dem Standpunkt möglich war, wie ihn sich der Fragende selbst tief im Gemüt gestellt hatte. Hierzu kam, daß der Türke oft, deutsch gefragt, doch in einer fremden Sprache antwortete, die aber eben dem Fragenden ganz geläufig war, und man fand alsdann, daß es kaum möglich war, die Antwort so rund, so in wenigen Worten viel umfassend anders zu geben, als eben in der gewählten Sprache. Kurz, jeden Tag wußte man von neuen geistreichen, treffenden Antworten des weisen Türken zu erzählen, und ob die geheimnisvolle Verbindung des lebenden menschlichen Wesens mit der Figur oder nicht vielmehr eben dies Eingehen in die Individualität der Fragenden und überhaupt der seltene Geist der Antworten wunderbarer sei, das wurde in der Abendgesellschaft eifrigst besprochen, in welcher sich gerade die beiden akademischen Freunde *Ludwig* und *Ferdinand* befanden. Beide mußten zu ihrer Schande eingestehen, den Türken noch nicht besucht zu haben, ungeachtet es gewissermaßen zum guten Ton gehörte, hinzugehen und die mirakulösen Antworten, die man auf verfängliche Fragen erhalten, überall aufzutischen. »Mir sind«, sagte Ludwig, »alle solche Figuren, die dem Menschen nicht sowohl nachgebildet sind, als das Menschliche nachäffen, diese wahren Standbilder eines lebendigen Todes oder eines toten Lebens, im höchsten Grade zuwider. Schon in früher Jugend lief ich weinend davon, als man mich in ein Wachsfigurenkabinett führte, und noch kann ich kein solches Kabinett betreten, ohne von einem unheimlichen grauenhaften Gefühl ergriffen zu werden. Mit Macbeths Worten möchte ich rufen: ›Was starrst du mich an mit Augen ohne Sehkraft?‹ wenn ich die stieren, toten, gläsernen Blicke all der Potentaten, berühmten Helden und Mörder und Spitzbuben auf mich gerichtet sehe, und ich bin überzeugt, daß die mehrsten Menschen dies unheimliche Gefühl, wenn auch nicht in dem hohen Grade, wie es in mir waltet, mit mir teilen, denn man wird finden, daß im Wachsfigurenkabinett auch die größte Menge Menschen nur ganz leise flüstert, man hört selten ein lautes Wort; aus Ehrfurcht gegen die hohen Häupter geschieht dies nicht, sondern es ist nur der Druck des Unheimlichen, Grauenhaften, der den Zuschauern jenes Pianissimo abnötigt. Vollends sind mir die durch die Mechanik nachgeahmten menschlichen Bewegungen toter Figuren sehr fatal, und ich bin überzeugt, daß euer wunderbarer geistreicher Türke mit seinem Augenverdrehen, Kopfwenden und Armerheben mich wie ein negromantisches Ungetüm vorzüglich in schlaflosen Nächten verfolgen würde. Ich mag deshalb nicht hingehen und will mir lieber alles Witzige und Scharfsinnige, was er diesem oder jenem gesagt, erzählen lassen.«

»Du weißt«, nahm Ferdinand das Wort, »daß alles, was du von dem tollen Nachäffen des Menschlichen, von den lebendig-toten Wachsfiguren gesagt hast, mir recht aus der Seele gesprochen ist. Allein bei den mechanischen Automaten kommt es wirklich sehr auf die Art und Weise an, wie der Künstler das Werk ergriffen hat. Einer der vollkommensten Automate, die ich je sah, ist der Enslersche Voltigeur, allein so wie seine kraftvollen Bewegungen wahrhaft imponierten, ebenso hatte sein plötzliches Sitzenbleiben auf dem Seil, sein freundliches Nicken mit dem Kopfe etwas höchst Skurriles. Gewiß hat niemanden jenes grauenhafte Gefühl ergriffen, das solche Figuren, vorzüglich bei sehr reizbaren Personen, nur zu leicht hervorbringen. Was nun unsern Türken betrifft, so hat es meines Bedünkens mit ihm eine andere Bewandtnis. Seine, nach der Beschreibung aller, die ihn sahen, höchst ansehnliche, ehrwürdige Figur ist etwas ganz Untergeordnetes, und sein Augenverdrehen und Kopfwenden gewiß nur da, um unsere Aufmerksamkeit ganz auf *ihn*, wo gerade der Schlüssel des Geheimnisses *nicht* zu finden ist, hinzulenken. Daß der Hauch aus dem Munde des Türken strömt, ist möglich oder vielleicht gewiß, da die Erfahrung es beweist; hieraus folgt aber noch nicht, daß jener Hauch wirklich von den gesprochenen Worten erregt wird. Es ist gar kein Zweifel, daß ein menschliches Wesen vermöge uns verborgener und unbekannter akustischer und optischer Vorrichtungen mit dem Fragenden in solcher Verbindung steht, daß es ihn sieht, ihn hört und ihm wieder Antworten zuflüstern kann. Daß noch niemand, selbst unter unsern geschickten Mechanikern, auch nur im mindesten auf die

Spur gekommen, wie jene Verbindung wohl hergestellt sein kann, zeigt, daß des Künstlers Mittel sehr sinnreich erfunden sein müssen, und so verdient von dieser Seite sein Kunstwerk allerdings die größte Aufmerksamkeit. Was mir aber viel wunderbarer scheint und mich in der Tat recht anzieht, das ist die geistige Macht des unbekannten menschlichen Wesens, vermöge dessen es in die Tiefe des Gemüts des Fragenden zu dringen scheint – es herrscht oft eine Kraft des Scharfsinns und zugleich ein grausenhaftes Helldunkel in den Antworten, wodurch sie zu Orakelsprüchen im strengsten Sinn des Worts werden. Ich habe von mehrern Freunden in dieser Hinsicht Dinge gehört, die mich in das größte Erstaunen setzten, und ich kann nicht länger dem Drange widerstehen, den wundervollen Sehergeist des Unbekannten selbst auf die Probe zu stellen, weshalb ich mich entschlossen, morgen vormittags hinzugehen, und dich hiermit, lieber Ludwig, feierlichst eingeladen haben will, alle Scheu vor lebendigen Puppen abzulegen und mich zu begleiten.«

So sehr sich Ludwig sträubte, mußte er doch, um nicht für einen Sonderling gehalten zu werden, nachgeben, als mehrere auf ihn einstürmten, ja sich nicht von der belustigenden Partie auszuschließen und im Verein mit ihnen morgen dem mirakulösen Türken recht auf den Zahn zu fühlen. Ludwig und Ferdinand gingen wirklich mit mehreren muntern Jünglingen, die sich deshalb verabredet, hin. Der Türke, dem man orientalische Grandezza gar nicht absprechen konnte und dessen Kopf, wie gesagt, so äußerst wohl gelungen war, kam Ludwigen doch im Augenblick des Eintretens höchst possierlich vor, und als nun vollends der Künstler den Schlüssel in die Seite einsetzte und die Räder zu schnurren anfingen, wurde ihm das ganze Ding so abgeschmackt und verbraucht, daß er unwillkürlich ausrief: »Ach, meine Herren, hören Sie doch, wir haben höchsten Braten im

Magen, aber die türkische Exzellenz da einen ganzen Bratenwender dazu!« Alle lachten, und der Künstler, dem der Scherz nicht zu gefallen schien, ließ sogleich vom weitern Aufziehen des Räderwerks ab. Sei es nun, daß die joviale Stimmung der Gesellschaft dem weisen Türken mißfiel, oder daß er den Morgen gerade nicht bei Laune war, genug, alle Antworten, die zum Teil durch recht witzige, geistreiche Fragen veranlaßt wurden, blieben nichtsbedeutend und schal, Ludwig hatte vorzüglich das Unglück, beinahe niemals von dem Orakel richtig verstanden zu werden und ganz schiefe Antworten zu erhalten; schon wollte man unbefriedigt das Automat und den sichtlich verstimmten Künstler verlassen, als Ferdinand sprach: »Nicht wahr, meine Herren, Sie sind alle mit dem weisen Türken nicht sonderlich zufrieden, aber vielleicht lag es an uns selbst, an unsern Fragen, die dem Manne nicht gefielen – eben daß er jetzt den Kopf dreht und die Hand aufhebt« (die Figur tat dies wirklich) »scheint meine Vermutung als wahr zu bestätigen! – ich weiß nicht, wie mir jetzt es in den Sinn kommt, noch eine Frage zu tun, deren Beantwortung, ist sie treffend, die Ehre des Automats mit einem Male retten kann.« Ferdinand trat zu der Figur hin und flüsterte ihr einige Worte leise ins Ohr; der Türke erhob den Arm, er wollte nicht antworten, Ferdinand ließ nicht ab, da wandte der Türke den Kopf zu ihm hin. –

Ludwig bemerkte, daß Ferdinand plötzlich erblaßte, nach einigen Sekunden aber aufs neue fragte und gleich die Antwort erhielt. Mit erzwungenem Lächeln sagte Ferdinand zur Gesellschaft: »Meine Herren, ich kann versichern, daß wenigstens für mich der Türke seine Ehre gerettet hat; damit aber das Orakel ein recht geheimnisvolles Orakel bleibe, so erlassen Sie es mir wohl zu sagen, was ich gefragt und was er geantwortet.«

So sehr Ferdinand seine innere Bewegung verbergen wollte, so äußerte sie sich doch nur zu deutlich in dem Bemühen, froh und unbefangen zu scheinen, und hätte der Türke die wunderbarsten treffendsten Antworten erteilt, so würde die Gesellschaft nicht von dem sonderbaren, beinahe grauenhaften Gefühl ergriffen worden sein, das eben jetzt Ferdinands sichtliche Spannung hervorbrachte. Die vorige Heiterkeit war verschwunden, statt des sonst fortströmenden Gesprächs fielen nur einzelne abgebrochene Worte, und man trennte sich in gänzlicher Verstimmung.

Kaum war Ferdinand mit Ludwig allein, so fing er an: »Freund! dir mag ich es nicht verhehlen, daß der Türke in mein Innerstes gegriffen, ja, daß er mein Innerstes verletzt hat, so daß ich den Schmerz wohl nicht verwinden werde, bis mir die Erfüllung des gräßlichen Orakelspruchs den Tod bringt.«

Ludwig blickte den Freund voll Verwunderung und Erstaunen an, aber Ferdinand fuhr fort: »Ich sehe nun wohl, daß dem unsichtbaren Wesen, das sich uns durch den Türken auf eine geheimnisvolle Weise mitteilt, Kräfte zu Gebote stehen, die mit magischer Gewalt unsre geheimsten Gedanken beherrschen, und vielleicht erblickt die fremde Macht klar und deutlich den Keim des Zukünftigen, der in uns selbst im mystischen Zusammenhange mit der Außenwelt genährt wird, und weiß so alles, was in fernen Tagen auf uns einbrechen wird, so wie es Menschen gibt mit der unglücklichen Sehergabe, den Tod zur bestimmten Stunde vorauszusagen.«

»Du mußt Merkwürdiges gefragt haben«, erwiderte Ludwig, »vielleicht legst du aber selbst in die zweideutige Antwort des Orakels das Bedeutende, und was das Spiel des launenhaften Zufalls in seltsamer Zusammenstellung gerade Eingreifendes, Treffendes hervorbrachte, schreibst du der mystischen Kraft des gewiß ganz unbefangenen Menschen zu, der sich durch den Türken vernehmen läßt.«

»Du widersprichst«, nahm Ferdinand das Wort, »in dem Augenblick dem, was wir sonst einstimmig zu behaupten pflegen, wenn von dem sogenannten Zufall die Rede ist. Damit du alles wissen, damit du es recht fühlen mögest, wie ich heute in meinem Innersten aufgeregt und erschüttert bin, muß ich dir etwas aus meinem früheren Leben vertrauen, wovon ich bis jetzt schwieg. Es sind schon mehrere Jahre her, als ich von den in Ostpreußen gelegenen Gütern meines Vaters nach B. zurückkehrte. In K. traf ich mit einigen jungen Kurländern zusammen, die ebenfalls nach B. wollten, wir reisten zusammen in drei mit Postpferden bespannten Wagen, und du kannst denken, daß bei uns, die wir in den Jahren des ersten, kräftigen Aufbrausens mit wohlgefülltem Beutel so in die Welt hineinreisen konnten, die Lebenslust beinahe bis zur wilden Ausgelassenheit übersprudelte. Die tollsten Einfälle wurden im Jubel ausgeführt, und ich erinnere mich noch, daß wir in M., wo wir gerade am Mittage ankamen, den Dormeusenvorrat der Posthalterin plünderten und ihrer Protestationen unerachtet, mit dem Raube gar zierlich geschmückt, Tabak rauchend, vor dem Hause, unter großem Zulauf des Volks, auf- und abspazierten, bis wir wieder unter dem lustigen Hörnerschall der Postillone abfuhren. In der herrlichsten jovialsten Gemütsstimmung kamen wir nach D., wo wir der schönen Gegenden wegen einige Tage verweilen wollten. Jeden Tag gab es lustige Partien; einst waren wir bis zum späten Abend auf dem Karlsberge und in der benachbarten Gegend herumgestreift, und als wir in den Gasthof zurückkehrten, erwartete uns schon der köstliche Punsch, den wir vorher bestellt und den wir uns, von der Seeluft durchhaucht, wacker schmekken ließen, so daß, ohne eigentlich berauscht zu sein, mir doch alle Pulse in den Adern hämmerten und schlugen, und das Blut wie ein Feuerstrom durch die Nerven glühte. Ich warf mich, als ich endlich in mein Zimmer zurückkehren durfte, auf das Bett, aber trotz der Ermüdung war mein Schlaf doch nur mehr ein träumerisches Hinbrüten, in dem ich alles vernahm, was um mich vorging. Es war mir, als würde in dem Nebenzimmer leise gesprochen, und endlich unterschied ich deutlich eine männliche Stimme, welche sagte: ›Nun so schlafe denn wohl und halte dich fertig zur bestimmten Stunde.‹ Eine Tür wurde geöffnet und wieder geschlossen, und nun trat eine tiefe Stille ein, die aber bald durch einige leise Akkorde eines Fortepianos unterbrochen wurde. Du weißt, Ludwig, welch ein Zauber in den Tönen der Musik liegt, wenn sie durch die stille Nacht hallen. So war es auch jetzt, als spräche in jenen Akkorden eine holde Geisterstimme zu mir; ich gab mich dem wohltätigen Eindruck ganz hin und glaubte, es würde nun wohl etwas Zusammenhängendes, irgendeine Fantasie oder sonst ein musikalisches Stück folgen, aber wie wurde mir, als die herrliche göttliche Stimme eines Weibes in einer herzergreifenden Melodie die Worte sang:

> Mio ben ricordati
> s' avvien ch' io mora,
> quanto quest' anima
> fedel t' amò.
> Lo se pur amano
> le fredde ceneri
> nel urna ancora
> t'adorerò!

Wie soll ich es denn anfangen, dir das nie gekannte, nie geahnte Gefühl nur anzudeuten, welches die langen – bald anschwellenden – bald verhallenden Töne in mir aufregten. Wenn die ganz eigentümliche, nie gehörte Melodie – ach, es war ja die tiefe, wonnevolle Schwermut der inbrünstigen Liebe selbst – wenn sie den Gesang in einfachen Melismen bald in die Höhe führte, daß die Töne wie helle Kristallglokken erklangen, bald in die Tiefe hinabsenkte, daß er in den dumpfen Seufzern einer hoffnungslosen Klage zu ersterben schien, dann fühlte ich, wie ein unnennbares Entzücken mein Innerstes durchbebte, wie der Schmerz der unendlichen Sehnsucht meine Brust krampfhaft zusammenzog, wie mein Atem stockte, wie mein Selbst unterging in namenloser, himmlischer Wollust. Ich wagte nicht, mich zu regen, meine ganze Seele, mein ganzes Gemüt war nur Ohr. Schon längst hatten die Töne geschwiegen, als ein Tränenstrom endlich die Überspannung brach, die mich zu vernichten drohte. Der Schlaf mochte mich doch zuletzt übermannt haben, denn als ich von dem gellenden Ton eines Posthorns geweckt auffuhr, schien die helle Morgensonne in mein Zimmer, und ich wurde gewahr, daß ich nur im Traume des höchsten Glücks, der höchsten Seligkeit, die für mich auf der Erde zu finden, teilhaftig worden. – Ein herrliches blühendes Mädchen war in mein Zimmer getreten; es war die Sängerin, und sie sprach zu mir mit gar lieblicher, holdseliger Stimme: ›So konntest du mich dann wiedererkennen, lieber, lieber Ferdinand! aber ich wußte ja wohl, daß ich nur singen durfte, um wieder ganz in dir zu leben; denn jeder Ton ruhte ja in deiner Brust und mußte in meinem Blick erklingen.‹ – Welches unnennbare Entzücken durchströmte mich, als ich nun sah, daß es die Geliebte meiner Seele war, die ich schon von früher Kindheit an im Herzen getragen, die mir ein feindliches Geschick nur so lange entrissen und die ich Hochbeglückter nun wiedergefunden. Aber meine inbrünstige Liebe erklang eben in jener Melodie der tief klagenden Sehnsucht, und unsere Worte, unsere Blicke wurden zu herrlichen anschwellenden Tönen, die wie in einem Feuerstrom zusammenflossen. – Nun ich erwacht war, mußte ich mir's eingestehen, daß durchaus keine Erinnerung aus früher Zeit sich an das holdselige Traumbild knüpfte – ich hatte das herrliche Mädchen zum ersten Male gesehen. Es wurde vor dem Hause laut und heftig gesprochen – mechanisch raffte ich mich auf und eilte ans Fenster; ein ältlicher, wohlgekleideter Mann zankte mit den Postknechten, die etwas an dem zierlichen Reisewagen zerbrochen. Endlich war alles hergestellt, und nun rief der Mann herauf: ›Jetzt ist alles in Ordnung, wir wollen fort.‹ Ich wurde gewahr, daß dicht neben mir ein Frauenzimmer zum Fenster herausgesehen, die nun schnell zurückfuhr, so daß ich, da sie einen ziemlich tiefen Reisehut aufgesetzt hatte, das Gesicht nicht erkennen konnte. Als sie aus der Haustüre trat, wandte sie sich um und sah zu mir herauf. – Ludwig! – es war die Sängerin! es war das Traumbild – der Blick des himmlischen Auges fiel auf mich, und es war mir, als träfe der Strahl eines Kristalltons meine Brust wie ein glühender Dolchstich, daß ich den Schmerz physisch fühlte, daß alle meine Fibern und Nerven erbebten und ich vor unnennbarer Wonne erstarrte. – Schnell war sie im Wagen – der Postillon blies wie im jubelnden Hohn ein munteres Stückchen. Im Augenblick waren sie um die Straßenecke verschwunden. Wie ein Träumender blieb ich im Fenster, die Kurländer traten ins Zimmer, mich zu einer verabredeten Lustfahrt hinabzuholen – ich sprach kein Wort – man hielt mich für krank – wie hätte ich auch nur das mindeste davon äußern können, was geschehen! Ich unterließ es, mich nach den Fremden, die neben mir gewohnt, im Hause zu erkundigen, denn es war, als entweihe jedes Wort andrer Lippen, das sich auf die Herrliche bezöge, das zarte Geheimnis meines Herzens. Getreulich wollte ich es fortan in mir tragen und nie mehr lassen von *der*, die nun die Ewiggeliebte meiner Seele worden, sollte ich sie auch nimmer wieder schauen. Du, mein Herzensfreund, erkennst wohl ganz den Zustand, in den ich mich versetzt fühlte; du tadelst mich daher nicht, daß ich alles und jedes vernachlässigte, mir auch nur eine Spur von der unbekannten Geliebten zu verschaffen. Die lustige Gesellschaft der Kurländer wurde mir in meiner Stimmung höchst zuwider, ehe sie sich's versahen, war ich in einer Nacht auf und davon und eilte nach B., meiner damaligen Bestimmung zu folgen. Du weißt, daß ich schon seit früher Zeit ziemlich gut zeichnete; in B. legte ich mich unter der Anleitung geschickter Meister auf das Miniaturmalen und brachte es in kurzer Zeit so weit, daß ich den einzigen mir vorgesteckten Zweck, nämlich das höchst ähnliche Bild der Unbekannten würdig zu malen, erfüllen konnte. Heimlich, bei verschlossenen Türen, malte ich das Bild. Kein menschliches Auge hat es jemals gesehen, denn ein anderes Bild gleicher Größe ließ ich fassen und setzte mit Mühe dann selbst das Bild der Geliebten ein, das ich seit der Zeit auf bloßer Brust trug.

Zum erstenmal in meinem Leben habe ich heute von dem höchsten Moment meines Lebens gesprochen, und du, Ludwig, bist der einzige, dem ich mein Geheimnis vertraut! – Aber auch heute ist eine fremde Macht feindselig in mein Inneres gedrungen! – Als ich zu dem Türken hintrat, fragte ich, der Geliebten meines Herzens denkend: ›Werde ich künftig noch einen Moment erleben, der dem gleicht, wo ich am glücklichsten war?‹ Der Türke wollte, wie du bemerkt haben wirst, durchaus nicht antworten; endlich, als ich nicht nachließ, sprach er: ›Die Augen schauen in deine Brust, aber das spiegelblanke Gold, das mir zugewendet, verwirrt meinen Blick – wende das Bild um!‹ – Habe ich denn Worte für das Gefühl, das mich durchbebte? – Dir wird meine innre Bewegung nicht entgangen sein. Das Bild lag wirklich so auf meiner Brust, wie es der Türke angegeben; ich wandte es unbemerkt um und wiederholte meine Frage, da sprach die Figur im düstern Ton: ›Unglücklicher! in dem Augenblick, wenn du sie wieder siehst, hast du sie verloren!‹«

Eben wollte Ludwig es versuchen, den Freund, der in

tiefes Nachdenken versunken war, mit tröstenden Worten aufzurichten, als sie durch mehrere Bekannte, die auf sie zuschritten, unterbrochen wurden.

Schon hatte sich das Gerücht von der neuen mysteriösen Antwort, die der weise Türke erteilte, in der Stadt verbreitet, und man erschöpfte sich in Vermutungen, was für eine unglückliche Prophezeiung wohl den vorurteilsfreien Ferdinand so aufgeregt haben könne; man bestürmte die Freunde mit Fragen, und Ludwig wurde genötigt, um seinen Freund aus dem Gedränge zu retten, ein abenteuerliches Geschichtchen aufzutischen, das desto mehr Eingang fand, je weiter es sich von der Wahrheit entfernte. Dieselbe Gesellschaft, in welcher Ferdinand angeregt wurde, den wunderbaren Türken zu besuchen, pflegte sich wöchentlich zu versammeln, und auch in der nächsten Zusammenkunft kam wieder der Türke um so mehr an die Reihe, als man sich immer noch bemühte, recht viel von Ferdinand selbst über ein Abenteuer zu hören, das ihn in die düstre Stimmung versetzt hatte, welche er vergebens zu verbergen suchte. Ludwig fühlte es nur zu lebhaft, wie sein Freund im Innersten erschüttert sein mußte, als er das tief in der Brust treu bewahrte Geheimnis einer fantastischen Liebe von einer fremden grauenvollen Macht durchschaut sah, und auch er war ebensogut wie Ferdinand fest überzeugt, daß dem das Geheimste durchdringenden Blick jener Macht auch wohl der mysteriöse Zusammenhang, vermöge dessen sich das Zukünftige dem Gegenwärtigen anreiht, offenbar sein könne. Ludwig mußte an den Spruch des Orakels glauben, aber das feindselige schonungslose Verraten des bösen Verhängnisses, das dem Freunde drohte, brachte ihn gegen das versteckte Wesen, das sich durch den Türken vernehmen ließ, auf. Er bildete daher standhaft gegen die zahlreichen Bewunderer des Kunstwerks die Opposition und behauptete, als jemand bemerkte, in den natürlichen Bewegungen des Automats liege etwas ganz besonders Imposantes, wo-durch der Eindruck der orakelmäßigen Antworten erhöht werde, gerade das Augenverdrehen und Kopfwenden des ehrbaren Türken habe für ihn was unbeschreiblich Possier-liches gehabt, weshalb er auch durch ein Bonmot, das ihm entschlüpft, den Künstler und auch vielleicht das unsicht-bar wirkende Wesen in üblen Humor versetzt, welchen letzteres auch durch eine Menge schaler, nichts bedeuten-der Antworten an den Tag gelegt. »Ich muß gestehen«, fuhr Ludwig fort, »daß die Figur gleich beim Eintreten mich lebhaft an einen überaus zierlichen künstlichen Nußknak-ker erinnerte, den mir einst, als ich noch ein kleiner Knabe war, ein Vetter zum Weihnachten verehrte. Der kleine Mann hatte ein überaus ernsthaft komisches Gesicht und ver-drehte jedesmal mittelst einer innern Vorrichtung die gro-ßen aus dem Kopfe herausstehenden Augen, wenn er eine harte Nuß knackte, was denn so etwas possierlich Lebendi-ges in die ganze Figur brachte, daß ich stundenlang damit spielen konnte, und der Zwerg mir unter den Händen zum wahren Alräunchen wurde.

Alle noch so vollkommne Marionetten waren mir nachher steif und leblos gegen meinen herrlichen Nußknacker. Von den höchst wunderbaren Automaten im Danziger Arsenal war mir gar viel erzählt worden, und vorzüglich deshalb unterließ ich nicht hineinzugehen, als ich mich gerade vor einigen Jahren in Danzig befand. Bald nachdem ich in den Saal getreten, schritt ein altdeutscher Soldat keck auf mich los und feuerte seine Büchse ab, daß es durch die weiten Gewölbe recht derb knallte – noch mehrere Spielereien der Art, die ich in der Tat wieder vergessen, überraschten hin und wieder, aber endlich führte man mich in den Saal, in welchem der Gott des Krieges, der furchtbare Mavors, sich mit seiner ganzen Hofhaltung befand. – Mars selbst saß in ziemlich grotesker Kleidung auf einem mit Waffen aller Art geschmückten Thron, von Trabanten und Kriegern umgeben. Sobald wir vor den Thron getreten, fingen ein paar Trommelschläger an, auf ihren Trommeln zu wirbeln, und Pfeifer bliesen dazu ganz erschrecklich, daß man sich vor dem kakophonischen Getöse hätte die Ohren zuhalten mögen. Ich bemerkte, daß der Gott des Krieges eine durchaus schlechte, Seiner Majestät unwürdige Kapelle habe, und man gab mir recht. – Endlich hörte das Trommeln und Pfeifen auf – da fingen an die Trabanten die Köpfe zu drehen und mit den Hellebarden zu stampfen, bis der Gott des Krieges, nachdem er auch mehrmals die Augen verdreht, von seinem Sitz aufsprang und keck auf uns zuschreiten zu wollen schien. Bald aber warf er sich wieder in seinen Thron, und es wurde noch etwas getrommelt und gepfiffen, bis alles wieder in die alte hölzerne Ruhe zurückkehrte. Als ich denn nun alle diese Automate geschaut, sagte ich im Herausgehen zu mir selbst: ›Mein Nußknacker war mir doch lieber‹, und jetzt, meine Herren, nachdem ich den weisen Türken geschaut, sagte ich abermals: ›Mein Nußknacker war mir doch lieber!‹« – Man lachte sehr, meinte aber einstimmig, daß Ludwigs Ansicht von der Sache mehr lustig sei als wahr, denn abgesehen von dem seltenen Geist, der doch mehrenteils in den Antworten des Automats liege, sei doch auch die durchaus nicht zu entdeckende Verbindung des verborgenen Wesens mit dem Türken, das nicht allein durch ihn rede, sondern auch seine von den Fragen motivierte Bewegungen veranlassen müßte, höchst wunderbar und in jedem Fall ein Meisterwerk der Mechanik und Akustik.

Dies mußte nun wohl selbst Ludwig eingestehen, und man pries allgemein den fremden Künstler. Da stand ein ältlicher Mann, der in der Regel wenig sprach und sich auch dieses Mal noch gar nicht ins Gespräch gemischt hatte, vom Stuhl auf, wie er zu tun pflegte, wenn er auch endlich ein paar Worte, die aber jedesmal ganz zur Sache gehörten, anbringen wollte, und fing nach seiner höflichen Weise an: »Wollen Sie gütigst erlauben – ich bitte gehorsamst, meine Herren! – Sie rühmen mit Recht das seltene Kunstwerk, das nun schon so lange uns anzuziehen weiß; mit Unrecht nennen Sie aber den ordinären Mann, der es zeigt, den Künstler, da er an allem dem, was in der Tat an dem Werk vortrefflich ist, gar keinen Anteil hat, selbiges vielmehr von einem in allen Künsten der Art gar tief erfahrnen Mann herrührt, der sich stets und schon seit vielen Jahren in unsern Mauern befindet und den wir alle kennen und höchlich verehren.« Man geriet in Erstaunen, man stürmte mit Fragen auf den Alten ein, der also fortfuhr: »Ich meine niemanden anders, als den Professor X. – Der Türke war schon zwei Tage hier, ohne daß jemand sonderlich Notiz von ihm genommen hätte, der Professor X. dagegen unterließ nicht, bald hinzugehen, da ihn alles, was nur Automat heißt, auf das höchste interessiert. Kaum hatte er aber von dem Türken ein paar Antworten erhalten, als er den Künstler beiseite zog und ihm einige Worte ins Ohr sagte. Dieser erblaßte und verschloß das Zimmer, als es von den wenigen Neugierigen, die sich eingefunden, verlassen war; die Anschlagzettel verschwanden von den Straßenecken, und man hörte nichts mehr von dem weisen Türken, bis nach vierzehn Tagen eine neue Ankündigung erschien, und man den Türken mit dem neuen schönen Haupte und die ganze Einrichtung, so wie sie jetzt als ein unauflösliches Rätsel besteht, wiederfand. Seit der Zeit sind auch die Antworten so geistreich und bedeutungsvoll. Daß aber dies alles das Werk des Professor X. ist, unterliegt gar keinem Zweifel, da der Künstler in der Zwischenzeit, als er sein Automat nicht zeigte, täglich bei ihm war und auch, wie man gewiß weiß, der Professor mehrere Tage hintereinander sich in dem Zimmer des Hotels befand, wo die Figur aufgestellt und noch jetzt steht. Ihnen wird übrigens, meine Herren, doch bekannt sein, daß der Professor selbst sich in dem Besitz der herrlichsten, vorzüglich aber musikalischer Automate befindet, daß er seit langer Zeit mit dem Hofrat B., mit dem er ununterbrochen über allerlei mechanische und auch wohl magische Künste korrespondiert, darin wetteifert, und daß es nur an ihm liegt, die Welt in das höchste Erstaunen zu setzen? Aber er arbeitet und schafft im Verborgenen, wiewohl er jedem, der wahre Lust und wahres Belieben daran findet, seine seltenen Kunstwerke gar gern zeigt.«

Man wußte zwar, daß der Professor X., dessen Hauptwissenschaften Physik und Chemie waren, nächstdem sich auch gern mit mechanischen Kunstwerken beschäftigte, kein einziger von der Gesellschaft hatte aber seinen Einfluß auf den weisen Türken geahnet, und nur von Hörensagen kannte man das Kunstkabinett, von dem der Alte gesprochen. Ferdinand und Ludwig fühlten sich durch des Alten Bericht über den Professor X. und über sein Einwirken auf das fremde Automat gar seltsam angeregt.

»Ich kann dir's nicht verhehlen«, – sagte Ferdinand, »mir dämmert eine Hoffnung auf, vielleicht die Spur des Geheimnisses zu finden, das mich jetzt so grauenvoll befängt, wenn ich dem Professor X. näher trete. Ja, es ist möglich, daß die Ahnung des wunderbaren Zusammenhanges, in dem der Türke oder vielmehr die versteckte Person, die ihn zum Organ ihrer Orakelsprüche braucht, mit meinem Ich steht, mich vielleicht tröstet und den Eindruck jener für mich schrecklichen Worte entkräftet. Ich bin entschlossen, unter dem Vorwande, seine Automate zu sehen, die nähere Bekanntschaft des mysteriösen Mannes zu machen, und da seine Kunstwerke, wie wir hörten, musikalisch sind, wird es für dich nicht ohne Interesse sein, mich zu begleiten.« –

»Als wenn«, erwiderte Ludwig, »es nicht für mich genug wäre, daß ich in *deiner* Angelegenheit dir beistehen soll mit Rat und Tat! – Daß mir aber eben heute, als der Alte von der

Einwirkung des Professor X. auf die Maschine sprach, ganz besondere Ideen durch den Kopf gegangen sind, kann ich nicht leugnen, wiewohl es möglich ist, daß ich das auf entlegenem Wege suche, was vielleicht uns ganz nahe liegt. – Ist es nämlich, um eben die Auflösung des Rätsels ganz nahe zu suchen, nicht denkbar, daß die unsichtbare Person wußte, daß du ein Bild auf der Brust trägst, und konnte nicht eine glückliche Kombination sie gerade wenigstens das scheinbar Richtige treffen lassen? Vielleicht rächte sie durch die unglückliche Weissagung sich an uns des Mutwillens wegen, in dem wir die Weisheit des Türken höhnten.«

»Keine menschliche Seele«, erwiderte Ferdinand, »hat, wie ich dir schon vorhin sagte, das Bildnis gesehen, niemanden habe ich jemals jenen auf mein ganzes Leben einwirkenden Vorfall erzählt – auf gewöhnliche Weise kann der Türke unmöglich von dem allen unterrichtet worden sein! – vielleicht nähert sich das, was du auf entlegenem Wege suchst, weit mehr der Wahrheit!«

»So meine ich denn nun«, sagte Ludwig, »daß unser Automat, so sehr ich heute auch das Gegenteil zu behaupten schien, wirklich zu den merkwürdigsten Erscheinungen gehört, die man jemals sah, und alles beweiset, daß dem, der als Dirigent über dem ganzen Kunstwerke schwebt, tiefere Kenntnisse zu Gebote stehen, als die wohl glauben, welche nur so etwas leichtsinnig begaffen und sich über das Wunderbare nur wundern. Die Figur ist nichts weiter als die Form der Mitteilung, aber es ist nicht zu leugnen, daß diese Form geschickt gewählt ist, da das ganze Ansehen und auch die Bewegungen des Automats dazu geeignet sind, die Aufmerksamkeit zugunsten des Geheimnisses zu fesseln und vorzüglich den Fragenden auf gewisse Weise nach dem Zweck des antwortenden Wesens zu spannen. In der Figur kann kein menschliches Wesen stecken, das ist so gut als erwiesen, daß wir daher die Antworten aus dem Munde des

Türken zu empfangen glauben, beruht sicherlich auf einer akustischen Täuschung; wie dies bewerkstelligt ist, wie die Person, welche antwortet, in den Stand gesetzt wird, die Fragenden zu sehen, zu vernehmen und sich ihnen wieder verständlich zu machen, ist und bleibt mir freilich ein Rätsel; allein es setzt nur gute akustische und mechanische Kenntnisse und einen vorzüglichen Scharfsinn oder auch vielleicht, besser gesagt, eine konsequente Schlauheit des Künstlers voraus, der kein Mittel unbeachtet ließ, uns zu täuschen, und ich muß gestehen, daß mich die Auflösung *dieses* Geheimnisses weniger interessiert, als es von dem nur allein höchst merkwürdigen Umstande überwogen wird, daß der Türke oft die Seele des Fragenden zu durchschauen, ja, wie du schon, noch ehe es dir selbst bewiesen wurde, bemerktest, in die tiefste Tiefe des Gemüts zu dringen scheint. Wie, wenn es dem antwortenden Wesen möglich wäre, sich durch uns unbekannte Mittel einen psychischen Einfluß auf uns zu verschaffen, ja sich mit uns in einen solchen geistigen Rapport zu setzen, daß es unsere Gemütsstimmung, ja unser ganzes inneres Wesen in sich auffaßt und so, wenn auch nicht das in uns ruhende Geheimnis deutlich ausspricht, doch wie in einer Ekstase, die eben der Rapport mit dem fremden geistigen Prinzip erzeugte, die Andeutungen alles dessen, was in unserer eigenen Brust ruht, wie es hell erleuchtet dem Auge des Geistes offenbar wird, hervorruft. Es ist die psychische Macht, die die Saiten in unserm Innern, welche sonst nur durcheinander rauschten, anschlägt, daß sie vibrieren und ertönen und wir den reinen Akkord deutlich vernehmen; so sind wir aber es selbst, die wir uns die Antworten erteilen, indem wir die innere Stimme, durch ein fremdes geistiges Prinzip geweckt, außer uns verständlicher vernehmen und verworrene Ahndungen, die Form und Weise des Gedankens festgebannt, nun zu deutlichen Sprüchen werden; so wie uns oft im Traum eine fremde Stimme über Dinge belehrt, die wir gar nicht wußten oder über die wir wenigstens in Zweifel waren, unerachtet die Stimme, welche uns fremdes Wissen zuzuführen scheint, doch nur aus unserm eignen Innern kommt und sich in verständlichen Worten ausspricht. – Daß der Türke, worunter ich natürlich jenes versteckte geistige Wesen verstehe, sehr selten nötig haben wird, sich mit dem Fragenden in jenen psychischen Rapport zu setzen, versteht sich wohl von selbst. Hundert Fragende werden ebenso oberflächlich abgefertigt, als es ihre Individualität verdient, und oft genügt ein witziger Einfall, dem der natürliche Scharfsinn oder die geistige Lebendigkeit des antwortenden Wesens die treffende Spitze gibt, wo von irgendeiner Tiefe, in der die Frage aufzufassen ist, nicht die Rede sein kann. Irgendeine exaltierte Gemütsstimmung des Fragenden wird den Türken augenblicklich auf ganz andere Weise ansprechen, und dann wendet er die Mittel an, die es ihm möglich machen, den psychischen Rapport hervorzubringen, der ihm die Macht gibt, aus dem tiefsten Innern des Fragenden selbst zu antworten. Die Weigerung des Türken, auf solche tief gestellte Fragen gleich zu antworten, ist vielleicht nur der Aufschub, den er sich gönnt, um für die Anwendung jener geheimnisvollen Mittel Momente zu gewinnen. Dies ist meine innige Herzensmeinung, und du siehst, daß mir das Kunstwerk nicht so verächtlich ist, als ich es euch heute glauben machen wollte – vielleicht nehme ich die Sache zu ernst! – Doch mochte ich dir nichts verhehlen, wiewohl ich einsehe, daß, wenn du in meine Idee eingehst, ich dir gerade nichts zur innern Beruhigung gesagt habe!«

»Du irrst, mein geliebter Freund«, erwiderte Ferdinand, »gerade, daß deine Ideen ganz mit dem übereinstimmen, was mir gleich dunkel vor der Seele lag, beruhigte mich auf eine wunderbare Weise; ich habe es mit mir selbst allein zu tun, mein liebes Geheimnis blieb unentweiht, denn mein Freund wird es treulich bewahren, wie ein anvertrautes Heiligtum. Doch muß ich jetzt noch eines ganz besondern Umstandes erwähnen, dessen ich bisher noch nicht gedachte. Als der Türke die verhängnisvollen Worte sprach, war es mir, als hörte ich die tiefklagende Melodie: ›Mio ben ricordati s' avvien ch' io mora‹ in einzeln abgebrochenen Lauten – und dann war es wieder, als schwebe nur *ein* langgehaltener Ton der göttlichen Stimme, die ich in jener Nacht hörte, an mir vorüber.«

»So mag ich es dir auch nicht verschweigen«, sagte Ludwig, »daß ich, als du gerade die leise Antwort erhieltest, zufällig die Hand auf das Geländer, welches das Kunstwerk umschließt, gelegt hatte; es dröhnte fühlbar in meiner Hand, und auch mir war es, als gleite ein musikalischer Ton, Gesang kann ich es nicht nennen, durchs Zimmer. Ich achtete nicht sonderlich darauf, weil, wie du weißt, immer meine ganze Fantasie von Musik erfüllt ist und ich deshalb schon auf die wunderlichste Weise getäuscht worden bin; nicht wenig erstaunte ich aber im Innern, als ich den mysteriösen Zusammenhang jenes tiefklagenden Tons mit der verhängnisvollen Begebenheit in D., die deine Frage an den Türken veranlaßte, erfuhr.«

Ferdinand hielt es nur für einen Beweis des psychischen Rapports mit seinem geliebten Freunde, daß auch *dieser* den Ton gehört hatte, und als sie noch tiefer eingingen in die Geheimnisse der psychischen Beziehungen verwandter geistiger Prinzipe, als immer lebendiger wunderbare Resultate sich erzeugten, da war es ihm endlich, als sei die schwere Last, die seit jenem Augenblick, als er die Antwort erhalten, seine Brust gedrückt, ihm wieder entnommen; er fühlte sich ermutigt, jedem Verhängnis keck entgegenzutreten. »Kann ich sie denn verlieren«, sagte er, »sie, die ewig in meinem Innern waltet und so eine intensive Existenz behauptet, die nur mit meinem Sein untergeht?« – Voller Hoffnung, über manche jener Vermutungen, die für beide die größte innere Wahrheit hatten, näheren Aufschluß zu erhalten, gingen sie zum Professor X. Sie fanden an ihm einen hochbejahrten, altfränkisch gekleideten Mann muntern Ansehens, dessen kleine graue Augen unangenehm stechend blickten, und um dessen Mund ein sarkastisches Lächeln schwebte, das eben nicht anzog.

Als sie den Wunsch äußerten, seine Automate zu sehen, sagte er: »Ei! sind Sie doch auch wohl Liebhaber von mechanischen Kunstwerken, vielleicht selbst Kunstdilettanten? Nun, Sie finden bei mir, was Sie in ganz Europa, ja in der ganzen bekannten Welt vergebens suchen.« Des Professors Stimme hatte etwas höchst Widriges, es war ein hoher kreischender, dissonierender Tenor, der gerade zu der marktschreierischen Art paßte, womit er seine Kunstwerke ankündigte. Er holte mit vielem Geräusch die Schlüssel und öffnete den geschmackvoll, ja prächtig verzierten Saal, in welchem die Kunstwerke sich befanden. In der Mitte stand auf einer Erhöhung ein großer Flügel, neben demselben rechts eine lebensgroße männliche Figur mit einer Flöte in der Hand, links saß eine weibliche Figur vor einem klavierähnlichen Instrumente, hinter derselben zwei Knaben mit einer großen Trommel und einem Triangel. Im Hintergrunde erblickten die Freunde das ihnen schon bekannte Orchestrion und rings an den Wänden umher mehrere Spieluhren. Der Professor ging nur flüchtig an dem Orchestrion und den Spieluhren vorüber und berührte kaum merklich die Automate; dann setzte er sich aber an den Flügel und fing pianissimo ein marschmäßiges Andante an; bei der Reprise setzte der Flötenbläser die Flöte an den Mund und spielte das Thema, nun paukte der Knabe richtig im Takte ganz leise auf der Trommel, indem der andere einen Triangel kaum hörbar berührte. Bald darauf fiel das Frauenzimmer

mit vollgriffigen Akkorden ein, indem sie durch das Nieder-
drücken der Tasten einen harmonikaähnlichen Ton hervorbrachte! Aber nun wurde es immer reger und lebendiger im
ganzen Saal, die Spieluhren fielen nacheinander mit der
größten rhythmischen Genauigkeit ein, der Knabe schlug
immer stärker seine Trommel, der Triangel gellte durch das
Zimmer, und zuletzt trompetete und paukte das Orchestrion im Fortissimo dazu, daß alles zitterte und bebte, bis
der Professor mit seinen Maschinen auf einen Schlag im
Schlußakkord endete. Die Freunde zollten dem Professor
den Beifall, den sein schlau und zufrieden lächelnder Blick
zu begehren schien; er war im Begriff, noch mehr musikalische Produktionen der Art vorzubereiten, indem er sich den
Automaten näherte, aber die Freunde, als hätten sie sich
vorher dazu verabredet, schützten einstimmig ein dringen-
des Geschäft vor, das ihnen nicht erlaube länger zu verweilen und verließen den Mechaniker und seine Maschinen.
»Nun, war das nicht alles überaus künstlich und schön?«
frug Ferdinand, aber Ludwig brach los wie im lange verhaltenen Zorn:»Ei, daß den verdammten Professor der – ei, wie
sind wir doch so bitter getäuscht worden! wo sind die Auf-
schlüsse, nach denen wir trachteten, wie blieb es mit der
lehrreichen Unterhaltung, in der uns der weise Professor
erleuchten sollte, wie die Lehrlinge zu Sais?« »Dafür«, sagte
Ferdinand, »haben wir aber in der Tat merkwürdige mechanische Kunstwerke gesehen; auch in musikalischer Hinsicht! Der Flötenbläser ist offenbar die berühmte Vaucansonsche Maschine, und derselbe Mechanismus rücksichtlich
der Fingerbewegung auch bei der weiblichen Figur ange-
wendet, die auf ihrem Instrumente recht wohllautende
Töne hervorbringt; die Verbindung der Maschinen ist wunderbar.« »Das alles ist es eben«, fiel Ludwig ein, »was mich
ganz toll machte! ich bin von all der Maschinenmusik, wozu
ich auch des Professors Spiel auf dem Flügel rechne, ordent-

lich durchgewalkt und durchgeknetet, daß ich es in allen Gliedern fühle und lange nicht verwinden werde.

Schon die Verbindung des Menschen mit toten, das Menschliche in Bildung und Bewegung nachäffenden Figuren zu gleichem Tun und Treiben hat für mich etwas Drückendes, Unheimliches, ja Entsetzliches. Ich kann mir es denken, daß es möglich sein müßte, Figuren vermöge eines im Innern verborgenen Getriebes gar künstlich und behende tanzen zu lassen, auch müßten diese mit Menschen gemeinschaftlich einen Tanz aufführen und sich in allerlei Touren wenden und drehen, so daß der lebendige Tänzer die tote hölzerne Tänzerin faßte und sich mit ihr schwenkte, würdest du den Anblick ohne inneres Grauen eine Minute lang ertragen? Aber vollends die Maschinenmusik ist für mich etwas Heilloses und Greuliches, und eine gute Strumpfmaschine übertrifft nach meiner Meinung an wahrem Wert himmelweit die vollkommenste prächtigste Spieluhr.

Ist es denn nur allein der aus dem Munde strömende Hauch, der dem Blasinstrumente, sind es nur allein die gelenkigen geschmeidigen Finger, die dem Saiteninstrumente Töne entlocken, welche uns mit mächtigen Zauber ergreifen, ja in uns die unbekannten unaussprechlichen Gefühle erregen, welche, mit nichts Irdischem hienieden verwandt, die Ahndungen eines fernen Geisterreichs und unsers höhern Seins in demselben hervorrufen? Ist es nicht vielmehr das Gemüt, welches sich nur jener physischen Organe bedient, um das, was in seiner tiefsten Tiefe erklungen, in das rege Leben zu bringen, daß es andern vernehmbar ertönt und die gleichen Anklänge im Innern erweckt, welche dann im harmonischen Widerhall dem Geist das wundervolle Reich erschließen, aus dem jene Töne wie entzündende Strahlen hervordrangen? Durch Ventile, Springfedern, Hebel, Walzen und was noch alles zu dem mechanischen Apparat gehören mag, musikalisch wirken zu wollen, ist der unsinnige Versuch, die Mittel allein das vollbringen zu lassen, was sie, nur durch die innere Kraft des Gemüts belebt und von derselben in ihrer geringsten Bewegung geregelt, ausführen können. Der größte Vorwurf, den man dem Musiker macht, ist, daß er ohne Ausdruck spiele, da er dadurch eben dem eigentlichen Wesen der Musik schadet oder vielmehr in der Musik die Musik vernichtet, und doch wird der geist- und empfindungsloseste Spieler noch immer mehr leisten als die vollkommenste Maschine, da es nicht denkbar ist, daß nicht irgend einmal eine augenblickliche Anregung aus dem Innern auf sein Spiel wirken sollte, welches natürlicherweise bei der Maschine nie der Fall sein kann.

Das Streben der Mechaniker, immer mehr und mehr die menschlichen Organe zum Hervorbringen musikalischer Töne nachzuahmen oder durch mechanische Mittel zu ersetzen, ist mir der erklärte Krieg gegen das geistige Prinzip, dessen Macht nur noch glänzender siegt, je mehr scheinbare Kräfte ihm entgegengesetzt werden; eben darum ist mir gerade die nach mechanischen Begriffen vollkommenste Maschine der Art eben die verächtlichste, und eine einfache Drehorgel, die im Mechanischen nur das Mechanische bezweckt, immer noch lieber als der Vaucansonsche Flötenbläser und die Harmonikaspielerin.«

»Ich muß dir ganz beistimmen«, sagte Ferdinand, »denn du hast nur in Worten deutlich ausgesprochen, was ich längst und vorzüglich heute bei dem Professor im Innern lebhaft gefühlt. Ohne so ganz in der Musik zu leben und zu weben, wie du, und ohne daher für alle Mißgriffe so gar empfindlich zu sein, ist mir doch das Tote, Starre der Maschinenmusik von jeher zuwider gewesen, und ich erinnre mich noch, daß schon als Kind in dem Hause meines Vaters mir eine große Harfenuhr, welche stündlich ihr Stückchen abspielte, ein recht quälendes Mißbehagen erregte. Es ist schade, daß recht geschickte Mechaniker ihre Kunst dieser widrigen Spielerei und nicht vielmehr der Vervollkommnung der musikalischen Instrumente zuwenden.« »Das ist wahr«, erwiderte Ludwig, »vorzüglich rücksichtlich der Tasteninstrumente wäre noch manches zu tun, denn gerade diese öffnen dem geschickten Mechaniker ein weites Feld, und wirklich ist es zu bewundern, wie weit z. B. der Flügel in seiner Struktur, die auf Ton und Behandlungsart den entschiedensten Einfluß hat, vorgerückt ist.

Sollte es aber nicht die höhere musikalische Mechanik sein, welche die eigentümlichsten Laute der Natur belauscht, welche die in den heterogensten Körpern wohnende Töne erforscht und welche dann diese geheimnisvolle Musik in irgendein Organon festzubannen strebt, das sich dem Willen des Menschen fügt und in seiner Berührung erklingt. Alle Versuche, aus metallenen, gläsernen Zylindern, Glasfäden, Glas, ja Marmorstreifen Töne zu ziehen oder Saiten auf ganz andere als die gewöhnliche Weise vibrieren und ertönen zu lassen, scheinen mir daher im höchsten Grade beachtenswert, und dem weitern Vorschreiten dieses Bestrebens in die tiefen akustischen Geheimnisse, wie sie überall in der Natur verborgen, zu dringen, steht es nur im Wege, daß jeder mangelhafte Versuch gleich der Ostentation oder des Geldgewinns wegen, als eine neue, schon zur Vollkommenheit gediehene Erfindung angepriesen und vorgezeigt wird. Hierin liegt es, daß in kurzer Zeit so viele neue Instrumente, zum Teil unter seltsamen oder prunkenden Namen, entstanden und ebenso schnell wieder verschwunden und in Vergessenheit geraten sind.« »Deine höhere musikalische Mechanik«, sagte Ferdinand, »ist allerdings sehr interessant, wiewohl ich mir eigentlich nicht die Spitze oder das Ziel jener Bestrebungen denken kann.«

»Dies ist kein anderes«, erwiderte Ludwig, »als die Auffindung des vollkommensten Tons; ich halte aber den musikalischen Ton für desto vollkommner, je näher er den geheimnisvollen Lauten der Natur verwandt ist, die noch nicht ganz von der Erde gewichen.« »Mag es sein«, sagte Ferdinand, »daß ich nicht so wie du in diese Geheimnisse eingedrungen, aber ich gestehe, daß ich dich nicht ganz fasse.« »Laß mich es wenigstens andeuten«, fuhr Ludwig fort, »wie mir das alles so in Sinn und Gedanken liegt.

In jener Urzeit des menschlichen Geschlechts, als es, um mich ganz der Worte eines geistreichen Schriftstellers zu bedienen (Schubert in den ›Ansichten von der Nachtseite der Naturwissenschaft‹), in der ersten heiligen Harmonie mit der Natur lebte, erfüllt von dem göttlichen Instinkt der Weissagung und Dichtkunst, als der Geist des Menschen nicht die Natur, sondern diese den Geist des Menschen erfaßte, und die Mutter das wunderbare Wesen, das sie geboren, noch aus der Tiefe ihres Daseins nährte, da umfing sie den Menschen wie im Wehen einer ewigen Begeisterung mit heiliger Musik, und wundervolle Laute verkündeten die Geheimnisse ihres ewigen Treibens. Ein Nachhall aus der geheimnisvollen Tiefe dieser Urzeit ist die herrliche Sage von der Sphärenmusik, welche mich schon als Knabe, als ich in ›Scipios Traum‹ zum erstenmal davon las, mit inbrünstiger Andacht erfüllte, so daß ich oft in stillen mondhellen Nächten lauschte, ob nicht im Säuseln des Windes jene wunderbaren Töne erklingen würden. Aber noch sind jene vernehmlichen Laute der Natur, wie ich schon vorhin sagte, nicht von der Erde gewichen, denn nichts anders ist jene Luftmusik oder Teufelsstimme auf Ceylon, deren eben jener Schriftsteller erwähnt und die eine so tiefe Wirkung auf das menschliche Gemüt äußert, daß selbst die ruhigsten Beobachter sich eines tiefen Entsetzens, eines zerschneidenden Mitleids mit jenen den menschlichen Jammer so entsetzlich nachahmenden Naturtönen nicht erwehren können. Ja, ich habe selbst in früherer Zeit eine ganz ähnliche Naturerscheinung, und zwar in der Nähe des Kurischen Haffs in Ostpreußen erlebt. Es war im tiefen Herbst, als ich mich einige Zeit auf einem dort gelegenen Landgute aufhielt und in stillen Nächten bei mäßigem Winde deutlich lang gehaltene Töne hörte, die bald gleich einer tiefen gedämpften Orgelpfeife, bald gleich einer vibrierenden dumpfen Glocke erklangen. Oft konnte ich genau das tiefe F mit der anschlagenden Quinte C unterscheiden, oft erklang sogar die kleine Terz Es, so daß der schneidende Septimenakkord in den Tönen der tiefsten Klage meine Brust mit einer das Innerste durchdringenden Wehmut, ja mit Entsetzen erfüllte.

In dem unvermerkten Entstehen, Anschwellen und Verschweben jener Naturlaute liegt etwas, das unser Gemüt unwiderstehlich ergreift, und das Instrument, dem dies zu Gebote steht, wird in eben dem Grade auf uns wirken müssen; mir scheint daher, daß die Harmonika rücksichtlich des Tons sich gewiß jener Vollkommenheit, die ihren Maßstab in der Wirkung auf unser Gemüt findet, am mehrsten nähert, und es ist eben schön, daß gerade dieses Instrument, welches jene Naturlaute so glücklich nachahmt und auf unser Inneres in den tiefsten Beziehungen so wunderbar wirkt, sich dem Leichtsinn und der schalen Ostentation durchaus nicht hingibt, sondern nur in der heiligen Einfachheit ihr eigentümliches Wesen behauptet. Recht viel in dieser Hinsicht wird auch gewiß das neuerfundene sogenannte Harmonichord leisten, welches statt der Glocken mittelst einer geheimen Mechanik, die durch den Druck der Tasten und den Umschwung einer Walze in Bewegung gesetzt wird, Saiten vibrieren und ertönen läßt. Der Spieler hat das Entstehen, Anschwellen, Verschweben des Tons beinahe noch mehr in der Gewalt, als bei der Harmonika, und nur den wie aus einer andern Welt herabgekommenen Ton dieses Instruments hat das Harmonichord noch nicht im mindesten erreicht.« »Ich habe dies Instrument gehört«, sagte Ferdinand, »und muß gestehen, daß sein Ton recht in mein Inneres gedrungen, wiewohl mir die enge Beziehung jener Naturlaute, von denen du sprichst, mit der Musik, die wir durch Instrumente hervorbringen, noch nicht deutlich einleuchtet.« »Kann denn«, erwiderte Ludwig, »die Musik, die in unserm Innern wohnt, eine andere sein als die, welche in der Natur wie ein tiefes, nur dem höhern Sinn erforschliches Geheimnis verborgen, und die durch das Organ der Instrumente nur wie im Zwange eines mächtigen Zaubers, dessen wir Herr worden, ertönt? Aber im reinpsychischen Wirken des Geistes, im Traume ist der Bann gelöst, und wir hören selbst im Konzert bekannter Instrumente jene Naturlaute, wie sie wunderbar, in der Luft erzeugt, auf uns niederschweben, anschwellen und verhallen.« »Ich denke an die Äolsharfe«, unterbrach Ferdinand den Freund; »was hältst du von dieser sinnigen Erfindung?« »Die Versuche«, erwiderte Ludwig, »der Natur Töne zu entlocken, sind allerdings herrlich und höchst beachtenswert, nur scheint es mir, daß man ihr bis jetzt nur ein kleinliches Spielzeug darbot, das sie mehrenteils wie in gerechtem Unmute zerbrach. Viel größer in der Idee als alle die Äolsharfen, die nur als musikalische Ableiter der Zugluft zum kindischen Spielwerk geworden, ist die Wetterharfe, von der ich einmal gelesen. Dicke, in beträchtlicher Weite im Freien ausgespannte Drähte wurden von der Luft in Vibration gesetzt und ertönen in mächtigem Klange.

Überhaupt bleibt hier dem sinnigen, von höherem Geiste beseelten Physiker und Mechaniker noch ein weites Feld offen, und ich glaube, daß bei dem Schwunge, den die Naturwissenschaft erhalten, auch tieferes Forschen in das heilige Geheimnis der Natur eindringen und manches, was nur noch geahnet, in das rege Leben sichtlich und vernehmbar bringen wird.« –

Plötzlich wehte ein seltsamer Klang durch die Luft, der im stärkern Anschwellen dem Ton einer Harmonika ähnlich wurde. Die Freunde blieben, von innerm Schauer ergriffen, wie an den Boden festgebannt, stehen; da wurde der Ton zur tiefklagenden Melodie einer weiblichen Stimme. Ferdinand ergriff des Freundes Hand und drückte sie krampfhaft an seine Brust, aber leise und bebend sprach Ludwig: »Mio ben ricordati s'avvien ch' io mora.« Sie befanden sich außerhalb der Stadt vor dem Eingange eines mit hohen Hecken und Bäumen umschlossenen Gartens; dicht vor ihnen hatte unbemerkt ein kleines niedliches Mädchen, im Grase sitzend, gespielt, das sprang nun schnell auf und sprach: »Ach, wie schön singt Schwesterchen wieder, ich muß ihr nur eine Blume bringen, denn ich weiß schon, wenn sie die bunten Nelken sieht, dann singt sie noch schöner und länger.« Und damit hüpfte sie, einen großen Blumenstrauß in der Hand, in den Garten, dessen Türe offen stehen blieb, so daß die Freunde hineinschauen konnten. Aber welch ein Erstaunen, ja welch ein inneres Grausen durchdrang sie, als sie den Professor X. erblickten, der mitten im Garten unter einer hohen Esche stand. Statt des zurückschreckenden ironischen Lächelns, mit dem er die Freunde in seinem Hause empfing, ruhte ein tiefer melancholischer Ernst auf seinem Gesicht, und sein himmelwärts gerichteter Blick schien wie in seliger Verklärung das geahnte Jenseits zu schauen, was hinter den Wolken verborgen und von dem die wunderbaren Klänge Kunde gaben, welche wie ein Hauch des Windes durch die Luft bebten. Er schritt langsam und abgemessen den Mittelgang auf und nieder, aber in seiner Bewegung wurde alles um ihn rege und lebendig, und überall flimmerten kristallne Klänge aus den dunklen Büschen und Bäumen empor und strömten, vereinigt im wundervollen Konzert, wie Feuerflammen durch die Luft, ins Innerste des Gemüts eindringend und es zur höchsten Wonne himmli-

scher Ahndungen entzündend. Die Dämmerung war eingebrochen, der Professor verschwand in den Hecken, und die
Töne erstarben im Pianissimo. Endlich gingen die Freunde
im tiefen Schweigen nach der Stadt zurück; aber als Ludwig
sich nun von dem Freunde trennen wollte, da drückte ihn
Ferdinand fest an sich und sprach: »Sei mir treu! – sei mir
treu! – ach, ich fühle es ja, daß eine fremde Macht in mein
Inneres gedrungen und alle die im Verborgenen liegenden
Saiten ergriffen hat, die nun nach ihrer Willkür erklingen
müssen, und sollte ich darüber zugrunde gehen! –

War denn nicht die gehässige Ironie, womit uns der Professor in seinem Hause empfing, nur der Ausdruck des
feindlichen Prinzips, und hat er uns mit seinen Automaten
nicht nur abfertigen wollen, um alle nähere Beziehung mit
mir im extensiven Leben von der Hand zu weisen?« – »Du
kannst wohl recht haben«, erwiderte Ludwig, »denn auch
ich ahne es deutlich, daß auf irgendeine Weise, die uns nun
freilich wenigstens jetzt ein unauflösliches Rätsel bleibt, der
Professor in dein Leben oder besser gesagt, in das geheimnisvolle psychische Verhältnis, in dem du mit jenem unbekannten weiblichen Wesen stehst, eingreift. Vielleicht
verstärkt er selbst wider seinen Willen, als feindliches Prinzip darin verflochten und dagegen ankämpfend, den Rapport, dessen Kraft eben im Kampfe wächst, und es wäre
denkbar, daß ihm dein Nähertreten schon deshalb verhaßt
sein müßte, weil dein geistiges Prinzip dann wider seinen
Willen, oder vielmehr irgendeiner konventionellen Absicht
entgegen, alle die Anklänge jenes psychischen Rapports
weckt und in neuen lebhafteren Schwung setzt.« – Die
Freunde beschlossen nun, kein Mittel unversucht zu lassen,
dem Professor X. näherzutreten und vielleicht endlich das
Rätsel zu lösen, das so tief auf Ferdinands Leben wirkte;
schon am folgenden Morgen sollte ein zweiter Besuch bei
dem Professor das Fernere einleiten, ein Brief, den Ferdi-

nand unvermutet von seinem Vater erhielt, rief ihn aber nach B., er durfte sich nicht den mindesten Aufschub verstatten, und in wenigen Stunden eilte er schon mit Postpferden von dannen, indem er seinem Freunde versicherte, daß ihn nichts abhalten würde, spätestens in vierzehn Tagen wieder in J. zu sein. Merkwürdig war es Ludwigen im höchsten Grade, daß er bald nach Ferdinands Abreise von demselben ältlichen Mann, der zuerst von des Professor X. Einwirkung auf den Türken gesprochen, nun erfuhr, wie des Professors mechanische Kunstwerke nur aus einer untergeordneten Liebhaberei hervorgegangen, und daß tiefes Forschen, tiefes Eindringen in alle Teile der Naturwissenschaft eigentlich der unausgesetzte Zweck alles seines Strebens sei. Vorzüglich rühmte der Mann die Erfindungen des Professors in der Musik, die er aber bis jetzt niemanden mitteile. Sein geheimnisvolles Laboratorium sei ein schöner Garten bei der Stadt, und oft hätten schon Vorübergehende seltsame Klänge und Melodien ertönen gehört, als sei der Garten von Feen und Geistern bewohnt.

Vierzehn Tage vergingen, aber Ferdinand kehrte nicht wieder, endlich nach zwei Monaten erhielt Ludwig einen Brief aus B. des Inhalts:

»Lies und erstaune, aber erfahre nur das, was Du vielleicht ahntest, nachdem Du dem Professor, wie ich hoffe, näher getreten. Im Dorfe P. werden Pferde gewechselt, ich stehe und schaue recht gedankenlos in die Gegend hinein.

Da fährt ein Wagen vorbei und hält vor der nahen offnen Kirche; ein einfach gekleidetes Frauenzimmer steigt aus, ihr folgt ein junger schöner Mann in russischer Jägeruniform, mit Orden geschmückt; zwei Männer steigen aus einem zweiten Wagen. Der Posthalter sagt: ›Das ist das fremde Paar, das unser Herr Pastor heut traut.‹ Mechanisch gehe ich in die Kirche und trete ein, als der Geistliche gerade mit dem Segen die Zeremonie endigt. Ich schaue hin, die

Braut ist die Sängerin, sie erblickt mich, sie erblaßt, sie sinkt, der hinter ihr stehende Mann fängt sie auf in seine Arme, es ist der Professor X. – Was weiter vorgegangen, weiß ich nicht mehr, auch nicht, wie ich hieher gekommen, Du wirst es wohl vom Professor X. erfahren. Jetzt ist eine nie gefühlte Ruhe und Heiterkeit in meine Seele gekommen. Der verhängnisvolle Spruch des Türken war eine verdammte Lüge, erzeugt vom blinden Hintappen mit ungeschickten Fühlhörnern. Habe ich sie denn verloren? ist sie nicht im innern glühenden Leben ewig mein? Du wirst lange nicht von mir hören, denn ich gehe nach K., vielleicht auch in den tiefen Norden nach P.«

Ludwig ersah aus seines Freundes Worten nur zu deutlich seinen zerrütteten Seelenzustand, und um so rätselhafter wurde ihm das Ganze, als er erfuhr, daß der Professor X. durchaus die Stadt nicht verlassen habe. »Wie«, dachte er, »wenn es nur die Resultate des Konflikts wunderbarer psychischer Beziehungen, die vielleicht unter mehreren Personen stattfanden, wären, die in das Leben traten, und selbst äußere von ihnen unabhängige Begebenheiten so in ihren Kreis zogen, daß sie der getäuschte innere Sinn für eine aus ihm unbedingt hervorgehende Erscheinung hielt und daran glaubte? – Doch vielleicht tritt künftig die frohe Ahnung ins Leben, die ich in meinem Innern trage, und die meinen Freund trösten soll! Der verhängnisvolle Spruch des Türken ist erfüllt und vielleicht gerade durch diese Erfüllung der vernichtende Stoß abgewendet, der meinem Freunde drohte.«

Die Abenteuer der Silvester-Nacht

Vorwort des Herausgebers

Der reisende Enthusiast, aus dessen Tagebuche abermals ein Callotsches Fantasiestück mitgeteilt wird, trennt offenbar sein inneres Leben so wenig vom äußern, daß man beider Grenzen kaum zu unterscheiden vermag. Aber eben, weil du, günstiger Leser, diese Grenze nicht deutlich wahrnimmst, lockt der Geisterseher dich vielleicht herüber, und unversehens befindest du dich in dem fremden Zauberreiche, dessen seltsame Gestalten recht in dein äußeres Leben treten und mit dir auf du und du umgehen wollen, wie alte Bekannte. Daß du sie wie diese aufnehmen, ja daß du, ihrem wunderbarlichen Treiben ganz hingegeben, manchen kleinen Fieberschauer, den sie, stärker dich fassend, dir erregen könnten, willig ertragen mögest, darum bitte ich, günstiger Leser, recht von Herzen. Was kann ich mehr für den reisenden Enthusiasten tun, dem nun einmal überall und so auch am Silvester-Abend in Berlin, so viel Seltsames und Tolles begegnet ist?

1. Die Geliebte

Ich hatte den Tod, den eiskalten Tod im Herzen, ja aus dem Innersten, aus dem Herzen heraus stach es wie mit spitzigen Eiszapfen in die glutdurchströmten Nerven. Wild rannte ich, Hut und Mantel vergessend, hinaus in die finstre stürmische Nacht! – Die Turmfahnen knarrten, es war, als rühre die Zeit hörbar ihr ewiges furchtbares Räderwerk und gleich werde das alte Jahr wie ein schweres Gewicht dumpf hinabrollen in den dunkeln Abgrund. – Du weißt es ja, daß diese Zeit, Weihnachten und Neujahr, die euch allen in solch heller herrlicher Freudigkeit aufgeht, mich immer aus friedlicher Klause hinauswirft auf ein wogendes, tosendes Meer. Weihnachten! das sind Festtage, die mir in freundlichem Schimmer lange entgegenleuchten. Ich kann es nicht erwarten – ich bin besser, kindlicher als das ganze Jahr über, keinen finstern, gehässigen Gedanken nährt die der wahren Himmelsfreude geöffnete Brust; ich bin wieder ein vor Lust jauchzender Knabe. Aus dem bunten vergoldeten Schnitzwerk in den lichten Christbuden lachen mich holde Engelgesichter an, und durch das lärmende Gewühl auf den Straßen gehen, wie aus weiter Ferne kommend, heilige Orgelklänge: »denn es ist uns ein Kind geboren!« – Aber nach dem Feste ist alles verhallt, erloschen der Schimmer im trüben Dunkel. Immer mehr und mehr Blüten fallen jedes Jahr verwelkt herab, ihr Keim erlosch auf ewig, keine Frühlingssonne entzündet neues Leben in den verdorrten Ästen. Das weiß ich recht gut, aber die feindliche Macht rückt mir das, wenn das Jahr sich zu Ende neigt, mit hämischer Schadenfreude unaufhörlich vor. »Siehe«, lispelt's mir in die Ohren, »siehe, wieviel Freuden schieden in diesem Jahr von dir, die nie wiederkehren, aber dafür bist du auch klüger geworden und hältst überhaupt nicht mehr viel auf schnöde Lustigkeit, sondern wirst immer mehr ein ernster Mann – gänzlich ohne Freude.« Für den Silvester-Abend spart mir der Teufel jedesmal ein ganz besonderes Feststück auf. Er weiß im richtigen Moment, recht furchtbar höhnend, mit der scharfen Kralle in die Brust hineinzufahren und weidet sich an dem Herzblut, das ihr entquillt. Hülfe findet er überall, so wie gestern der Justizrat ihm wacker zur Hand ging. Bei *dem* (dem Justizrat, meine ich) gibt es am Silvester-Abend immer große Gesellschaft, und dann will er zum lieben Neujahr jedem eine besondere Freude bereiten, wobei er sich so ungeschickt und täppisch anstellt, daß alles Lustige, was er mühsam ersonnen, untergeht in komischem Jammer. – Als ich ins Vorzimmer trat, kam mir der Justizrat schnell entgegen, meinen Eingang ins Heiligtum, aus dem Tee und feines Räucherwerk herausdampfte, hindernd. Er sah überaus wohlgefällig und schlau aus, er lächelte mich ganz seltsam an, sprechend: »Freundchen, Freundchen, etwas Köstliches wartet Ihrer im Zimmer – eine Überraschung sondergleichen am lieben Silvester-Abend – erschrecken Sie nur nicht!« – Das fiel mir aufs Herz, düstere Ahnungen stiegen auf, und es war mir ganz beklommen und ängstlich zumute. Die Türen wurden geöffnet, rasch schritt ich vorwärts, ich trat hinein, aus der Mitte der Damen auf dem Sofa strahlte mir *ihre* Gestalt entgegen. *Sie* war es – *sie* selbst, die ich seit Jahren nicht gesehen, die seligsten Momente des Lebens blitzten in *einem* mächtigen zündenden Strahl durch mein Innres – kein tötender Verlust mehr – vernichtet der Gedanke des Scheidens! – Durch welchen wunderbaren Zufall sie hergekommen, welches Ereignis sie in die Gesellschaft des Justizrats, von dem ich gar nicht wußte, daß er sie jemals gekannt, gebracht, an das alles dachte ich nicht – ich hatte sie wieder! – Regungslos, wie von einem Zauberschlag plötzlich getroffen, mag ich dagestanden haben; der Justizrat stieß mich leise an: »Nun, Freundchen – Freundchen?« Mechanisch trat ich weiter, aber nur *sie* sah ich, und der gepreßten Brust entflohen mühsam die Worte: »Mein Gott – mein Gott, Julie hier?« Ich stand dicht am Teetisch, da erst wurde mich Julie gewahr. Sie stand auf und sprach in beinahe fremdem Ton: »Es freuet mich recht sehr, Sie hier zu sehen – Sie sehen recht wohl aus!« – und damit setzte sie sich wieder und fragte die neben ihr sitzende Dame: »Haben wir künftige Woche interessantes Theater zu erwarten?« – Du nahest dich der herrlichen Blume, die in süßen heimischen Düften dir entgegenleuchtet, aber sowie du dich beugst, ihr liebliches Antlitz recht nahe zu schauen, schießt aus den schimmernden Blättern heraus ein glatter,

kalter Basilisk und will dich töten mit feindlichen Blicken! –
Das war mir jetzt geschehen! – Täppisch verbeugte ich mich
gegen die Damen, und damit dem Giftigen auch noch das
Alberne hinzugefügt werde, warf ich, schnell zurücktretend,
dem Justizrat, der dicht hinter mir stand, die dampfende
Tasse Tee aus der Hand in das zierlich gefaltete Jabot. Man
lachte über des Justizrat Unstern und wohl noch mehr über
meine Tölpelhaftigkeit. So war alles zu gehöriger Tollheit
vorbereitet, aber ich ermannte mich in resignierter Verzweiflung. Julie hatte nicht gelacht, meine irren Blicke
trafen sie, und es war, als ginge ein Strahl aus herrlicher
Vergangenheit, aus dem Leben voll Liebe und Poesie zu mir
herüber. Da fing einer an im Nebenzimmer auf dem Flügel
zu fantasieren, das brachte die ganze Gesellschaft in Bewegung. Es hieß, jener sei ein fremder großer Virtuose, namens
Berger, der ganz göttlich spiele und dem man aufmerksam
zuhören müsse. »Klappre nicht so gräßlich mit den Tee-
löffeln, Mienchen«, rief der Justizrat und lud, mit sanft
gebeugter Hand nach der Tür zeigend und einem süßen: »Eh
bien!« die Damen ein, dem Virtuosen näher zu treten. Auch
Julie war aufgestanden und schritt langsam nach dem Nebenzimmer. Ihre ganze Gestalt hat etwas Fremdartiges
angenommen, sie schien mir größer, herausgeformter in fast
üppiger Schönheit, als sonst. Der besondere Schnitt ihres
weißen, faltenreichen Kleides, Brust, Schultern und Nak-
ken nur halb verhüllend, mit weiten bauschigen, bis an die
Ellbogen reichenden Ärmeln, das vorn an der Stirn geschei-
telte, hinten in vielen Flechten sonderbar heraufgenestelte
Haar gab ihr etwas Altertümliches, sie war beinahe anzusehen, wie die Jungfrauen auf den Gemälden von Mieris – und
doch auch wieder war es mir, als hab' ich irgendwo deutlich
mit hellen Augen das Wesen gesehen, in das Julie verwan-
delt. Sie hatte die Handschuhe herabgezogen und selbst die
künstlichen, um die Handgelenke gewundenen Armge-

hänge fehlten nicht, um durch die völlige Gleichheit der Tracht jene dunkle Erinnerung immer lebendiger und farbiger hervorzurufen. Julie wandte sich, ehe sie in das Nebenzimmer trat, nach mir herum, und es war mir, als sei das engelschöne, jugendlich anmutige Gesicht verzerrt zum höhnenden Spott; etwas Entsetzliches, Grauenvolles regte sich in mir, wie ein alle Nerven durchzuckender Krampf. »O er spielt himmlisch!« lispelte eine durch süßen Tee begeisterte Demoiselle, und ich weiß selbst nicht, wie es kam, daß ihr Arm in dem meinigen hing und ich sie oder vielmehr sie mich in das Nebenzimmer führte. Berger ließ gerade den wildesten Orkan daherbrausen; wie donnernde Meereswellen stiegen und sanken die mächtigen Akkorde, das tat mir wohl! – Da stand Julie neben mir und sprach mit süßerer, lieblicherer Stimme als je: »Ich wollte, *du* säßest am Flügel und sängest milder von vergangener Lust und Hoffnung!« – Der Feind war von mir gewichen, und in dem einzigen Namen Julie! wollte ich alle Himmelsseligkeit aussprechen, die in mich gekommen. – Andere dazwischentretende Personen hatten sie aber von mir entfernt. – Sie vermied mich nun sichtlich, aber es gelang mir, bald ihr Kleid zu berühren, bald dicht bei ihr ihren Hauch einzuatmen, und mir ging in tausend blinkenden Farben die vergangene Frühlingszeit auf. – Berger hatte den Orkan ausbrausen lassen, der Himmel war hell worden, wie kleine goldne Morgenwölkchen zogen liebliche Melodien daher und verschwebten im Pianissimo. Dem Virtuosen wurde reichlich verdienter Beifall zuteil, die Gesellschaft wogte durcheinander, und so kam es, daß ich unversehens dicht vor Julien stand. Der Geist wurde mächtiger in mir, ich wollte sie festhalten, sie umfassen im wahnsinnigen Schmerz der Liebe, aber das verfluchte Gesicht eines geschäftigen Bedienten drängte sich zwischen uns hinein, der, einen großen Präsentierteller hinhaltend, recht widrig rief: »Befehlen Sie?« – In der Mitte

der mit dampfendem Punsch gefüllten Gläser stand ein zierlich geschliffener Pokal, voll desselben Getränkes, wie es
schien. Wie *der* unter die gewöhnlichen Gläser kam, weiß
jener am besten, den ich allmählich kennen lerne; er macht,
wie der Clemens im »Oktavian« daherschreitend, mit einem
Fuß einen angenehmen Schnörkel und liebt ungemein rote
Mäntelchen und rote Federn. Diesen fein geschliffenen und
seltsam blinkenden Pokal nahm Julie und bot ihn mir dar,
sprechend: »Nimmst du denn noch so gern wie sonst das
Glas aus meiner Hand?« – »Julia – Julia«, seufzte ich auf. Den
Pokal erfassend, berührte ich ihre zarten Finger, elektrische
Feuerstrahlen blitzten durch alle Pulse und Adern – ich
trank und trank – es war mir, als knisterten und leckten
kleine blaue Flämmchen um Glas und Lippe. Geleert war
der Pokal, und ich weiß selbst nicht, wie es kam, daß ich in
dem nur von einer Alabaster-Lampe erleuchteten Kabinett
auf der Ottomane saß – Julie – Julie neben mir, kindlich und
fromm mich anblickend wie sonst. Berger war aufs neue am
Flügel, er spielte das Andante aus Mozarts sublimer Es-
Dur-Sinfonie, und auf den Schwanenfittichen des Gesanges
regte und erhob sich alle Liebe und Lust meines höchsten
Sonnenlebens. – Ja, es war Julie – Julie selbst, engelschön
und mild – unser Gespräch, sehnsüchtige Liebesklage, mehr
Blick als Wort, ihre Hand ruhte in der meinigen. – »Nun
lasse ich dich nimmer, deine Liebe ist der Funke, der in mir
glüht, höheres Leben in Kunst und Poesie entzündend –
ohne dich – ohne deine Liebe alles tot und starr – aber bist
du denn nicht auch gekommen, damit du mein bleibest
immerdar?« – In dem Augenblick schwankte eine tölpische,
spinnenbeinichte Figur mit herausstehenden Froschaugen
herein und rief, recht widrig kreischend und dämisch lachend: »Wo der Tausend ist denn meine Frau geblieben?«
Julie stand auf und sprach mit fremder Stimme: »Wollen wir
nicht zur Gesellschaft gehen? mein Mann sucht mich. – Sie

waren wieder recht amüsant, mein Lieber, immer noch bei Laune wie vormals, menagieren Sie sich nur im Trinken« – und der spinnenbeinichte Kleinmeister griff nach ihrer Hand; sie folgte ihm lachend in den Saal. – »Auf ewig verloren!« schrie ich auf – »Ja, gewiß, Codille, Liebster!« meckerte eine l'Hombre spielende Bestie. Hinaus – hinaus rannte ich in die stürmische Nacht. –

2. *Die Gesellschaft im Keller*

Unter den Linden auf und ab zu wandeln, mag sonst ganz angenehm sein, nur nicht in der Silvester-Nacht bei tüchtigem Frost und Schneegestöber. Das fühlte ich Barköpfiger und Unbemäntelter doch zuletzt, als durch die Fieberglut Eisschauer fuhren. Fort ging es über die Opernbrücke, bei dem Schlosse vorbei – ich bog ein, lief über die Schleusenbrücke bei der Münze vorüber. – Ich war in der Jägerstraße dicht am Thiermannschen Laden. Da brannten freundliche Lichter in den Zimmern; schon wollte ich hinein, weil zu sehr mich fror und ich nach einem tüchtigen Schluck starken Getränkes durstete; eben strömte eine Gesellschaft in heller Fröhlichkeit heraus. Sie sprachen von prächtigen Austern und dem guten Eilfer-Wein. »Recht hatte jener doch«, rief einer von ihnen, wie ich beim Laternenschein bemerkte, ein stattlicher Ulanenoffizier, »recht hatte jener doch, der voriges Jahr in Mainz auf die verfluchten Kerle schimpfte, welche Anno 1794 durchaus nicht mit dem Eilfer herausrücken wollten.« – Alle lachten aus voller Kehle. Unwillkürlich war ich einige Schritte weiter gekommen, ich blieb vor einem Keller stehen, aus dem ein einsames Licht herausstrahlte. Fühlte sich der Shakespearsche Heinrich nicht einmal so ermattet und demütig, daß ihm die arme Kreatur Dünnbier in den Sinn kam? In der Tat, mir geschah gleiches, meine Zunge lechzte nach einer Flasche guten englischen Biers. Schnell fuhr ich in den Keller hinein. »Was beliebt?« kam mir der Wirt, freundlich die Mütze rückend, entgegen. Ich forderte eine Flasche guten englischen Biers nebst einer tüchtigen Pfeife guten Tabaks und befand mich bald in solch einem sublimen Philistrismus, vor dem selbst der Teufel Respekt hatte und von mir abließ. – O Justizrat! hättest du mich gesehen, wie ich aus deinem hellen Teezimmer herabgestiegen war in den dunkeln Bierkeller, du hättest dich mit recht stolzer verächtlicher Miene von mir abgewendet und gemurmelt: »Ist es denn ein Wunder, daß ein solcher Mensch die zierlichsten Jabots ruiniert?«

Ich mochte ohne Hut und Mantel den Leuten etwas verwunderlich vorkommen. Dem Manne schwebte eine Frage auf den Lippen, da pochte es ans Fenster und eine Stimme rief herab: »Macht auf, macht auf, ich bin da!« Der Wirt lief hinaus und trat bald wieder herein, zwei brennende Lichter hoch in den Händen tragend, ihm folgte ein sehr langer, schlanker Mann. In der niedrigen Tür vergaß er sich zu bücken und stieß sich den Kopf recht derb; eine barettartige schwarze Mütze, die er trug, verhinderte jedoch Beschädigung. Er drückte sich auf ganz eigene Weise der Wand entlang und setzte sich mir gegenüber, indem die Lichter auf den Tisch gestellt wurden. Man hätte beinahe von ihm sagen können, daß er vornehm und unzufrieden aussähe. Er forderte verdrießlich Bier und Pfeife und erregte mit wenigen Zügen einen solchen Dampf, daß wir bald in einer Wolke schwammen. Übrigens hatte sein Gesicht so etwas Charakteristisches und Anziehendes, daß ich ihn trotz seines finstern Wesens sogleich liebgewann. Die schwarzen reichen Haare trug er gescheitelt und von beiden Seiten in vielen kleinen Locken herabhängend, so daß er den Bildern von Rubens glich. Als er den großen Mantelkragen abgeworfen, sah ich, daß er in eine schwarze Kurtka mit vielen Schnüren gekleidet war, sehr fiel es mir aber auf, daß er über die

Stiefeln zierliche Pantoffeln gezogen hatte. Ich wurde das gewahr, als er die Pfeife ausklopfte, die er in fünf Minuten ausgeraucht. Unser Gespräch wollte nicht recht von statten gehen, der Fremde schien sehr mit allerlei seltenen Pflanzen beschäftigt, die er aus einer Kapsel genommen hatte und wohlgefällig betrachtete. Ich bezeigte ihm meine Verwunderung über die schönen Gewächse und fragte, da sie ganz frisch gepflückt zu sein schienen, ob er vielleicht im botanischen Garten oder bei Boucher gewesen. Er lächelte ziemlich seltsam und antwortete: »Botanik scheint nicht eben Ihr Fach zu sein, sonst hätten Sie nicht so« – Er stockte, ich lispelte kleinlaut: »albern« – »gefragt«, setzte er treuherzig hinzu. »Sie würden«, fuhr er fort, »auf den ersten Blick Alpenpflanzen erkannt haben, und zwar, wie sie auf dem Tschimborasso wachsen.« Die letzten Worte sagte der Fremde leise vor sich hin, und du kannst denken, daß mir dabei gar wunderlich zumute wurde. Jede Frage erstarb mir auf den Lippen; aber immer mehr regte sich eine Ahnung in meinem Innern, und es war mir, als habe ich den Fremden nicht sowohl oft *gesehen* als oft *gedacht*. Da pochte es aufs neue ans Fenster, der Wirt öffnete die Tür, und eine Stimme rief: »Seid so gut, Euern Spiegel zu verhängen.« – »Aha!« sagte der Wirt, »da kommt noch recht spät der General Suwarow.« Der Wirt verhing den Spiegel, und nun sprang mit einer täppischen Geschwindigkeit, schwerfällig hurtig, möcht ich sagen, ein kleiner dürrer Mann herein, in einem Mantel von ganz seltsam bräunlicher Farbe, der, indem der Mann in der Stube herumhüpfte, in vielen Falten und Fältchen auf ganz eigene Weise um den Körper wehte, so daß es im Schein der Lichter beinahe anzusehen war, als führen viele Gestalten aus- und ineinander, wie bei den Enslerschen Fantasmagorien. Dabei rieb er die in den weiten Ärmeln versteckten Hände und rief: »Kalt! – kalt – o wie kalt! In Italia ist es anders, anders!« Endlich setzte er sich zwischen mir und dem Großen, sprechend: »Das ist ein entsetzlicher Dampf – Tabak gegen Tabak – hätt' ich nur eine Prise!« – Ich trug die spiegelblank geschliffne Stahldose in der Tasche, die du mir einst schenktest, die zog ich gleich heraus und wollte dem Kleinen Tabak anbieten. Kaum erblickte er *die*, als er mit beiden Händen darauf zufuhr und, sie wegstoßend, rief: »Weg – weg mit dem abscheulichen Spiegel!« Seine Stimme hatte etwas Entsetzliches, und als ich ihn verwundert ansah, war er ein andrer worden. Mit einem gemütlichen jugendlichen Gesicht sprang der Kleine herein, aber nun starrte mich das todblasse, welke, eingefurchte Antlitz eines Greises mit hohlen Augen an. Voll Entsetzen rückte ich hin zum Großen. »Um's Himmels willen, schauen Sie doch«, wollt' ich rufen, aber der Große nahm an allem keinen Anteil, sondern war ganz vertieft in seine Tschimborasso-Pflanzen, und in dem Augenblick forderte der Kleine: »Wein des Nordens«, wie er sich preziös ausdrückte. Nach und nach wurde das Gespräch lebendiger. Der Kleine war mir zwar sehr unheimlich, aber der Große wußte über geringfügig scheinende Dinge recht viel Tiefes und Ergötzliches zu sagen, unerachtet er mit dem Ausdruck zu kämpfen schien, manchmal auch wohl ein ungehöriges Wort einmischte, das aber oft der Sache eben eine drollige Originalität gab, und so milderte er, mit meinem Innern sich immer mehr befreundend, den übeln Eindruck des Kleinen. Dieser schien wie von lauter Springfedern getrieben, denn er rückte auf dem Stuhle hin und her, gestikulierte viel mit den Händen, und wohl rieselte mir ein Eisstrom durch die Haare über den Rücken, wenn ich es deutlich bemerkte, daß er wie aus zwei verschiedenen Gesichtern heraussah. Vorzüglich blickte er oft den Großen, dessen bequeme Ruhe sonderbar gegen des Kleinen Beweglichkeit abstach, mit dem alten Gesicht an, wiewohl nicht so entsetzlich, als zuvor mich. – In dem Maskenspiel des irdischen Lebens sieht oft der innere Geist mit leuchtenden Augen aus der Larve heraus, das Verwandte erkennend, und so mag es geschehen sein, daß wir drei absonderliche Menschen im Keller uns auch so angeschaut und erkannt hatten. Unser Gespräch fiel in jenen Humor, der nur aus dem tief bis auf den Tod verletzten Gemüte kommt. »Das hat auch seinen Haken«, sagte der Große. »Ach Gott«, fiel ich ein, »wie viel Haken hat der Teufel überall für uns eingeschlagen, in Zimmerwänden, Lauben, Rosenhecken, woran vorbeistreifend wir etwas von unserm teuern Selbst hängen lassen. Es scheint, Verehrte, als ob uns allen auf diese Weise schon etwas abhanden gekommen, wiewohl mir diese Nacht vorzüglich Hut und Mantel fehlte. Beides hängt an einem Haken in des Justizrats Vorzimmer, wie Sie wissen!« Der Kleine und der Große fuhren sichtlich auf, als träfe sie unversehens ein Schlag. Der Kleine schaute mich recht häßlich mit seinem alten Gesichte an, sprang aber gleich auf einen Stuhl und zog das Tuch fester über den Spiegel, während der Große sorgfältig die Lichter putzte. Das Gespräch lebte mühsam wieder auf, man erwähnte eines jungen wackern Malers, namens Philipp, und des Bildes einer Prinzessin, das er mit *dem* Geist der Liebe und *dem* frommen Sehnen nach dem Höchsten, wie der Herrin tiefer heiliger Sinn es ihm entzündet, vollendet hatte. »Zum Sprechen ähnlich und doch kein Porträt, sondern ein *Bild*«, meinte der Große. »Es ist so ganz wahr«, sprach ich, »man möchte sagen, wie aus dem Spiegel gestohlen.« Da sprang der Kleine wild auf, mit dem alten Gesicht und funkelnden Augen mich anstarrend, schrie er: »Das ist albern, das ist toll, wer vermag aus dem Spiegel Bilder zu stehlen? – wer vermag das? meinst du, vielleicht der Teufel? – Hoho Bruder, der zerbricht das Glas mit der tölpischen Kralle, und die feinen weißen Hände des Frauenbildes werden auch wund und bluten. Albern ist das. Heisa! – zeig' mir das Spiegelbild, das gestohlne Spiegelbild, und ich mache dir den Meistersprung von tausend Klafter hinab, du betrübter Bursche!« – Der Große erhob sich, schritt auf den Kleinen los und sprach: »Mache Er sich nicht so unnütz, mein Freund! sonst wird Er die Treppe hinaufgeworfen, es mag wohl miserabel aussehen mit Seinem eignen Spiegelbilde.« – »Ha ha ha ha!« lachte und kreischte der Kleine in tollem Hohn, »ha ha ha – meinst du? meinst du? Hab' ich doch meinen schönen Schlagschatten, o du jämmerlicher Geselle, hab' ich doch meinen Schlagschatten!« – Und damit sprang er fort, noch draußen hörten wir ihn recht hämisch meckern und lachen: »hab' ich doch meinen Schlagschatten!« Der Große war, wie vernichtet, totenbleich in den Stuhl zurückgesunken, er hatte den Kopf in beide Hände gestützt, und aus der tiefsten Brust atmete schwer ein Seufzer auf. »Was ist Ihnen?« fragte ich teilnehmend. »O mein Herr«, erwiderte der Große, »jener böse Mensch, der uns so feindselig erschien, der mich bis hieher, bis in meine Normalkneipe verfolgte, wo ich sonst einsam blieb, da höchstens nur etwa ein Erdgeist unter dem Tisch aufduckte und Brotkrümchen naschte – jener böse Mensch hat mich zurückgeführt in mein tiefstes Elend. Ach – verloren, unwiederbringlich verloren habe ich meinen – Leben Sie wohl!« – Er stand auf und schritt mitten durch die Stube zur Tür hinaus. Alles blieb hell um ihn – er warf keinen Schlagschatten. Voll Entzücken rannte ich nach – »Peter Schlemihl – Peter Schlemihl!«* rief ich freudig, aber *der* hatte die Pantoffeln weggeworfen. Ich sah, wie er über den Gendarmenturm hinwegschritt und in der Nacht verschwand.

Als ich in den Keller zurück wollte, warf mir der Wirt die Tür vor der Nase zu, sprechend: »Vor solchen Gästen bewahre mich der liebe Herrgott!« –

* Peter Schlemihls wundersame Geschichte, mitgeteilt von Adalbert von Chamisso und herausgegeben von Friedrich Baron de la Motte Fouqué. Nürnberg bei J. L. Schrag. 1814.

Herr Mathieu ist mein guter Freund, und sein Türsteher ein wachsamer Mann. Der machte mir gleich auf, als ich im »Goldnen Adler« an der Hausklingel zog. Ich erklärte, wie ich mich aus einer Gesellschaft fortgeschlichen ohne Hut und Mantel, im letztern stecke aber mein Hausschlüssel, und die taube Aufwärterin herauszupochen, sei unmöglich. Der freundliche Mann (den Türsteher mein' ich) öffnete ein Zimmer, stellte die Lichter hin und wünschte mir eine gute Nacht. Der schöne breite Spiegel war verhängt, ich weiß selbst nicht, wie ich darauf kam, das Tuch herabzuziehen und beide Lichter auf den Spiegeltisch zu setzen. Ich fand mich, da ich in den Spiegel schaute, so blaß und entstellt, daß ich mich kaum selbst wiedererkannte. – Es war mir, als schwebe aus des Spiegels tiefstem Hintergrunde eine dunkle Gestalt hervor; sowie ich fester und fester Blick und Sinn darauf richtete, entwickelten sich in seltsam magischem Schimmer deutlicher die Züge eines holden Frauenbildes – ich erkannte Julien. Von inbrünstiger Liebe und Sehnsucht befangen, seufzte ich laut auf: »Julia! Julia!« Da stöhnte und ächzte es hinter den Gardinen eines Bettes in des Zimmers äußerster Ecke. Ich horchte auf, immer ängstlicher wurde das Stöhnen. Juliens Bild war verschwunden, entschlossen ergriff ich ein Licht, riß die Gardinen des Bettes rasch auf und schaute hinein. Wie kann ich dir denn das Gefühl beschreiben, das mich durchbebte, als ich den Kleinen erblickte, der mit dem jugendlichen, wiewohl schmerzlich verzogenen Gesicht dalag und im Schlaf recht aus tiefster Brust aufseufzte: »Giulietta! Giulietta!« – Der Name fiel zündend in mein Inneres – das Grauen war von mir gewichen, ich faßte und rüttelte den Kleinen recht derb, rufend: »He – guter Freund, wie kommen Sie in mein Zimmer, erwachen Sie und scheren Sie sich gefälligst zum Teufel!« –

Der Kleine schlug die Augen auf und blickte mich mit dunklen Blicken an: »Das war ein böser Traum«, sprach er, »Dank sei Ihnen, daß Sie mich weckten.« Die Worte klangen wie leise Seufzer. Ich weiß nicht, wie es kam, daß der Kleine mir jetzt ganz anders erschien, ja daß der Schmerz, von dem er ergriffen, in mein eignes Innres drang und all mein Zorn in tiefer Wehmut verging. Weniger Worte bedurfte es nur, um zu erfahren, daß der Türsteher mir aus Versehen dasselbe Zimmer aufgeschlossen, welches der Kleine schon eingenommen hatte, daß *ich* es also war, der, unziemlich eingedrungen, den Kleinen aus dem Schlafe aufstörte.

»Mein Herr«, sprach der Kleine, »ich mag Ihnen im Keller wohl recht toll und ausgelassen vorgekommen sein, schieben Sie mein Betragen darauf, daß mich, wie ich nicht leugnen kann, zuweilen ein toller Spuk befängt, der mich aus allen Kreisen des Sittigen und Gehörigen hinaustreibt. Sollte Ihnen denn nicht zuweilen Gleiches widerfahren?« – »Ach Gott ja«, erwiderte ich kleinmütig, »nur noch heute abend, als ich Julien wiedersah.« – »Julia?« krächzte der Kleine mit widriger Stimme, und es zuckte über sein Gesicht hin, das wieder plötzlich alt wurde. »O lassen Sie mich ruhen – verhängen Sie doch gütigst den Spiegel, Bester!« – dies sagte er, ganz matt aufs Kissen zurückblickend. »Mein Herr«, sprach ich, »der Name meiner auf ewig verlornen Liebe scheint seltsame Erinnerungen in Ihnen zu wecken, auch variieren Sie merklich mit Dero angenehmen Gesichtszügen. Doch hoffe ich mit Ihnen ruhig die Nacht zu verbringen, weshalb ich gleich den Spiegel verhängen und mich ins Bett begeben will.« Der Kleine richtete sich auf, sah mich mit überaus milden, gutmütigen Blicken seines Jünglingsgesichts an, faßte meine Hand und sprach, sie leise drückend: »Schlafen Sie ruhig, mein Herr, ich merke, daß wir Unglücksgefährten sind. – Sollten Sie auch? – Julia – Giulietta – Nun dem sei, wie ihm wolle, Sie üben eine unwiderstehliche Gewalt über mich aus – ich kann nicht anders, ich muß Ihnen mein tiefstes Geheimnis entdecken – dann hassen, dann verachten Sie mich.« Mit diesen Worten stand der Kleine langsam auf, hüllte sich in einen weißen weiten Schlafrock und schlich leise und recht gespensterartig nach dem Spiegel, vor den er sich hinstellte. Ach! – rein und klar warf der Spiegel die beiden Lichter, die Gegenstände im Zimmer, mich selbst zurück, die Gestalt des Kleinen war nicht zu sehen im Spiegel, kein Strahl reflektierte sein dicht herangebogenes Gesicht. Er wandte sich zu mir, die tiefste Verzweiflung in den Mienen, er drückte meine Hände: »Sie kennen nun mein grenzenloses Elend«, sprach er, »Schlemihl, die reine, gute Seele, ist beneidenswert gegen mich Verworfenen. Leichtsinnig verkaufte er seinen Schlagschatten, aber ich! – ich gab mein Spiegelbild *ihr – ihr!* – oh – oh – oh!« – So tief aufstöhnend, die Hände vor die Augen gedrückt, wankte der Kleine nach dem Bette, in das er sich schnell warf. Erstarrt blieb ich stehen, Argwohn, Verachtung, Grauen, Teilnahme, Mitleiden, ich weiß selbst nicht, was sich alles für und wider den Kleinen in meiner Brust regte. Der Kleine fing indes bald an so anmutig und melodiös zu schnarchen, daß ich der narkotischen Kraft dieser Töne nicht widerstehen konnte. Schnell verhing ich den Spiegel, löschte die Lichter aus, warf mich so wie der Kleine ins Bett und fiel bald in tiefen Schlaf. Es mochte wohl schon Morgen sein, als ein blendender Schimmer mich weckte. Ich schlug die Augen auf und erblickte den Kleinen, der im weißen Schlafrock, die Nachtmütze auf dem Kopf, den Rükken mir zugewandt, am Tische saß und bei beiden angezündeten Lichtern emsig schrieb. Er sah recht spukhaft aus, mir wandelte ein Grauen an; der Traum erfaßte mich plötzlich und trug mich wieder zum Justizrat, wo ich neben Julien auf der Ottomane saß. Doch bald war es mir, als sei die ganze Gesellschaft eine spaßhafte Weihnachtsausstellung bei

Fuchs, Weide, Schoch oder sonst, der Justizrat eine zierliche Figur von Dragant mit postpapiernem Jabot. Höher und höher wurden die Bäume und Rosenbüsche. Julie stand auf und reichte mir den kristallnen Pokal, aus dem blaue Flammen emporleckten. Da zog es mich am Arm, der Kleine stand hinter mir mit dem alten Gesicht und lispelte: »Trink nicht, trink nicht – sieh sie doch recht an! – hast du sie nicht schon gesehen auf den Warnungstafeln von Breughel, von Callot oder von Rembrandt?« – Mir schauerte vor Julien, denn freilich war sie in ihrem faltenreichen Gewande mit den bauschigen Ärmeln, in ihrem Haarschmuck so anzusehen wie die von höllischen Untieren umgebenen lockenden Jungfrauen auf den Bildern jener Meister. »Warum fürchtest du dich denn«, sprach Julie, »ich habe dich und dein Spiegelbild doch ganz und gar.« Ich ergriff den Pokal, aber der Kleine hüpfte wie ein Eichhörnchen auf meine Schultern und wehte mit dem Schweife in die Flammen, widrig quiekend: »Trink nicht – trink nicht.« Doch nun wurden alle Zuckerfiguren der Ausstellung lebendig und bewegten komisch die Händchen und Füßchen, der dragantne Justizrat trippelte auf mich zu und rief mit einem ganz feinen Stimmchen: »Warum der ganze Rumor, mein Bester? warum der ganze Rumor? Stellen Sie sich doch nur auf Ihre lieben Füße, denn schon lange bemerke ich, daß Sie in den Lüften über Stühle und Tische wegschreiten.« Der Kleine war verschwunden, Julie hatte nicht mehr den Pokal in der Hand. »Warum wolltest du denn nicht trinken?« sprach sie, »war denn die reine herrliche Flamme, die dir aus dem Pokal entgegenstrahlte, nicht der Kuß, wie du ihn einst von mir empfingst?« Ich wollte sie an mich drücken, Schlemihl trat aber dazwischen, sprechend: »Das ist Mina, die den Raskal geheiratet.« Er hatte einige Zuckerfiguren getreten, die ächzten sehr. – Aber bald vermehrten diese sich zu Hunderten und Tausenden und trippelten um mich her und an

mir herauf im bunten häßlichen Gewimmel und umsumm-
ten mich wie ein Bienenschwarm. – Der dragantne Justizrat
hatte sich bis zur Halsbinde heraufgeschwungen, die zog er
immer fester und fester an. »Verdammter dragantner Justizrat!« schrie ich laut und fuhr auf aus dem Schlafe. Es war
heller lichter Tag, schon eilf Uhr mittags. »Das ganze Ding
mit dem Kleinen war auch wohl nur ein lebhafter Traum«,
dachte ich eben, als der mit dem Frühstück eintretende
Kellner mir sagte, daß der fremde Herr, der mit mir in einem
Zimmer geschlafen, am frühen Morgen abgereist sei und sich
mir sehr empfehlen lasse. Auf dem Tische, an dem nachts
der spukhafte Kleine saß, fand ich ein frisch beschriebenes
Blatt, dessen Inhalt ich dir mitteile, da es unbezweifelt des
Kleinen wundersame Geschichte ist.

4. *Die Geschichte vom verlornen Spiegelbilde*

Endlich war es doch so weit gekommen, daß Erasmus Spikher den Wunsch, den er sein Leben lang im Herzen genährt,
erfüllen konnte. Mit frohem Herzen und wohlgefülltem
Beutel setzte er sich in den Wagen, um die nördliche Heimat
zu verlassen und nach dem schönen warmen Welschland zu
reisen. Die liebe fromme Hausfrau vergoß tausend Tränen,
sie hob den kleinen Rasmus, nachdem sie ihm Nase und
Mund sorgfältig geputzt, in den Wagen hinein, damit der
Vater zum Abschiede ihn noch sehr küsse. »Lebe wohl, mein
lieber Erasmus Spikher«, sprach die Frau schluchzend, »das
Haus will ich dir gut bewahren, denke fein fleißig an mich,
bleibe mir treu und verliere nicht die schöne Reisemütze,
wenn du, wie du wohl pflegst, schlafend zum Wagen heraus-
nickst.« – Spikher versprach das. – In dem schönen Florenz
fand Erasmus einige Landsleute, die voll Lebenslust und
jugendlichen Muts in den üppigen Genüssen, wie sie das
herrliche Land reichlich darbot, schwelgten. Er bewies sich

ihnen als ein wackrer Kumpan, und es wurden allerlei ergötzliche Gelage veranstaltet, denen Spikhers besonders muntrer Geist und das Talent, dem tollen Ausgelassenen das Sinnige beizufügen, einen eignen Schwung gaben. So kam es denn, daß die jungen Leute (Erasmus, erst siebenundzwanzig Jahr alt, war wohl dazu zu rechnen) einmal zur Nachtzeit in eines herrlichen, duftenden Gartens erleuchtetem Boskett ein gar fröhliches Fest begingen. Jeder, nur nicht Erasmus, hatte eine liebliche Donna mitgebracht. Die Männer gingen in zierlicher altteutscher Tracht, die Frauen waren in bunten leuchtenden Gewändern, jede auf andere Art ganz fantastisch gekleidet, so daß sie erschienen wie liebliche wandelnde Blumen. Hatte diese oder jene zu dem Saitengelispel der Mandolinen ein italienisches Liebeslied gesungen, so stimmten die Männer unter dem lustigen Geklingel der mit Syrakuser gefüllten Gläser einen kräftigen deutschen Rundgesang an. – Ist ja doch Italien das Land der Liebe. Der Abendwind säuselte wie in sehnsüchtigen Seufzern, wie Liebeslaute durchwallten die Orange- und Jasmindüfte das Boskett, sich mischend in das lose neckhafte Spiel, das die holden Frauenbilder, all die kleinen zarten Buffonerien, wie sie nur den italienischen Weibern eigen, aufbietend, begonnen hatten. Immer reger und lauter wurde die Lust. Friedrich, der Glühendste vor allen, stand auf, mit einem Arm hatte er seine Donna umschlungen, und das mit perlendem Syrakuser gefüllte Glas mit der anderen Hand hoch schwingend, rief er: »Wo ist denn Himmelslust und Seligkeit zu finden als bei euch, ihr holden, herrlichen italienischen Frauen, ihr seid ja die Liebe selbst. – Aber du, Erasmus«, fuhr er fort, sich zu Spikher wendend, »scheinst das nicht sonderlich zu fühlen, denn nicht allein, daß du, aller Verabredung, Ordnung und Sitte entgegen, keine Donna zu unserm Feste geladen hast, so bist du auch heute so trübe und in dich gekehrt, daß, hättest du nicht wenigstens tapfer getrunken und gesungen, ich glaube würde, du seist mit einemmal ein langweiliger Melancholikus geworden.« – »Ich muß dir gestehen, Friedrich«, erwiderte Erasmus, »daß ich mich auf *die* Weise nun einmal nicht freuen kann. Du weißt ja, daß ich eine liebe, fromme Hausfrau zurückgelassen habe, die ich recht aus tiefer Seele liebe, und an der ich ja offenbar einen Verrat beginge, wenn ich im losen Spiel auch nur für einen Abend mir eine Donna wählte. Mit euch unbeweibten Jünglingen ist das ein andres, aber ich als Familienvater« – Die Jünglinge lachten hell auf, da Erasmus bei dem Worte »Familienvater« sich bemühte, das jugendliche gemütliche Gesicht in ernste Falten zu ziehen, welches denn eben sehr possierlich herauskam. Friedrichs Donna ließ sich das, was Erasmus teutsch gesprochen, in das Italienische übersetzen, dann wandte sie sich ernsten Blickes zum Erasmus und sprach, mit aufgehobenem Finger leise drohend: »Du kalter, kalter Teutscher! – verwahre dich wohl, noch hast du Giulietta nicht gesehen!«

In dem Augenblick rauschte es beim Eingange des Bosketts, und aus dunkler Nacht trat in den lichten Kerzenschimmer hinein ein wunderherrliches Frauenbild. Das weiße, Busen, Schultern und Nacken nur halb verhüllende Gewand, mit bauschigen, bis an die Ellbogen streifenden Ärmeln, floß in reichen breiten Falten herab, die Haare vorn an der Stirn gescheitelt, hinten in vielen Flechten heraufgenestelt. – Goldene Ketten um den Hals, reiche Armbänder um die Handgelenke geschlungen, vollendeten den altertümlichen Putz der Jungfrau, die anzusehen war, als wandle ein Frauenbild von Rubens oder dem zierlichen Mieris daher. »Giulietta!« riefen die Mädchen voll Erstaunen. Giulietta, deren Engelsschönheit alle überstrahlte, sprach mit süßer lieblicher Stimme: »Laßt mich doch teilnehmen an euerm schönen Fest, ihr wackern teutschen Jünglinge. Ich will hin zu jenem dort, der unter euch ist so ohne Lust und ohne Liebe.« Damit wandelte sie in hoher Anmut zum Erasmus und setzte sich auf den Sessel, der neben ihm leer geblieben, da man vorausgesetzt hatte, daß auch er eine Donna mitbringen werde. Die Mädchen lispelten untereinander: »Seht, o seht, wie Giulietta heute wieder so schön ist!« und die Jünglinge sprachen: »Was ist denn das mit dem Erasmus, er hat ja die Schönste gewonnen und uns nur wohl verhöhnt?«

Dem Erasmus war bei dem ersten Blick, den er auf Giulietta warf, so ganz besonders zumute geworden, daß er selbst nicht wußte, was sich denn so gewaltsam in seinem Innern rege. Als sie sich ihm näherte, faßte ihn eine fremde Gewalt und drückte seine Brust zusammen, daß sein Atem stockte. Das Auge fest geheftet auf Giulietta, mit erstarrten Lippen saß er da und konnte kein Wort hervorbringen, als die Jünglinge laut Giuliettas Anmut und Schönheit priesen. Giulietta nahm einen vollgeschenkten Pokal und stand auf, ihn dem Erasmus freundlich darreichend; *der* ergriff den Pokal, Giuliettas zarte Finger leise berührend. Er trank, Glut strömte durch seine Adern. Da fragte Giulietta scherzend: »Soll ich denn Eure Donna sein?« Aber Erasmus warf sich wie im Wahnsinn vor Giulietta nieder, drückte ihre beiden Hände an seine Brust und rief: »Ja, *du* bist es, *dich* habe ich geliebt immerdar, *dich*, du Engelsbild! – Dich habe ich geschaut in meinen Träumen, du bist mein Glück, meine Seligkeit, mein höheres Leben!« – Alle glaubten, der Wein sei dem Erasmus zu Kopf gestiegen, denn so hatten sie ihn nie gesehen, er schien ein anderer worden. »Ja, du – du bist mein Leben, du flammst in mir mit verzehrender Glut. Laß mich untergehen – untergehen, nur in dir, nur du will ich sein«, – so schrie Erasmus, aber Giulietta nahm ihn sanft in die Arme; ruhiger geworden, setzte er sich an ihre Seite, und bald begann wieder das heitre Liebesspiel in muntern Scherzen und Liedern, das durch Giulietta und Erasmus unterbrochen worden. Wenn Giulietta sang, war es, als gingen aus tiefster Brust Himmelstöne hervor, nie gekannte, nur geahnte Lust in allen entzündend. Ihre volle wunderbare Kristallstimme trug eine geheimnisvolle Glut in sich, die jedes Gemüt ganz und gar befing. Fester hielt jeder Jüngling seine Donna umschlungen, und feuriger strahlte Aug' in Auge. Schon verkündete ein roter Schimmer den Anbruch der Morgenröte, da riet Giulietta das Fest zu enden. Es geschah. Erasmus schickte sich an, Giulietta zu begleiten, sie schlug das ab und bezeichnete ihm das Haus, wo er sie künftig finden könne. Während des teutschen Rundgesangs, den die Jünglinge noch zum Beschluß des Festes anstimmten, war Giulietta aus dem Boskett verschwunden; man sah sie hinter zwei Bedienten, die mit Fackeln voranschritten, durch einen fernen Laubgang wandeln. Erasmus wagte nicht, ihr zu folgen. Die Jünglinge nahmen nun jeder seine Donna unter den Arm und schritten in voller heller Lust von dannen. Ganz verstört und im Innern zerrissen von Sehnsucht und Liebesqual, folgte ihnen endlich Erasmus, dem sein kleiner Diener mit der Fackel vorleuchtete. So ging er, da die Freunde ihn verlassen, durch eine entlegene Straße, die nach seiner Wohnung führte. Die Morgenröte war hoch heraufgestiegen, der Diener stieß die Fackel auf dem Steinpflaster aus, aber in den aufsprühenden Funken stand plötzlich eine seltsame Figur vor Erasmus, ein langer dürrer Mann mit spitzer Habichtsnase, funkelnden Augen, hämisch verzogenem Munde, im feuerroten Rock mit strahlenden Stahlknöpfen. *Der* lachte und rief mit unangenehm gellender Stimme: »Ho, ho! – Ihr seid wohl aus einem alten Bilderbuch herausgestiegen mit Euerm Mantel, Euerm geschlitzten Wams und Euerm Federnbarett. – Ihr seht recht schnakisch aus, Herr Erasmus, aber wollt Ihr denn auf der Straße der Leute Spott werden? Kehrt doch nur ruhig zurück in Euern Pergamentband.« –

»Was geht Euch meine Kleidung an«, sprach Erasmus verdrießlich und wollte, den roten Kerl beiseite schiebend,
vorübergehen, *der* schrie ihm nach: »Nun, nun – eilt nur
nicht so, zur Guilietta könnt Ihr doch jetzt gleich nicht hin.«
Erasmus drehte sich rasch um. »Was sprecht Ihr von Giulietta«, rief er mit wilder Stimme, den roten Kerl bei der
Brust packend. *Der* wandte sich aber pfeilschnell und war,
ehe sich's Erasmus versah, verschwunden. Erasmus blieb
ganz verblüfft stehen mit dem Stahlknopf in der Hand, den
er dem Roten abgerissen. »Das war der Wunderdoktor,
Signor Dapertutto; was der nur von Euch wollte?« sprach
der Diener, aber dem Erasmus wandelte ein Grauen an, er
eilte sein Haus zu erreichen. –

Giulietta empfing den Erasmus mit all der wunderbaren
Anmut und Freundlichkeit, die ihr eigen. Der wahnsinnigen
Leidenschaft, die den Erasmus entflammt, setzte sie ein
mildes, gleichmütiges Betragen entgegen. Nur dann und
wann funkelten ihre Augen höher auf, und Erasmus fühlte,
wie leise Schauer aus dem Innersten heraus ihn durchbebten, wenn sie manchmal ihn mit einem recht seltsamen
Blicke traf. Nie sagte sie ihm, daß sie ihn liebe, aber ihre
ganze Art und Weise mit ihm umzugehen, ließ es ihn deutlich ahnen, und so kam es, daß immer festere und festere
Bande ihn umstrickten. Ein wahres Sonnenleben ging ihm
auf; die Freunde sah er selten, da Giulietta ihn in andere
fremde Gesellschaft eingeführt. –

Einst begegnete ihm Friedrich, der ließ ihn nicht los, und
als der Erasmus durch manche Erinnerung an sein Vaterland und an sein Haus recht mild und weich geworden, da
sagte Friedrich: »Weißt du wohl, Spikher, daß du in recht
gefährliche Bekanntschaft geraten bist? Du mußt es doch
wohl schon gemerkt haben, daß die schöne Giulietta eine der
schlauesten Courtisanen ist, die es je gab. Man trägt sich
dabei mit allerlei geheimnisvollen, seltsamen Geschichten,

die sie in gar besonderm Lichte erscheinen lassen. Daß sie über die Menschen, wenn sie will, eine unwiderstehliche Macht übt und sie in unauflösliche Bande verstrickt, seh' ich an dir, du bist ganz und gar verändert, du bist ganz der verführerischen Giulietta hingegeben, du denkst nicht mehr an deine liebe fromme Hausfrau.« – Da hielt Erasmus beide Hände vors Gesicht, er schluchzte laut, er rief den Namen seiner Frau. Friedrich merkte wohl, wie ein innerer harter Kampf begonnen. »Spikher«, fuhr er fort, »laß uns schnell abreisen.« »Ja, Friedrich«, rief Spikher heftig, »du hast recht. Ich weiß nicht, wie mich so finstre gräßliche Ahnungen plötzlich ergreifen, – ich muß fort, noch heute fort.« – Beide Freunde eilten über die Straße, quer vorüber schritt Signor Dapertutto, *der* lachte dem Erasmus ins Gesicht und rief: »Ach, eilt doch, eilt doch nur schnell, Giulietta wartet schon, das Herz voll Sehnsucht, die Augen voll Tränen. – Ach, eilt doch, eilt doch!« Erasmus wurde wie vom Blitz getroffen. »Dieser Kerl«, sprach Friedrich, »dieser Ciarlatano ist mir im Grunde der Seele zuwider, und daß *der* bei Giulietta aus- und eingeht und ihr seine Wunderessenzen verkauft.« – »Was!« rief Erasmus, »dieser abscheuliche Kerl bei Giulietta – bei Giulietta?« – »Wo bleibt Ihr aber auch so lange, alles wartet auf Euch, habt Ihr denn gar nicht an mich gedacht?« so rief eine sanfte Stimme vom Balkon herab. Es war Giulietta, vor deren Hause die Freunde, ohne es bemerkt zu haben, standen. Mit einem Sprunge war Erasmus im Hause. »Der ist nun einmal hin und nicht mehr zu retten«, sprach Friedrich leise und schlich über die Straße fort.

Nie war Giulietta liebenswürdiger gewesen, sie trug dieselbe Kleidung als damals in dem Garten, sie strahlte in voller Schönheit und jugendlicher Anmut. Erasmus hatte alles vergessen, was er mit Friedrich gesprochen, mehr als je riß ihn die höchste Wonne, das höchste Entzücken unwiderstehlich hin, aber auch noch niemals hatte Giulietta so ohne allen Rückhalt ihm ihre innigste Liebe merken lassen. Nur *ihn* schien sie zu beachten, nur für *ihn* zu sein. – Auf einer Villa, die Giulietta für den Sommer gemietet, sollte ein Fest gefeiert werden. Man begab sich dahin. In der Gesellschaft befand sich ein junger Italiener von recht häßlicher Gestalt und noch häßlicheren Sitten, *der* bemühte sich viel um Giulietta und erregte die Eifersucht des Erasmus, der voll Ingrimm sich von den andern entfernte und einsam in einer Seitenallee des Gartens auf- und abschlich. Giulietta suchte ihn auf. »Was ist dir? – bist du denn nicht ganz mein?« Damit umfing sie ihn mit den zarten Armen und drückte einen Kuß auf seine Lippen. Feuerstrahlen durchblitzten ihn, in rasender Liebeswut drückte er die Geliebte an sich und rief: »Nein, ich lasse dich nicht, und sollte ich untergehen im schmachvollsten Verderben!« Giulietta lächelte seltsam bei diesen Worten, und ihn traf jener sonderbare Blick, der ihm jederzeit innern Schauer erregte. Sie gingen wieder zur Gesellschaft. Der widrige junge Italiener trat jetzt in die Rolle des Erasmus; von Eifersucht getrieben, stieß er allerlei spitze beleidigende Reden gegen Teutsche und insbesondere gegen Spikher aus. *Der* konnte es endlich nicht länger ertragen; rasch schritt er auf den Italiener los. »Haltet ein«, sprach er, »mit Euern nichtswürdigen Sticheleien auf Teutsche und auf mich, sonst werfe ich Euch in jenen Teich, und Ihr könnt Euch im Schwimmen versuchen.« In dem Augenblick blitzte ein Dolch in des Italieners Hand, da packte Erasmus ihn wütend bei der Kehle und warf ihn nieder, ein kräftiger Fußtritt ins Genick, und der Italiener gab röchelnd seinen Geist auf. – Alles stürzte auf den Erasmus los, er war ohne Besinnung – er fühlte sich ergriffen, fortgerissen. Als er wie aus tiefer Betäubung erwachte, lag er in einem kleinen Kabinett zu Giuliettas Füßen, die, das Haupt über ihn herabgebeugt, ihn mit beiden Armen umfaßt hielt.

INSEL

NEUE BÜCHER 2. HALBJAHR 1996
EINE AUSWAHL

ROMANE · ERZÄHLUNGEN
RAINER MARIA RILKE
DAS SCHÖNE BUCH · BRIEFE
MUSIK · KUNST
KULTUR UND GESCHICHTE
ZEITGESCHICHTE

FRANCIS L. CARSTEN
WIDERSTAND GEGEN HITLER

Die deutschen Arbeiter und die Nazis
Aus dem Englischen vom Autor
Etwa 312 Seiten. Gebunden
ca. DM 39,80 / öS 295,- / sFr. 37.-
(September)

Francis L. Carsten schreibt die Geschichte des Arbeiterwiderstands gegen das Naziregime, nicht allein des organisierten kommunistischen und sozialdemokratischen Widerstands, sondern des gesamten oppositionellen Aufbegehrens. Eindringlich schildert Carsten die alltäglichen Probleme und die Stimmung der Arbeiter während des Nationalsozialismus und berichtet, neben der Beschreibung der Hauptlinien, auch von bewegenden Einzelschicksalen.
Francis L. Carsten, geboren 1911 in Berlin, Studium in Berlin und Heidelberg bis 1933. Aktiv in der sozialistischen Jugendbewegung seit 1927. Emigration Ende 1935, 1942 Promotion in Oxford, seit 1971 Mitglied der Britischen Akademie der Wissenschaften.

FRIEDRICH CRAMER
SYMPHONIE DES LEBENDIGEN

Versuch einer allgemeinen
Resonanztheorie
Etwa 260 Seiten. Gebunden
ca. DM 42,- / öS 311,- / sFr. 39.-
(September)

Wenn man am Klavier bei getretenem Pedal einen einzelnen Ton anschlägt, summt bald die Oktave mit, dann die Quint, die Terz usw., und schließlich klingt das ganze Klavier; Resonanz ermöglicht Ganzheit. Das ist kein Spezialfall der Musik oder Akustik, es gilt für alle schwingenden Systeme: Atome, Moleküle, Organe, das Gehirn, für die Evolution, für geregeltes organisches Wachstum, das System der Hormone, unsere Ernährung, für die Wechselwirkung zwischen Personen und Gesellschaften. Auf diese Weise läßt sich der Kosmos als ein lebendiges Zusammenspiel seiner schwingenden Teile beschreiben, als Weltresonanz.
Professor Dr. rer. nat. Friedrich Cramer, geboren 1923, war bis 1991 Direktor im Max-Planck-Institut für Experimentelle Medizin in Göttingen. Zahlreiche Veröffentlichungen im Insel Verlag.

Für weitere Informationen und Prospekte wenden Sie sich an Ihren Buchhändler oder direkt an den Verlag.
Fotonachweise: Konrad R. Müller / Focus (François Mitterrand), Jerry Bauer (Robert Irwin, Alejandro Jodorowsky) Claus Gretter (Abbas Maroufi), Anita Schiffer-Fuchs (Antonia S. Byatt); weitere Nachweise über das Bildarchiv des Insel Verlags.
Insel Verlag Frankfurt am Main und Leipzig, Postfach 101945, 60019 Frankfurt/M.
Preisänderungen vorbehalten. 7/96 (99823)

»Du böser, böser Teutscher«, sprach sie unendlich sanft und mild, »welche Angst hast du mir verursacht! Aus der nächsten Gefahr habe ich dich errettet, aber nicht sicher bist du mehr in Florenz, in Italien. Du mußt fort, du mußt mich, die dich so sehr liebt, verlassen.« Der Gedanke der Trennung zerriß den Erasmus in namenlosem Schmerz und Jammer. »Laß mich bleiben«, schrie er, »ich will ja gern den Tod leiden, heißt denn sterben mehr als leben ohne dich?« Da war es ihm, als rufe eine leise ferne Stimme schmerzlich seinen Namen. Ach! es war die Stimme der frommen teutschen Hausfrau. Erasmus verstummte, und auf ganz seltsame Weise fragte Giulietta: »Du denkst wohl an dein Weib? – Ach, Erasmus, du wirst mich nur zu bald vergessen.« – »Könnte ich nur ewig und immerdar ganz dein sein«, sprach Erasmus. Sie standen gerade vor dem schönen breiten Spiegel, der in der Wand des Kabinetts angebracht war und an dessen beiden Seiten helle Kerzen brannten. Fester, inniger drückte Giulietta den Erasmus an sich, indem sie leise lispelte: »Laß mir dein Spiegelbild, du innig Geliebter, es soll mein und bei mir bleiben immerdar.« – »Giulietta«, rief Erasmus ganz verwundert, »was meinst du denn? – mein Spiegelbild?« – Er sah dabei in den Spiegel, der ihn und Giulietta in süßer Liebesumarmung zurückwarf. »Wie kannst du denn mein Spiegelbild behalten«, fuhr er fort, »das mit mir wandelt überall und aus jedem klaren Wasser, aus jeder hellgeschliffnen Fläche mir entgegentritt?« – »Nicht einmal«, sprach Giulietta, »nicht einmal diesen Traum deines Ichs, wie er aus dem Spiegel hervorschimmert, gönnst du mir, der du sonst mein mit Leib und Leben sein wolltest? Nicht einmal dein unstetes Bild soll bei mir bleiben und mit mir wandeln durch das arme Leben, das nun wohl, da du fliehst, ohne Lust und Liebe bleiben wird?« Die heißen Tränen stürzten der Giulietta aus den schönen dunklen Augen. Da rief Erasmus, wahnsinnig vor tötendem Liebes-

schmerz: »Muß ich denn fort von dir? – muß ich fort, so soll mein Spiegelbild dein bleiben auf ewig und immerdar. Keine Macht – der Teufel soll es dir nicht entreißen, bis du mich selbst hast mit Seele und Leib.« – Giuliettas Küsse brannten wie Feuer auf seinem Munde, als er dies gesprochen, dann ließ sie ihn los und streckte sehnsuchtsvoll die Arme aus nach dem Spiegel. Erasmus sah, wie sein Bild unabhängig von seinen Bewegungen hervortrat, wie es in Giuliettas Arme glitt, wie es mit ihr im seltsamen Duft verschwand. Allerlei häßliche Stimmen meckerten und lachten in teuflischem Hohn; erfaßt von dem Todeskampf des tiefsten Entsetzens, sank er bewußtlos zu Boden, aber die fürchterliche Angst – das Grausen riß ihn auf aus der Betäubung, in dicker dichter Finsternis taumelte er zur Tür hinaus, die Treppe hinab. Vor dem Hause ergriff man ihn und hob ihn in einen Wagen, der schnell fortrollte. »Dieselben haben sich etwas alteriert, wie es scheint«, sprach der Mann, der sich neben ihn gesetzt hatte, in teutscher Sprache, »Dieselben haben sich alteriert, indessen wird jetzt alles ganz vortrefflich gehen, wenn Sie sich nur mir ganz überlassen wollen. Giuliettchen hat schon das ihrige getan und mir Sie empfohlen. Sie sind auch ein recht lieber junger Mann und inklinieren erstaunlich zu angenehmen Späßen, wie sie uns, mir und Giuliettchen, sehr behagen. Das war mir ein recht tüchtiger teutscher Tritt in den Nacken. Wie dem Amoroso die Zunge kirschblau zum Halse heraushing – es sah recht possierlich aus, und wie er so krächzte und ächzte und nicht gleich abfahren konnte – ha – ha – ha –« Die Stimme des Mannes war so widrig höhnend, sein Schnickschnack so gräßlich, daß die Worte Dolchstichen gleich in des Erasmus Brust fuhren. »Wer Ihr auch sein mögt«, sprach Erasmus, »schweigt, schweigt von der entsetzlichen Tat, die ich bereue!« – »Bereuen, bereuen!« erwiderte der Mann, »so bereut Ihr auch wohl, daß Ihr Giulietta kennen gelernt und ihre

süße Liebe erworben habt?« – »Ach, Giulietta, Giulietta!«
seufzte Erasmus. »Nun ja«, fuhr der Mann fort, »so seid Ihr
nun kindisch, Ihr wünscht und wollt, aber alles soll auf
gleichem glatten Wege bleiben. Fatal ist es zwar, daß Ihr
Giulietta habt verlassen müssen, aber doch könnte ich wohl,
bliebet Ihr hier, Euch allen Dolchen Eurer Verfolger und
auch der lieben Justiz entziehen.« Der Gedanke, bei Giulietta bleiben zu können, ergriff den Erasmus gar mächtig.
»Wie wäre das möglich?« fragte er. – »Ich kenne«, fuhr der
Mann fort, »ein sympathetisches Mittel, das Eure Verfolger
mit Blindheit schlägt, kurz, welches bewirkt, daß Ihr ihnen
immer mit einem andern Gesichte erscheint und sie Euch
niemals wieder erkennen. Sowie es Tag ist, werdet Ihr so gut
sein, recht lange und aufmerksam in irgend einen Spiegel zu
schauen, mit Eurem Spiegelbilde nehme ich dann, ohne es
im mindesten zu versehren, gewisse Operationen vor, und
Ihr seid geborgen, Ihr könnt dann leben mit Giulietta ohne
alle Gefahr in aller Lust und Freudigkeit.« – »Fürchterlich,
fürchterlich!« schrie Erasmus auf. »Was ist denn fürchterlich, mein Wertester?« fragte der Mann höhnisch. »Ach, ich –
habe, ich – habe«, fing Erasmus an – »Euer Spiegelbild sitzen
lassen«, fiel der Mann schnell ein, »sitzen lassen bei Giulietta? – ha ha ha! Bravissimo, mein Bester! Nun könnt Ihr
durch Fluren und Wälder, Städte und Dörfer laufen, bis Ihr
Euer Weib gefunden nebst dem kleinen Rasmus und wieder
ein Familienvater seid, wiewohl ohne Spiegelbild, worauf es
Eurer Frau auch weiter wohl nicht ankommen wird, da sie
Euch leiblich hat, Giulietta aber nur Euer schimmerndes
Traum-Ich.« – »Schweige, du entsetzlicher Mensch«, schrie
Erasmus. In dem Augenblick nahte sich ein fröhlich singen-
der Zug mit Fackeln, die ihren Glanz in den Wagen warfen.
Erasmus sah seinem Begleiter ins Gesicht und erkannte den
häßlichen Doktor Dapertutto. Mit einem Satz sprang er aus
dem Wagen und lief dem Zuge entgegen, da er schon in der

Ferne Friedrichs wohltönenden Baß erkannt hatte. Die Freunde kehrten von einem ländlichen Mahle zurück. Schnell unterrichtete Erasmus Friedrichen von allem, was geschehen, und verschwieg nur den Verlust seines Spiegelbildes. Friedrich eilte mit ihm voran nach der Stadt, und so schnell wurde alles Nötige veranstaltet, daß, als die Morgenröte aufgegangen, Erasmus auf einem raschen Pferde sich schon weit von Florenz entfernt hatte. – Spikher hat manches Abenteuer aufgeschrieben, das ihm auf seiner Reise begegnete. Am merkwürdigsten ist der Vorfall, welcher zuerst den Verlust seines Spiegelbildes ihm recht seltsam fühlen ließ. Er war nämlich gerade, weil sein müdes Pferd Erholung bedurfte, in einer großen Stadt geblieben und setzte sich ohne Arg an die stark besetzte Wirtstafel, nicht achtend, daß ihm gegenüber ein schöner klarer Spiegel hing. Ein Satan von Kellner, der hinter seinem Stuhle stand, wurde gewahr, daß drüben im Spiegel der Stuhl leer geblieben und sich nichts von der darauf sitzenden Person reflektiere. Er teilte seine Bemerkung dem Nachbar des Erasmus mit, *der* seinem Nebenmann, es lief durch die ganze Tischreihe ein Gemurmel und Geflüster, man sah den Erasmus an, dann in den Spiegel. Noch hatte Erasmus gar nicht bemerkt, daß ihm das alles galt, als ein ernsthafter Mann vom Tische aufstand, ihn vor den Spiegel führte, hineinsah und dann, sich zur Gesellschaft wendend, laut rief: »Wahrhaftig, er hat kein Spiegelbild!« »Er hat kein Spiegelbild – er hat kein Spiegelbild!« schrie alles durcheinander; »ein mauvais sujet, ein homo nefas, werft ihn zur Tür hinaus!« – Voll Wut und Scham flüchtete Erasmus auf sein Zimmer; aber kaum war er dort, als ihm von Polizei wegen angekündigt wurde, daß er binnen einer Stunde mit seinem vollständigen, völlig ähnlichen Spiegelbilde vor der Obrigkeit erscheinen oder die Stadt verlassen müsse. Er eilte von dannen, vom müßigen Pöbel, von den Straßenjungen verfolgt, die ihm nachschrieen: »Da reitet er hin, der dem Teufel sein Spiegelbild verkauft hat, da reitet er hin!« – Endlich war er im Freien. Nun ließ er überall, wo er hinkam, unter dem Vorwande eines natürlichen Abscheus gegen jede Abspiegelung, alle Spiegel schnell verhängen, und man nannte ihn daher spottweise den General Suwarow, der ein gleiches tat.

Freudig empfing ihn, als er seine Vaterstadt und sein Haus erreicht, die liebe Frau mit dem kleinen Rasmus, und bald schien es ihm, als sei in ruhiger, friedlicher Häuslichkeit der Verlust des Spiegelbildes wohl zu verschmerzen. Es begab sich eines Tages, daß Spikher, der die schöne Giulietta ganz aus Sinn und Gedanken verloren, mit dem kleinen Rasmus spielte; *der* hatte die Händchen voll Ofenruß und fuhr damit dem Papa ins Angesicht. »Ach, Vater, Vater, wie hab' ich dich schwarz gemacht, schau' mal her!« So rief der Kleine und holte, ehe Spikher es hindern konnte, einen Spiegel herbei, den er, ebenfalls hineinschauend, dem Vater vorhielt. – Aber gleich ließ er den Spiegel weinend fallen und lief schnell zum Zimmer hinaus. Bald darauf trat die Frau herein, Staunen und Schreck in den Mienen. »Was hat mir der Rasmus von dir erzählt«, sprach sie. »Daß ich kein Spiegelbild hätte, nicht wahr, mein Liebchen?« fiel Spikher mit erzwungenem Lächeln ein und bemühte sich zu beweisen, daß es zwar unsinnig sei zu glauben, man könne überhaupt sein Spiegelbild verlieren, im ganzen sei aber nicht viel daran verloren, da jedes Spiegelbild doch nur eine Illusion sei, Selbstbetrachtung zur Eitelkeit führe, und noch dazu ein solches Bild das eigne Ich spalte in Wahrheit und Traum. Indem er sprach, hatte die Frau von einem verhängten Spiegel, der sich in dem Wohnzimmer befand, schnell das Tuch herabgezogen. Sie schaute hinein, und als träfe sie ein Blitzstrahl, sank sie zu Boden. Spikher hob sie auf, aber kaum hatte die Frau das Bewußtsein wieder, als sie ihn mit Abscheu von sich stieß. »Verlasse mich«, schrie sie, »verlasse mich, fürchterlicher Mensch! Du bist es nicht, du bist nicht mein Mann, nein – ein höllischer Geist bist du, der mich um meine Seligkeit bringen, der mich verderben will. – Fort, verlasse mich, du hast keine Macht über mich, Verdammter!« Ihre Stimme gellte durch das Zimmer, durch den Saal, die Hausleute liefen entsetzt herbei, in voller Wut und Verzweiflung stürzte Erasmus zum Hause hinaus. Wie von wilder Raserei getrieben, rannte er durch die einsamen Gänge des Parks, der sich bei der Stadt befand. Giuliettas Gestalt stieg vor ihm auf in Engelsschönheit, da rief er laut: »Rächst du dich so, Giulietta, dafür, daß ich dich verließ und dir statt meines Selbst nur mein Spiegelbild gab? Ha, Giulietta, ich will ja dein sein mit Leib und Seele, *sie* hat mich verstoßen, *sie*, der ich dich opferte. Giulietta, Giulietta, ich will ja dein sein mit Leib und Leben und Seele.« – »Das könnten Sie ganz füglich, mein Wertester«, sprach Signor Dapertutto, der auf einmal in seinem scharlachroten Rocke mit den blitzenden Stahlknöpfen dicht neben ihm stand. Es waren Trostesworte für den unglücklichen Erasmus, deshalb achtete er nicht Dapertuttos hämisches, häßliches Gesicht, er blieb stehen und fragte mit recht kläglichem Ton: »Wie soll ich sie denn wieder finden, sie, die wohl auf immer für mich verloren ist!« – »Mit nichten«, erwiderte Dapertutto, »sie ist gar nicht weit von hier und sehnt sich erstaunlich nach Ihrem werten Selbst, Verehrter, da doch, wie Sie einsehen, ein Spiegelbild nur eine schnöde Illusion ist. Übrigens gibt sie Ihnen, sobald sie sich Ihrer werten Person, nämlich mit Leib, Leben und Seele, sicher weiß, Ihr angenehmes Spiegelbild glatt und unversehrt dankbarlichst zurück.« »Führe mich zu ihr – zu ihr hin!« rief Erasmus, »wo ist sie?« »Noch einer Kleinigkeit bedarf es«, fiel Dapertutto ein, »bevor Sie Giulietta sehen und sich ihr gegen Erstattung des Spiegelbildes ganz ergeben können.

Dieselben vermögen nicht so ganz über Dero werte Person zu disponieren, da Sie noch durch gewisse Bande gefesselt sind, die erst gelöset werden müssen. – Dero liebe Frau nebst dem hoffnungsvollen Söhnlein« – »Was soll das?« fuhr Erasmus wild auf. »Eine unmaßgebliche Trennung dieser Bande«, fuhr Dapertutto fort, »könnte auf ganz leicht menschliche Weise bewirkt werden. Sie wissen ja von Florenz aus, daß ich wundersame Medikamente geschickt zu bereiten weiß, da hab' ich denn hier so ein Hausmittelchen in der Hand. Nur ein paar Tropfen dürfen *die* genießen, welche Ihnen und der lieben Giulietta im Wege sind, und sie sinken ohne schmerzliche Gebärde lautlos zusammen. Man nennt das zwar sterben, und der Tod soll bitter sein; aber ist denn der Geschmack bittrer Mandeln nicht lieblich, und nur *diese* Bitterkeit hat *der* Tod, den dieses Fläschchen verschließt. Sogleich nach dem fröhlichen Hinsinken wird die werte Familie einen angenehmen Geruch von bittern Mandeln verbreiten. – Nehmen Sie, Geehrtester.« – Er reichte dem Erasmus eine kleine Phiole hin*. »Entsetzlicher Mensch«, schrie dieser, »vergiften soll ich Weib und Kind?« »Wer spricht denn von Gift«, fiel der Rote ein, »nur ein wohlschmeckendes Hausmittel ist in der Phiole enthalten. Mir stünden andere Mittel, Ihnen Freiheit zu schaffen, zu Gebote, aber durch Sie selbst möcht' ich so ganz natürlich, so ganz menschlich wirken, das ist nun einmal meine Liebhaberei. Nehmen Sie getrost, mein Bester!« – Erasmus hatte die Phiole in der Hand, er wußte selbst nicht wie. Gedankenlos rannte er nach Hause in sein Zimmer. Die ganze Nacht hatte die Frau unter tausend Ängsten und Qualen zugebracht, sie behauptete fortwährend, der Zurückgekom-

---

* Dapertuttos Phiole enthielt gewiß rektifiziertes Kirschlorbeerwasser, sogenannte Blausäure. Der Genuß einer sehr geringen Quantität dieses Wassers (weniger als eine Unze) bringt die beschriebenen Wirkungen hervor. Horns »Archiv für mediz. Erfahr.« 1813. Mai bis Dez. Seite 510.

mene sei nicht ihr Mann, sondern ein höllischer Geist, der ihres Mannes Gestalt angenommen. Sowie Spikher ins Haus trat, floh alles scheu zurück, nur der kleine Rasmus wagte es, ihm nahe zu treten und kindisch zu fragen, warum er denn sein Spiegelbild nicht mitgebracht habe, die Mutter würde sich darüber zu Tode grämen. Erasmus starrte den Kleinen wild an, er hatte noch Dapertuttos Phiole in der Hand. Der Kleine trug seine Lieblingstaube auf dem Arm, und so kam es, daß diese mit dem Schnabel sich der Phiole näherte und an dem Pfropfe pickte; sogleich ließ sie den Kopf sinken, sie war tot. Entsetzt sprang Erasmus auf. »Verräter«, schrie er, »du sollst mich nicht verführen zur Höllentat!« – Er schleuderte die Phiole durch das offene Fenster, daß sie auf dem Steinpflaster des Hofes in tausend Stücke zersprang. Ein lieblicher Mandelgeruch stieg auf und verbreitete sich bis ins Zimmer. Der kleine Rasmus war erschrocken davongelaufen. Spikher brachte den ganzen Tag, von tausend Qualen gefoltert, zu, bis die Mitternacht eingebrochen. Da wurde immer reger und reger in seinem Innern Giuliettas Bild. Einst zersprang ihr in seiner Gegenwart eine Halsschnur, von jenen kleinen roten Beeren aufgezogen, die die Frauen wie Perlen tragen. Die Beeren auflesend, verbarg er schnell eine, weil sie an Giuliettas Halse gelegen, und bewahrte sie treulich. *Die* zog er jetzt hervor, und sie anstarrend richtete er Sinn und Gedanken auf die verlorne Geliebte. Da war es, als ginge aus der Perle der magische Duft hervor, der ihn sonst umfloß in Giuliettas Nähe. »Ach, Giulietta, dich nur noch ein einziges Mal sehen und dann untergehen in Verderben und Schmach.« – Kaum hatte er diese Worte gesprochen, als es auf dem Gange vor der Tür leise zu rischeln und zu rascheln begann. Er vernahm Fußtritte – es klopfte an die Tür des Zimmers. Der Atem stockte dem Erasmus vor ahnender Angst und Hoffnung. Er öffnete. Giulietta trat herein in hoher Schönheit und Anmut. Wahnsinnig vor Liebe und Lust schloß er sie in seine Arme. »Nun bin ich da, mein Geliebter«, sprach sie leise und sanft, »aber sieh, wie getreu ich dein Spiegelbild bewahrt!« Sie zog das Tuch vom Spiegel herab, Erasmus sah mit Entzücken sein Bild, der Giulietta sich anschmiegend; unabhängig von ihm selbst warf es aber keine seiner Bewegungen zurück. Schauer durchbebten den Erasmus. »Giulietta«, rief er, »soll ich denn rasend werden in der Liebe zu dir? – Gib mir das Spiegelbild, nimm mich selbst mit Leib, Leben und Seele.« – »Es ist noch etwas zwischen uns, lieber Erasmus«, sprach Giulietta, »du weißt es – hat Dapertutto dir nicht gesagt« – »Um Gott, Giulietta«, fiel Erasmus ein, »kann ich nur auf diese Weise dein werden, so will ich lieber sterben.« – »Auch soll dich«, fuhr Giulietta fort, »Dapertutto keineswegs verleiten zu solcher Tat. Schlimm ist es freilich, daß ein Gelübde und ein Priestersegen nun einmal so viel vermag, aber lösen mußt du das Band, was dich bindet, denn sonst wirst du niemals gänzlich mein, und dazu gibt es ein anderes, besseres Mittel, als Dapertutto vorgeschlagen.« – »Worin besteht das?« fragte Erasmus heftig. Da schlang Giulietta den Arm um seinen Nacken, und den Kopf an seine Brust gelehnt, lispelte sie leise: »Du schreibst auf ein kleines Blättchen deinen Namen Erasmus Spikher unter die wenigen Worte: ›Ich gebe meinem guten Freunde Dapertutto Macht über meine Frau und über mein Kind, daß er mit ihnen schalte und walte nach Willkür, und löse das Band, das mich bindet, weil ich fortan mit meinem Leibe und mit meiner unsterblichen Seele angehören will der Giulietta, die ich mir zum Weibe erkoren, und der ich mich noch durch ein besonderes Gelübde auf immerdar verbinden werde.‹« Es rieselte und zuckte dem Erasmus durch alle Nerven. Feuerküsse brannten auf seinen Lippen, er hatte das Blättchen, das ihm Giulietta gegeben, in der Hand. Riesengroß stand plötzlich Dapertutto hinter Giulietta und reichte ihm eine metallene Feder. In dem Augenblick sprang dem Erasmus ein Äderchen an der linken Hand, und das Blut spritzte heraus. »Tunke ein, tunke ein – schreib, schreib«, krächzte der Rote. – »Schreib, schreib, mein ewig, einzig Geliebter«, lispelte Giulietta. Schon hatte er die Feder mit Blut gefüllt, er setzte zum Schreiben an – da ging die Tür auf, eine weiße Gestalt trat herein, die gespenstisch starren Augen auf Erasmus gerichtet, rief sie schmerzvoll und dumpf: »Erasmus, Erasmus, was beginnst du – um des Heilandes willen, laß ab von gräßlicher Tat!« – Erasmus, in der warnenden Gestalt sein Weib erkennend, warf Blatt und Feder weit von sich. – Funkelnde Blitze schossen aus Giuliettas Augen, gräßlich verzerrt war das Gesicht, brennende Glut ihr Körper. »Laß ab von mir, Höllengesindel, du sollst keinen Teil haben an meiner Seele. In des Heilandes Namen, hebe dich von mir hinweg, Schlange – die Hölle glüht aus dir.« – So schrie Erasmus und stieß mit kräftiger Faust Giulietta, die ihn noch immer umschlungen hielt, zurück. Da gellte und heulte es in schneidenden Mißtönen, und es rauschte wie mit schwarzen Rabenfittichen im Zimmer umher. – Giulietta – Dapertutto verschwanden im dicken stinkenden Dampf, der wie aus den Wänden quoll, die Lichter verlöschend. Endlich brachen die Strahlen des Morgenrots durch die Fenster. Erasmus begab sich gleich zu seiner Frau. Er fand sie ganz milde und sanftmütig. Der kleine Rasmus saß schon ganz munter auf ihrem Bette; sie reichte dem erschöpften Mann die Hand, sprechend: »Ich weiß nun alles, was dir in Italien Schlimmes begegnet, und bedaure dich von ganzem Herzen. Die Gewalt des Feindes ist sehr groß, und wie er denn nun allen möglichen Lastern ergeben ist, so stiehlt er auch sehr und hat dem Gelüst nicht widerstehen können, dir dein schönes, vollkommen ähnliches Spiegelbild auf recht hämische Weise zu entwenden. – Sieh doch einmal in jenen Spiegel dort, lieber, guter Mann!« –

Spikher tat es, am ganzen Leibe zitternd, mit recht kläglicher Miene. Blank und klar blieb der Spiegel, kein Erasmus Spikher schaute heraus. »Diesmal«, fuhr die Frau fort, »ist es recht gut, daß der Spiegel dein Bild nicht zurückwirft, denn du siehst sehr albern aus, lieber Erasmus. Begreifen wirst du aber übrigens selbst, daß du ohne Spiegelbild ein Spott der Leute bist und kein ordentlicher, vollständiger Familienvater sein kannst, der Respekt einflößt der Frau und den Kindern. Rasmuschen lacht dich auch schon aus und will dir nächstens einen Schnauzbart malen mit Kohle, weil du das nicht bemerken kannst. Wandre also nur noch ein bißchen in der Welt herum und suche gelegentlich dem Teufel dein Spiegelbild abzujagen. Hast du's wieder, so sollst du mir recht herzlich willkommen sein. Küsse mich, (Spikher tat es) und nun – glückliche Reise! Schicke dem Rasmus dann und wann ein Paar neue Höschen, denn er rutscht sehr auf den Knieen und braucht dergleichen viel. Kommst du aber nach Nürnberg, so füge einen bunten Husaren hinzu und einen Pfefferkuchen als liebender Vater. Lebe recht wohl, lieber Erasmus!« – Die Frau drehte sich auf die andere Seite und schlief ein. Spikher hob den kleinen Rasmus in die Höhe und drückte ihn ans Herz; der schrie aber sehr, da setzte Spikher ihn wieder auf die Erde und ging in die weite Welt. Er traf einmal auf einen gewissen Peter Schlemihl, der hatte seinen Schlagschatten verkauft; beide wollten Kompagnie gehen, so daß Erasmus Spikher den nötigen Schlagschatten werfen, Peter Schlemihl dagegen das gehörige Spiegelbild reflektieren sollte; es wurde aber nichts daraus.

Ende der Geschichte vom verlornen Spiegelbilde.

– Was schaut denn dort aus jenem Spiegel heraus? – Bin ich es auch wirklich? – O Julie – Giulietta – Himmelsbild – Höllengeist – Entzücken und Qual – Sehnsucht und Verzweiflung. – Du siehst, mein lieber Theodor Amadäus Hoffmann, daß nur zu oft eine fremde dunkle Macht sichtbarlich in mein Leben tritt und, den Schlaf um die besten Träume betrügend, mir gar seltsame Gestalten in den Weg schiebt. Ganz erfüllt von den Erscheinungen der Silvester-Nacht, glaube ich beinahe, daß jener Justizrat wirklich von Dragant, sein Tee eine Weihnachts- oder Neujahrsausstellung, die holde Julie aber jenes verführerische Frauenbild von Rembrandt oder Callot war, das den unglücklichen Erasmus Spikher um sein schönes ähnliches Spiegelbild betrog. Vergib mir das!

Das Majorat

Dem Gestade der Ostsee unfern liegt das Stammschloß der Freiherrlich von R..schen Familie R..sitten genannt. Die Gegend ist rauh und öde, kaum entsprießt hin und wieder ein Grashalm dem bodenlosen Triebsande, und statt des Gartens, wie er sonst das Herrenhaus zu zieren pflegt, schließt sich an die nackten Mauern nach der Landseite hin ein dürftiger Föhrenwald, dessen ewige, düstre Trauer den bunten Schmuck des Frühlings verschmäht, und in dem statt des fröhlichen Jauchzens der zu neuer Lust erwachten Vögelein nur das schaurige Gekrächze der Raben, das schwirrende Kreischen der sturmverkündenden Möwen widerhallt. Eine Viertelstunde davon ändert sich plötzlich die Natur. Wie durch einen Zauberschlag ist man in blühende Felder, üppige Äcker und Wiesen versetzt. Man erblickt das große, reiche Dorf mit dem geräumigen Wohnhause des Wirtschaftsinspektors. An der Spitze eines freundlichen Erlenbusches sind die Fundamente eines großen Schlosses sichtbar, das einer der vormaligen Besitzer aufzubauen im Sinne hatte. Die Nachfolger, auf ihren Gütern in Kurland hausend, ließen den Bau liegen, und auch der Freiherr Roderich von R., der wiederum seinen Wohnsitz auf dem Stammgute nahm, mochte nicht weiter bauen, da seinem finstern, menschenscheuen Wesen der Aufenthalt in dem alten, einsam liegenden Schlosse zusagte. Er ließ das verfallene Gebäude, so gut es gehen wollte, herstellen und sperrte sich darin ein mit einem grämlichen Hausverwalter und geringer Dienerschaft. Nur selten sah man ihn im Dorfe, dagegen ging und ritt er oft am Meeresstrande hin und her, und man wollte aus der Ferne bemerkt haben, wie er in die Wellen hineinsprach und dem Brausen und Zischen der Brandung zuhorchte, als vernehme er die antwortende

Stimme des Meergeistes. Auf der höchsten Spitze des Wart-
turms hatte er ein Kabinett einrichten und mit Fernröh-
ren – mit einem vollständigen astronomischen Apparat
versehen lassen; da beobachtete er Tages, nach dem Meer
hinausschauend, die Schiffe, die oft gleich weißbeschwing-
ten Meervögeln am fernen Horizont vorüberflogen. Ster-
nenhelle Nächte brachte er hin mit astronomischer oder, wie
man wissen wollte, mit astrologischer Arbeit, worin ihm der
alte Hausverwalter beistand. Überhaupt ging zu seinen
Lebzeiten die Sage, daß er geheimer Wissenschaft, der sogenannten schwarzen Kunst, ergeben sei, und daß eine verfehlte Operation, durch die ein hohes Fürstenhaus auf das
empfindlichste gekränkt wurde, ihn aus Kurland vertrieben
habe. Die leiseste Erinnerung an seinen dortigen Aufenthalt
erfüllte ihn mit Entsetzen, aber alles sein Leben Verstörende, was ihm dort geschehen, schrieb er lediglich der
Schuld der Vorfahren zu, die die Ahnenburg böslich verließen. Um für die Zukunft wenigstens das Haupt der Familie
an das Stammhaus zu fesseln, bestimmte er es zu einem
Majoratsbesitztum. Der Landesherr bestätigte die Stiftung
um so lieber, als dadurch eine an ritterlicher Tugend reiche
Familie, deren Zweige schon in das Ausland herüberrank-
ten, für das Vaterland gewonnen werden sollte. Weder
Roderichs Sohn, Hubert, noch der jetzige Majoratsherr, wie
sein Großvater Roderich geheißen, mochte indessen in dem
Stammschlosse hausen, beide blieben in Kurland. Man
mußte glauben, daß sie, heiterer und lebenslustiger gesinnt
als der düstre Ahnherr, die schaurige Öde des Aufenthalts
scheuten. Freiherr Roderich hatte zwei alten, unverheirate-
ten Schwestern seines Vaters, die, mager ausgestattet, in
Dürftigkeit lebten, Wohnung und Unterhalt auf dem Gute
gestattet. Diese saßen mit einer bejahrten Dienerin in den
kleinen warmen Zimmern des Nebenflügels, und außer ihnen und dem Koch, der im Erdgeschoß ein großes Gemach

neben der Küche inne hatte, wankte in den hohen Zimmern und Sälen des Hauptgebäudes nur noch ein abgelebter Jäger umher, der zugleich die Dienste des Kastellans versah. Die übrige Dienerschaft wohnte im Dorfe bei dem Wirtschaftsinspektor. Nur in später Herbstzeit, wenn der erste Schnee zu fallen begann, und die Wolfs-, die Schweinsjagden aufgingen, wurde das öde, verlassene Schloß lebendig. Dann kam Freiherr Roderich mit seiner Gemahlin, begleitet von Verwandten, Freunden und zahlreichem Jagdgefolge, herüber aus Kurland. Der benachbarte Adel, ja selbst jagdlustige Freunde aus der naheliegenden Stadt fanden sich ein, kaum vermochten Hauptgebäude und Nebenflügel die zuströmenden Gäste zu fassen, in allen Öfen und Kaminen knisterten reichlich zugeschürte Feuer, vom grauen Morgen bis in die Nacht hinein schnurrten die Bratenwender, Trepp' auf, Trepp' ab liefen hundert lustige Leute, Herren und Diener, dort erklangen angestoßene Pokale und fröhliche Jägerlieder, hier die Tritte der nach gellender Musik Tanzenden, überall lautes Jauchzen und Gelächter, und so glich vier bis sechs Wochen hindurch das Schloß mehr einer prächtigen, an vielbefahrner Landstraße liegenden Herberge, als der Wohnung des Gutsherrn. Freiherr Roderich widmete diese Zeit, so gut es sich nur tun ließ, ernstem Geschäfte, indem er, zurückgezogen aus dem Strudel der Gäste, die Pflichten des Majoratsherrn erfüllte. Nicht allein, daß er sich vollständige Rechnung der Einkünfte legen ließ, so hörte er auch jeden Vorschlag irgendeiner Verbesserung, sowie die kleinste Beschwerde seiner Untertanen an und suchte alles zu ordnen, jedem Unrechten oder Unbilligen zu steuern, wie er es nur vermochte. In diesen Geschäften stand ihm der alte Advokat V., von Vater auf Sohn vererbter Geschäftsträger des R..schen Hauses und Justitiarius der in P. liegenden Güter, redlich bei, und V. pflegte daher schon acht Tage vor der bestimmten Ankunft des Freiherrn nach dem Majoratsgute abzureisen. Im Jahre 179– war die Zeit gekommen, daß der alte V. nach R..sitten reisen sollte. So lebenskräftig der Greis von siebzig Jahren sich auch fühlte, mußte er doch glauben, daß eine hülfreiche Hand im Geschäft ihm wohltun werde. Wie im Scherz sagte er daher eines Tages zu mir: »Vetter!« (so nannte er mich, seinen Großneffen, da ich seine Vornamen erhielt) »Vetter! – ich dächte, du ließest dir einmal etwas Seewind um die Ohren sausen und kämst mit mir nach R..sitten. Außerdem, daß du mir wacker beistehen kannst in meinem manchmal bösen Geschäft, so magst du dich auch einmal im wilden Jägerleben versuchen und zusehen, wie, nachdem du einen Morgen ein zierliches Protokoll geschrieben, du den andern solch trotzigem Tier, als da ist ein langbehaarter, greulicher Wolf oder ein zahnfletschender Eber, ins funkelnde Auge zu schauen oder gar es mit einem tüchtigen Büchsenschuß zu erlegen verstehest.« Nicht so viel Seltsames von der lustigen Jagdzeit in R..sitten hätte ich schon hören, nicht so mit ganzer Seele dem herrlichen alten Großonkel anhängen müssen, um nicht hocherfreut zu sein, daß er mich diesmal mitnehmen wolle. Schon ziemlich geübt in derlei Geschäften, wie er sie vorhatte, versprach ich mit tapferm Fleiß ihm alle Mühe und Sorge abzunehmen. Andern Tages saßen wir, in tüchtige Pelze eingehüllt, im Wagen und fuhren durch dickes, den einbrechenden Winter verkündendes Schneegestöber nach R..sitten. – Unterwegs erzählte mir der Alte manches Wunderliche von dem Freiherrn Roderich, der das Majorat stiftete und ihn, seines Jünglingsalters ungeachtet, zu seinem Justitiarius und Testamentsvollzieher ernannte. Er sprach von dem rauhen, wilden Wesen, das der alte Herr gehabt und das sich auf die ganze Familie zu vererben schiene, da selbst der jetzige Majoratsherr, den er als sanftmütigen, beinahe weichlichen Jüngling gekannt, von Jahr zu Jahr mehr davon ergriffen werde. Er schrieb mir vor, wie ich mich keck und unbefangen betragen müßte, um in des Freiherrn Augen was wert zu sein, und kam endlich auf die Wohnung im Schlosse, die er ein für allemal gewählt, da sie warm, bequem und so abgelegen sei, daß wir uns, wenn und wie wir wollten, dem tollen Getöse der jubilierenden Gesellschaft entziehen könnten. In zwei kleinen, mit warmen Tapeten behangenen Zimmern, dicht neben dem großen Gerichtssaal im Seitenflügel, dem gegenüber, wo die alten Fräuleins wohnten, da wäre ihm jedesmal seine Residenz bereitet. Endlich nach schneller, aber beschwerlicher Fahrt kamen wir in tiefer Nacht nach R . . sitten. Wir fuhren durch das Dorf, es war gerade Sonntag, im Kruge Tanzmusik und fröhlicher Jubel, des Wirtschaftsinspektors Haus von unten bis oben erleuchtet, drinnen auch Musik und Gesang; desto schauerlicher wurde die Öde, in die wir nun hineinfuhren. Der Seewind heulte in schneidenden Jammertönen herüber und, als habe er sie aus tiefem Zauberschlaf geweckt, stöhnten die düstern Föhren ihm nach in dumpfer Klage. Die nackten schwarzen Mauern des Schlosses stiegen empor aus dem Schneegrunde, wir hielten an dem verschlossenen Tor. Aber da half kein Rufen, kein Peitschengeknalle, kein Hammern und Pochen, es war, als sei alles ausgestorben, in keinem Fenster ein Licht sichtbar. Der Alte ließ seine starke dröhnende Stimme erschallen: »Franz – Franz! – Wo steckt Ihr denn? – Zum Teufel, rührt Euch! – Wir erfrieren hier am Tor! Der Schnee schmeißt einem ja das Gesicht blutrünstig – rührt Euch, zum Teufel.« Da fing ein Hofhund zu winseln an, ein wandelndes Licht wurde im Erdgeschosse sichtbar, Schlüssel klapperten, und bald knarrten die gewichtigen Torflügel auf. »Ei, schön willkommen, schön willkommen, Herr Justitiarius, ei, in dem unsaubern Wetter!« So rief der alte Franz, indem er die Laterne hoch in die Hände hob, so daß das volle Licht auf sein verschrumpftes, zum freundlichen Lachen sonderbar verzogenes Gesicht fiel. Der Wa-

gen fuhr in den Hof, wir stiegen aus, und nun gewahrte ich
erst ganz des alten Bedienten seltsame, in eine altmodische,
weite, mit vielen Schnüren wunderlich ausstaffierte Jäger-
livrei gehüllte Gestalt. Über die breite weiße Stirn legten
sich nur ein paar graue Löckchen, der untere Teil des Ge-
sichts hatte die robuste Jägerfarbe, und unerachtet die
verzogenen Muskeln das Gesicht zu einer beinahe abenteuerlichen Maske formten, söhnte doch die etwas dümm-
liche Gutmütigkeit, die aus den Augen leuchtete und um
den Mund spielte, alles wieder aus. »Nun, alter Franz«, fing
der Großonkel an, indem er sich im Vorsaal den Schnee vom
Pelze abklopfte, »nun, alter Franz, ist alles bereit, sind die
Tapeten in meinen Stuben abgestaubt, sind die Betten hineingetragen, ist gestern und heute tüchtig geheizt worden?«
»Nein«, erwiderte Franz sehr gelassen, »nein, mein wertester
Herr Justitiarius, das ist alles nicht geschehen.« »Herr Gott!«
fuhr der Großonkel auf, »ich habe ja zeitig genug geschrieben, ich komme ja stets nach dem richtigen Datum; das ist
ja eine Tölpelei, nun kann ich in eiskalten Zimmern hausen.«
»Ja, wertester Herr Justitiarius«, sprach Franz weiter, indem
er sehr sorglich mit der Lichtschere von dem Docht einen
glimmenden Räuber abschnippte und ihn mit dem Fuße
austrat, »ja, sehn Sie, das alles, vorzüglich das Heizen, hätte
nicht viel geholfen, denn der Wind und der Schnee, die
hausen gar zu sehr hinein durch die zerbrochenen Fensterscheiben, und da« – »Was«, fiel der Großonkel ihm in die
Rede, den Pelz weit auseinanderschlagend und beide Arme
in die Seiten stemmend, »was, die Fenster sind zerbrochen,
und Ihr, des Hauses Kastellan, habt nichts machen lassen?«
»Ja, wertester Herr Justitiarius«, fuhr der Alte ruhig und
gelassen fort, »man kann nur nicht recht hinzu wegen des
vielen Schutts und der vielen Mauersteine, die in den Zimmern herumliegen.« »Wo zum Tausend Himmel Sapperment
kommen Schutt und Steine in meine Zimmer?« schrie der

Großonkel. »Zum beständigen fröhlichen Wohlsein, mein junger Herr!« rief der Alte, sich höflich bückend, da ich eben nieste, setzte aber gleich hinzu: »Es sind die Steine und der Kalk von der Mittelwand, die von der großen Erschütterung einfiel.« »Habt ihr ein Erdbeben gehabt?« platzte der Großonkel zornig heraus. »Das nicht, wertester Herr Justitiarius«, erwiderte der Alte, mit dem ganzen Gesicht lächelnd, »aber vor drei Tagen ist die schwere, getäfelte Decke des Gerichtssaals mit gewaltigem Krachen eingestürzt.« »So soll doch das« – Der Großonkel wollte, heftig und aufbrausend, wie er war, einen schweren Fluch ausstoßen; aber indem er mit der Rechten in die Höhe fuhr und mit der Linken die Fuchsmütze von der Stirn rückte, hielt er plötzlich inne, wandte sich nach mir um und sprach laut auflachend: »Wahrhaftig, Vetter! wir müssen das Maul halten, wir dürfen nicht weiter fragen; sonst erfahren wir noch ärgeres Unheil, oder das ganze Schloß stürzt uns über den Köpfen zusammen.« »Aber«, fuhr er fort, sich nach dem Alten umdrehend, »aber, Franz, konntet Ihr denn nicht so gescheut sein, mir ein anderes Zimmer reinigen und heizen zu lassen? Konntet Ihr nicht irgendeinen Saal im Hauptgebäude schnell einrichten zum Gerichtstage?« »Dieses ist auch bereits alles geschehen«, sprach der Alte, indem er freundlich nach der Treppe wies und sofort hinaufzusteigen begann. »Nun seht mir doch den wunderlichen Kauz«, rief der Onkel, indem wir dem Alten nachschritten. Es ging fort durch lange hochgewölbte Korridore, Franzens flackerndes Licht warf einen wunderlichen Schein in die dicke Finsternis. Säulen, Kapitäler und bunte Bogen zeigten sich oft wie in den Lüften schwebend, riesengroß schritten unsere Schatten neben uns her, und die seltsamen Gebilde an den Wänden, über die sie wegschlüpften, schienen zu zittern und zu schwanken, und ihre Stimmen wisperten in den dröhnenden Nachhall unserer Tritte hinein: »Weckt uns nicht, weckt uns nicht, uns

tolles Zaubervolk, das hier in den alten Steinen schläft!« –
Endlich öffnete Franz, nachdem wir eine Reihe kalter, finstrer Gemächer durchgangen, einen Saal, in dem ein hellauf-
loderndes Kaminfeuer uns mit seinem lustigen Knistern wie
mit heimatlichem Gruß empfing. Mir wurde gleich, sowie
ich eintrat, ganz wohl zumute, doch der Großonkel blieb
mitten im Saal stehen, schaute ringsumher und sprach mit
sehr ernstem, beinahe feierlichem Ton: »Also hier, dies soll
der Gerichtssaal sein?« – Franz, in die Höhe leuchtend, so
daß an der breiten dunkeln Wand ein heller Fleck, wie eine
Türe groß, ins Auge fiel, sprach dumpf und schmerzhaft:
»Hier ist ja wohl schon Gericht gehalten worden!« »Was
kommt Euch ein, Alter?« rief der Onkel, indem er den Pelz
schnell abwarf und an das Kaminfeuer trat. »Es fuhr mir nur
so heraus«, sprach Franz, zündete die Lichter an und öffnete
das Nebenzimmer, welches zu unsrer Aufnahme ganz heimlich bereitet war. Nicht lange dauerte es, so stand ein
gedeckter Tisch vor dem Kamin, der Alte trug wohlzube-
reitete Schüsseln auf, denen, wie es uns beiden, dem Großonkel und mir, recht behaglich war, eine tüchtige Schale
nach echt nordischer Art gebrauten Punsches folgte. Ermüdet von der Reise, suchte der Großonkel, sowie er gegessen,
das Bette; das Neue, Seltsame des Aufenthalts, ja selbst der
Punsch, hatte aber meine Lebensgeister zu sehr aufgeregt,
um an Schlaf zu denken. Franz räumte den Tisch ab, schürte
das Kaminfeuer zu und verließ mich mit freundlichen Bück-
lingen.

Nun saß ich allein in dem hohen, weiten Rittersaal. Das
Schneegestöber hatte zu schlackern, der Sturm zu sausen
aufgehört, heitrer Himmel war's geworden, und der helle
Vollmond strahlte durch die breiten Bogenfenster, alle finstre Ecken des wunderlichen Baues, wohin der düstre
Schein meiner Kerzen und des Kaminfeuers nicht dringen
konnte, magisch erleuchtend. So wie man es wohl noch in

alten Schlössern antrifft, waren auf seltsame altertümliche Weise Wände und Decke des Saals verziert, diese mit schwerem Getäfel, jene mit fantastischer Bilderei und buntgemaltem, vergoldetem Schnitzwerk. Aus den großen Gemälden, mehrenteils das wilde Gewühl blutiger Bären- und Wolfsjagden darstellend, sprangen in Holz geschnitzte Tier- und Menschenköpfe hervor, den gemalten Leibern angesetzt, so daß, zumal bei der flackernden, schimmernden Beleuchtung des Feuers und des Mondes, das Ganze in graulicher Wahrheit lebte. Zwischen diesen Gemälden waren lebensgroße Bilder, in Jägertracht daherschreitende Ritter, wahrscheinlich der jagdlustigen Ahnherren, eingefugt. Alles, Malerei und Schnitzwerk, trug die dunkle Farbe langverjährter Zeit; um so mehr fiel der helle kahle Fleck an derselben Wand, durch die zwei Türen in Nebengemächer führten, auf; bald erkannte ich, daß dort auch eine Tür gewesen sein müßte, die später zugemauert worden, und daß eben dies neue, nicht einmal der übrigen Wand gleich gemalte oder mit Schnitzwerk verzierte Gemäuer auf jene Art absteche. – Wer weiß es nicht, wie ein ungewöhnlicher, abenteuerlicher Aufenthalt mit geheimnisvoller Macht den Geist zu erfassen vermag, selbst die trägste Fantasie wird wach in dem von wunderlichen Felsen umschlossenen Tal – in den düstern Mauern einer Kirche o. s., und will sonst nie Erfahrnes ahnen. Setze ich nun noch hinzu, daß ich zwanzig Jahr alt war und mehrere Gläser starken Punsch getrunken hatte, so wird man es glauben, daß mir in meinem Rittersaal seltsamer zumute wurde als jemals. Man denke sich die Stille der Nacht, in der das dumpfe Brausen des Meers, das seltsame Pfeifen des Nachtwindes wie die Töne eines mächtigen, von Geistern gerührten Orgelwerks erklangen – die vorüberfliegenden Wolken, die oft, hell und glänzend, wie vorbeistreifende Riesen durch die klirrenden Bogenfenster zu gucken schienen – in der Tat, ich mußt' es in dem leisen

Schauer fühlen, der mich durchbebte, daß ein fremdes Reich nun sichtbarlich und vernehmbar aufgehen könne. Doch dies Gefühl glich dem Frösteln, das man bei einer lebhaft dargestellten Gespenstergeschichte empfindet und das man so gern hat. Dabei fiel mir ein, daß in keiner günstigeren Stimmung das Buch zu lesen sei, das ich so wie damals jeder, der nur irgend dem Romantischen ergeben, in der Tasche trug. Es war Schillers »Geisterseher«. Ich las und las und erhitzte meine Fantasie immer mehr und mehr. Ich kam zu der mit dem mächtigsten Zauber ergreifenden Erzählung von dem Hochzeitfest bei dem Grafen von V. – Gerade wie Jeronimos blutige Gestalt eintritt, springt mit einem gewaltigen Schlage die Tür auf, die in den Vorsaal führt. – Entsetzt fahre ich in die Höhe, das Buch fällt mir aus den Händen – Aber in demselben Augenblick ist alles still, und ich schäme mich über mein kindisches Erschrecken! – Mag es sein, daß durch die durchströmende Zugluft oder auf andere Weise die Tür aufgesprengt wurde. – Es ist nichts – meine überreizte Fantasie bildet jede natürliche Erscheinung gespenstisch! – So beschwichtigt, nehme ich das Buch von der Erde auf und werfe mich wieder in den Lehnstuhl – da geht es leise und langsam mit abgemessenen Tritten quer über den Saal hin, und dazwischen seufzt und ächzt es, und in diesem Seufzen, diesem Ächzen liegt der Ausdruck des tiefsten menschlichen Leidens, des trostlosesten Jammers – Ha! das ist irgendein eingesperrtes krankes Tier im untern Stock. Man kennt ja die akustische Täuschung der Nacht, die alles entfernt Tönende in die Nähe rückt – wer wird sich nur durch so etwas Grauen erregen lassen. – So beschwichtige ich mich aufs neue, aber nun kratzt es, indem lautere, tiefere Seufzer, wie in der entsetzlichen Angst der Todesnot ausgestoßen, sich hören lassen, an jenem neuen Gemäuer. – »Ja, es ist ein armes eingesperrtes Tier – ich werde jetzt laut rufen, ich werde mit dem Fuß tüchtig auf den Boden stampfen, gleich wird alles schweigen oder das Tier unten sich deutlicher in seinen natürlichen Tönen hören lassen!« – So denke ich, aber das Blut gerinnt in meinen Adern – kalter Schweiß steht auf der Stirne, erstarrt bleib' ich im Lehnstuhle sitzen, nicht vermögend aufzustehen, viel weniger noch zu rufen. Das abscheuliche Kratzen hört endlich auf – die Tritte lassen sich aufs neue vernehmen – es ist, als wenn Leben und Regung in mir erwachte, ich springe auf und trete zwei Schritte vor, aber da streicht eine eiskalte Zugluft durch den Saal, und in demselben Augenblick wirft der Mond sein helles Licht auf das Bildnis eines sehr ernsten, beinah schauerlich anzusehenden Mannes, und als säusle seine warnende Stimme durch das stärkere Brausen der Meereswellen, durch das gellendere Pfeifen des Nachtwindes, höre ich deutlich: »– Nicht weiter – nicht weiter, sonst bist du verfallen dem entsetzlichen Graus der Geisterwelt!« Nun fällt die Tür zu mit demselben starken Schlage wie zuvor, ich höre die Tritte deutlich auf dem Vorsaal – es geht die Treppe hinab – die Haupttür des Schlosses öffnet sich rasselnd und wird wieder verschlossen. Dann ist es, als würde ein Pferd aus dem Stalle gezogen und nach einer Weile wieder in den Stall zurückgeführt – dann ist alles still! – In demselben Augenblick vernahm ich, wie der alte Großonkel im Nebengemach ängstlich seufzte und stöhnte, dies gab mir alle Besinnung wieder, ich ergriff die Leuchter und eilte hinein. Der Alte schien mit einem bösen, schweren Traume zu kämpfen. »Erwachen Sie – erwachen Sie«, rief ich laut, indem ich ihn sanft bei der Hand faßte und den hellen Kerzenschein auf sein Gesicht fallen ließ. Der Alte fuhr auf mit einem dumpfen Ruf, dann schaute er mich mit freundlichen Augen an und sprach: »Das hast du gut gemacht, Vetter, daß du mich wecktest. Ei, ich hatte einen sehr häßlichen Traum, und daran ist bloß hier das Gemach und der Saal schuld, denn ich mußte dabei an die vergangene Zeit und an manches Verwunderliche denken, was hier sich begab. Aber nun wollen wir recht tüchtig ausschlafen!« Damit hüllte sich der Alte in die Decke und schien sofort einzuschlafen. Als ich die Kerzen ausgelöscht und mich auch ins Bette gelegte hatte, vernahm ich, daß der Alte leise betete. – Am andern Morgen ging die Arbeit los, der Wirtschaftsinspektor kam mit den Rechnungen, und Leute meldeten sich, die irgendeinen Streit geschlichtet, irgendeine Angelegenheit geordnet haben wollten. Mittags ging der Großonkel mit mir herüber in den Seitenflügel, um den beiden alten Baronessen in aller Form aufzuwarten. Franz meldete uns, wir mußten einige Augenblicke warten und wurden dann durch ein sechzigjähriges gebeugtes, in bunte Seide gekleidetes Mütterchen, die sich das Kammerfräulein der gnädigen Herrschaft nannte, in das Heiligtum geführt. Da empfingen uns die alten, nach längst verjährter Mode abenteuerlich geputzten Damen mit komischem Zeremoniell, und vorzüglich war ich ein Gegenstand ihrer Verwunderung, als der Großonkel mich mit vieler Laune als einen jungen, ihm beistehenden Justizmann vorstellte. In ihren Mienen lag es, daß sie bei meiner Jugend das Wohl der R..sittenschen Untertanen gefährdet glaubten. Der ganze Auftritt bei den alten Damen hatte überhaupt viel Lächerliches, die Schauer der vergangenen Nacht fröstelten aber noch in meinem Innern, ich fühlte mich wie von einer unbekannten Macht berührt, oder es war mir vielmehr, als habe ich schon an den Kreis gestreift, den zu überschreiten und rettungslos unterzugehen es nur noch eines Schritts bedürfte, als könne nur das Aufbieten aller mir inwohnenden Kraft mich gegen *das* Entsetzen schützen, das nur dem unheilbaren Wahnsinn zu weichen pflegt. So kam es, daß selbst die alten Baronessen in ihren seltsamen hochaufgetürmten Frisuren, in ihren wunderlichen stoffnen, mit bunten Blumen und Bändern ausstaffierten Kleidern mir statt lächerlich, ganz graulich und gespenstisch erschienen. In den alten gelbverschrumpften Gesichtern, in den blinzenden Augen wollt' ich es lesen, in dem schlechten Französisch, das halb durch die eingekniffenen blauen Lippen, halb durch die spitzen Nasen herausschnarrte, wollt' ich es hören, wie sich die Alten mit dem unheimlichen, im Schlosse herumspukenden Wesen wenigstens auf guten Fuß gesetzt hätten und auch wohl selbst Verstörendes und Entsetzliches zu treiben vermöchten. Der Großonkel, zu allem Lustigen aufgelegt, verstrickte mit seiner Ironie die Alten in ein solches tolles Gewäsche, daß ich in anderer Stimmung nicht gewußt hätte, wie das ausgelassenste Gelächter in mich hineinschlucken, aber wie gesagt, die Baronessen samt ihrem Geplapper waren und blieben gespenstisch, und der Alte, der mir eine besondere Lust bereiten wollte, blickte mich ein Mal übers andere ganz verwundert an. Sowie wir nach Tische in unserm Zimmer allein waren, brach er los: »Aber, Vetter, sag' mir um des Himmels willen, was ist dir? – Du lachst nicht, du sprichst nicht, du issest nicht, du trinkst nicht? – Bist du krank? oder fehlt es sonst woran?« – Ich nahm jetzt gar keinen Anstand, ihm alles Grauliche, Entsetzliche, was ich in voriger Nacht überstanden, ganz ausführlich zu erzählen. Nichts verschwieg ich, vorzüglich auch nicht, daß ich viel Punsch getrunken und in Schillers »Geisterseher« gelesen. »Bekennen muß ich dies«, setzte ich hinzu, »denn so wird es glaublich, daß meine überreizte arbeitende Fantasie all die Erscheinungen schuf, die nur innerhalb den Wänden meines Gehirns existierten.« Ich glaubte, daß nun der Großonkel mir derb zusetzen würde mit körnichten Späßen über meine Geisterseherei, statt dessen wurde er sehr ernsthaft, starrte in den Boden hinein, warf dann den Kopf schnell in die Höhe und sprach, mich mit dem brennenden Blick seiner Augen anschauend: »Ich kenne dein Buch nicht, Vetter! aber weder seinem, noch dem

Geist des Punsches hast du jenen Geisterspuk zu verdanken. Wisse, daß ich dasselbe, was dir widerfuhr, träumte. Ich saß, so wie du (so kam es mir vor), im Lehnstuhl bei dem Kamin, aber was sich dir nur in Tönen kundgetan, das sah ich, mit dem innern Auge es deutlich erfassend. Ja! ich erblickte den graulichen Unhold, wie er hereintrat, wie er kraftlos an die vermauerte Tür schlich, wie er in trostloser Verzweiflung an der Wand kratzte, daß das Blut unter den zerrissenen Nägeln herausquoll, wie er dann hinabstieg, das Pferd aus dem Stalle zog und in den Stall zurückbrachte. Hast du es gehört, wie der Hahn im fernen Gehöfte des Dorfes krähte? – Da wecktest du mich, und ich widerstand bald dem bösen Spuk des entsetzlichen Menschen, der noch vermag, das heitre Leben grauenhaft zu verstören.« Der Alte hielt inne, aber ich mochte nicht fragen, wohlbedenkend, daß er mir alles aufklären werde, wenn er es geraten finden sollte. Nach einer Weile, in der er, tief in sich gekehrt, dagesessen, fuhr der Alte fort: »Vetter, hast du Mut genug, jetzt nachdem du weißt, wie sich alles begibt, den Spuk noch einmal zu bestehen? und zwar mit mir zusammen?« Es war natürlich, daß ich erklärte, wie ich mich jetzt dazu ganz erkräftigt fühle. »So wollen wir«, sprach der Alte weiter, »in künftiger Nacht zusammen wachen. Eine innere Stimme sagt mir, daß meiner geistigen Gewalt nicht sowohl, als meinem Mute, der sich auf festes Vertrauen gründet, der böse Spuk weichen muß, und daß es kein freveliches Beginnen, sondern ein frommes, tapferes Werk ist, wenn ich Leib und Leben daran wage, den bösen Unhold zu bannen, der hier die Söhne aus der Stammburg der Ahnherrn treibt. – Doch! von keiner Wagnis ist ja die Rede, denn in solch festem redlichen Sinn, in solch frommen Vertrauen, wie es in mir lebt, ist und bleibt man ein siegreicher Held. – Aber sollt' es dennoch Gottes Wille sein, daß die böse Macht mich anzutasten vermag, so sollst du, Vetter, es verkünden, daß ich im redlichen christlichen Kampf mit dem Höllengeist, der hier sein verstörendes Wesen treibt, unterlag! – Du! – halt dich ferne! – dir wird dann nichts geschehen!« –

Unter mancherlei zerstreuenden Geschäften war der Abend herangekommen. Franz hatte, wie gestern, das Abendessen abgeräumt und uns Punsch gebracht, der Vollmond schien hell durch die glänzenden Wolken, die Meereswellen brausten, und der Nachtwind heulte und schüttelte die klirrenden Scheiben der Bogenfenster. Wir zwangen uns, im Innern aufgeregt, zu gleichgültigen Gesprächen. Der Alte hatte seine Schlaguhr auf den Tisch gelegt. Sie schlug zwölfe. Da sprang mit entsetzlichem Krachen die Tür auf, und wie gestern schwebten leise und langsam Tritte quer durch den Saal, und das Ächzen und Seufzen ließ sich vernehmen. Der Alte war verblaßt, aber seine Augen erstrahlten in ungewöhnlichem Feuer, er erhob sich vom Lehnstuhl, und indem er in seiner großen Gestalt, hochaufgerichtet, den linken Arm in die Seite gestemmt, den rechten weit vorstreckend nach der Mitte des Saals, dastand, war er anzusehen, wie ein gebietender Held. Doch immer stärker und vernehmlicher wurde das Seufzen und Ächzen, und nun fing es an abscheulicher als gestern an der Wand hin und her zu kratzen. Da schritt der Alte vorwärts, gerade auf die zugemauerte Tür los, mit festen Tritten, daß der Fußboden erdröhnte. Dicht vor der Stelle, wo es toller und toller kratzte, stand er still und sprach mit starkem, feierlichem Ton, wie ich ihn nie gehört: »Daniel, Daniel! was machst du hier zu dieser Stunde!« Da kreischte es auf grauenvoll und entsetzlich, und ein dumpfer Schlag geschah, wie wenn eine Last zu Boden stürzte. »Suche Gnade und Erbarmen vor dem Thron des Höchsten, dort ist dein Platz! Fort mit dir aus dem Leben, dem du niemals mehr angehören kannst!« – So rief der Alte noch gewaltiger als vorher, es war, als ginge ein leises Gewimmer durch die Lüfte und ersterbe im Sausen des Sturms, der sich zu erheben begann. Da schritt der Alte nach der Tür und warf sie zu, daß es laut durch den öden Vorsaal widerhallte. In seiner Sprache, in seinen Gebärden lag etwas Übermenschliches, das mich mit tiefem Schauer erfüllte. Als er sich in den Lehnstuhl setzte, war sein Blick wie verklärt, er faltete seine Hände, er betete im Innern. So mochten einige Minuten vergangen sein, da frug er mit der milden, tief in das Herz dringenden Stimme, die er so sehr in seiner Macht hatte: »Nun, Vetter?« Von Schauer – Entsetzen – Angst – heiliger Ehrfurcht und Liebe durchbebt, stürzte ich auf die Knie und benetzte die mir dargebotene Hand mit heißen Tränen. Der Alte schloß mich in seine Arme, und indem er mich innig an sein Herz drückte, sprach er sehr weich: »Nun wollen wir auch recht sanft schlafen, lieber Vetter!« – Es geschah auch so, und als sich in der folgenden Nacht durchaus nichts Unheimliches verspüren ließ, gewannen wir die alte Heiterkeit wieder, zum Nachteil der alten Baronessen, die, blieben sie auch in der Tat ein wenig gespenstisch, mit ihrem abenteuerlichen Wesen, doch nur ergötzlichen Spuk trieben, den der Alte auf possierliche Weise anzuregen wußte.

Endlich, nach mehreren Tagen, traf der Baron ein mit seiner Gemahlin und zahlreichem Jagdgefolge, die geladenen Gäste sammelten sich, und nun ging in dem plötzlich lebendig gewordenen Schlosse das laute wilde Treiben los, wie es vorhin beschrieben. Als der Baron gleich nach seiner Ankunft in unsern Saal trat, schien er über unsern veränderten Aufenthalt auf seltsame Weise befremdet, er warf einen düstern Blick auf die zugemauerte Tür, und schnell sich abwendend, fuhr er mit der Hand über die Stirn, als wolle er irgendeine böse Erinnerung verscheuchen. Der Großonkel sprach von der Verwüstung des Gerichtssaals und der anstoßenden Gemächer, der Baron tadelte es, daß Franz uns nicht besser einlogiert habe, und forderte den Alten recht gemütlich auf, doch nur zu gebieten, wenn ihm irgend etwas in dem neuen Gemach, das doch viel schlechter sei, als das, was er sonst bewohnt, an seiner Bequemlichkeit abginge. Überhaupt war das Betragen des Barons gegen den alten Großonkel nicht allein herzlich, sondern ihm mischte sich eine gewisse kindliche Ehrfurcht bei, als stehe der Baron mit dem Alten in verwandtschaftlichem Respektsverhältnis. Dies war aber auch das einzige, was mich mit dem rauhen, gebieterischen Wesen des Barons, das er immer mehr und mehr entwickelte, einigermaßen zu versöhnen vermochte. Mich schien er wenig oder gar nicht zu beachten, er sah in mir den gewöhnlichen Schreiber. Gleich das erstemal, als ich eine Verhandlung aufgenommen, wollte er etwas in der Fassung unrichtig finden, das Blut wallte mir auf, und ich war im Begriff, irgend etwas Schneidendes zu erwidern, als der Großonkel, das Wort nehmend, versicherte, daß *ich* denn nun einmal alles recht nach seinem Sinne mache, und daß dieser doch nur hier in gerichtlicher Verhandlung walten könne. Als wir allein waren, beschwerte ich mich bitter über den Baron, der mir immer mehr im Grund der Seele zuwider werde. »Glaube mir, Vetter!« erwiderte der Alte, »daß der Baron trotz seines unfreundlichen Wesens der vortrefflichste, gutmütigste Mensch von der Welt ist. Dieses Wesen hat er auch, wie ich dir schon sagte, erst seit der Zeit angenommen, als er Majoratsherr wurde, vorher war er ein sanfter, bescheidener Jüngling. Überhaupt ist es denn doch aber nicht mit ihm so arg, wie du es machst, und ich möchte wohl wissen, warum er dir so gar sehr zuwider ist.« Indem der Alte die letzten Worte sprach, lächelte er recht höhnisch, und das Blut stieg mir siedend heiß ins Gesicht. Mußte mir nun nicht mein Innres recht klar werden, mußte ich es nicht deutlich fühlen, daß jenes wunderliche Hassen aufkeimte aus dem Lieben, oder vielmehr aus dem Verlieben in ein Wesen, das mir das holdeste, hochherrlichste zu sein schien, was jemals auf Erden gewandelt? Dieses Wesen war niemand als die Baronesse selbst. Schon gleich als sie angekommen und in einem russischen Zobelpelz, der knapp anschloß an den zierlich gebauten Leib, das Haupt in reiche Schleier gewickelt, durch die Gemächer schritt, wirkte ihre Erscheinung auf mich wie ein mächtiger unwiderstehlicher Zauber. Ja, selbst der Umstand, daß die alten Tanten in verwunderlicheren Kleidern und Fontangen, als ich sie noch gesehen, an beiden Seiten neben ihr her trippelten und ihre französischen Bewillkommungen herschnatterten, während sie, die Baronin, mit unbeschreiblich milden Blicken um sich her schaute und bald diesem, bald jenem freundlich zunickte, bald in dem rein tönenden kurländischen Dialekt einige deutsche Worte dazwischen flötete, schon dieses gab ein wunderbar fremdartiges Bild, und unwillkürlich reihte die Fantasie dies Bild an jenen unheimlichen Spuk, und die Baronesse wurde der Engel des Lichts, dem sich die bösen gespenstischen Mächte beugen. – Die wunderherrliche Frau tritt lebhaft vor meines Geistes Augen. Sie mochte wohl damals kaum neunzehn Jahre zählen, ihr Gesicht, ebenso zart wie ihr Wuchs, trug den Ausdruck der höchsten Engelsgüte, vorzüglich lag aber in dem Blick der dunklen Augen ein unbeschreiblicher Zauber, wie feuchter Mondesstrahl ging darin eine schwermütige Sehnsucht auf; so wie in ihrem holdseligen Lächeln ein ganzer Himmel voll Wonne und Entzücken. Oft schien sie ganz in sich selbst verloren, und dann gingen düstre Wolkenschatten über ihr holdes Antlitz. Man hätte glauben sollen, irgendein verstörender Schmerz müsse sie befangen, mir schien es aber, daß wohl die düstere Ahnung einer trüben, unglücksschwangeren Zukunft es sei, von der sie in solchen Augenblicken erfaßt werde, und auch damit setzte ich auf seltsame Weise, die ich mir weiter gar nicht zu erklären wußte, den Spuk im Schlosse in Verbindung. – Den andern Morgen, nachdem der Baron angekommen, versammelte sich die Gesellschaft zum Frühstück, der Alte stellte mich der Baronesse vor, und wie es in solcher Stimmung, wie die meinige war, zu geschehen pflegt, ich nahm mich unbeschreiblich albern, indem ich auf die einfachen Fragen der holden Frau, wie es mir auf dem Schlosse gefalle u. s., mich in die wunderlichsten sinnlosesten Reden verfing, so daß die alten Tanten meine Verlegenheit wohl lediglich dem profunden Respekt vor der Herrin zuschrieben, sich meiner huldreich annehmen zu müssen glaubten und mich in französischer Sprache als einen ganz artigen und geschickten jungen Menschen, als einen garçon très joli anpriesen. Das ärgerte mich, und plötzlich mich ganz beherrschend, fuhr mir ein Witzwort heraus in besserem Französisch, als die Alten es sprachen, worauf sie mich mit großen Augen anguckten und die langen spitzen Nasen reichlich mit Tabak bedienten. An dem ernsteren Blick der Baronesse, mit dem sie sich von mir ab zu einer andern Dame wandte, merkte ich, daß mein Witzwort hart an eine Narrheit streifte, das ärgerte mich noch mehr, und ich verwünschte die Alten in den Abgrund der Hölle. Die Zeit des schäferischen Schmachtens, des Liebesglücks in kindischer Selbstbetörung hatte mir der alte Großonkel längst wegironiert, und wohl merkt' ich, daß die Baronin tiefer und mächtiger als noch bis jetzt eine Frau mich in meinem innersten Gemüt gefaßt hatte. Ich sah, ich hörte nur sie, aber bewußt war ich mir deutlich und bestimmt, daß es abgeschmackt, ja wahnsinnig sein würde, irgendeine Liebelei zu wagen, wiewohl ich auch die Unmöglichkeit einsah, wie ein verliebter Knabe von weitem zu staunen und anzubeten, dessen ich mich selbst hätte schämen müssen. Der herrlichen Frau näher zu treten, ohne ihr nur mein inneres Gefühl ahnen zu lassen, das süße Gift ihrer Blicke, ihrer Worte einsaugen und dann fern von ihr, sie lange, vielleicht immerdar im Herzen tragen, das wollte und konnte ich.

Diese romantische, ja wohl ritterliche Liebe, wie sie mir aufging in schlafloser Nacht, spannte mich dermaßen, daß ich kindisch genug war, mich selbst auf pathetische Weise zu haranguieren und zuletzt sehr kläglich zu seufzen: »Seraphine, ach Seraphine!« so daß der Alte erwachte und mir zurief: »Vetter! – Vetter! ich glaube, du fantasierst mit lauter Stimme! – Tu's bei Tage, wenn's möglich ist, aber zur Nachtzeit laß mich schlafen!« Ich war nicht wenig besorgt, daß der Alte, der schon mein aufgeregtes Wesen bei der Ankunft der Baronin wohl bemerkt, den Namen gehört haben und mich mit seinem sarkastischen Spott überschütten werde, er sagte am andern Morgen aber nichts weiter, als bei dem Hineingehen in den Gerichtssaal: »Gott gebe jedem gehörigen Menschenverstand und Sorglichkeit, ihn in gutem Verschluß zu halten. Es ist schlimm, mir nichts, dir nichts sich in einen Hasenfuß umzusetzen.« Hierauf nahm er Platz an dem großen Tisch und sprach: »Schreibe fein deutlich, lieber Vetter! damit ich's ohne Anstoß zu lesen vermag.«

Die Hochachtung, ja die kindliche Ehrfurcht, die der Baron meinem alten Großonkel erzeigte, sprach sich in allem aus. So mußte er auch bei Tische den ihm von vielen beneideten Platz neben der Baronesse einnehmen, mich warf der Zufall bald hier-, bald dorthin, doch pflegten gewöhnlich ein paar Offiziere aus der nahen Hauptstadt mich in Beschlag zu nehmen, um sich über alles Neue und Lustige, was dort geschehen, recht auszusprechen und dabei wacker zu trinken. So kam es, daß ich mehrere Tage hindurch ganz fern von der Baronesse, am untern Ende des Tisches saß, bis mich endlich ein Zufall in ihre Nähe brachte. Als der versammelten Gesellschaft der Eßsaal geöffnet wurde, hatte mich gerade die Gesellschafterin der Baronin, ein nicht mehr ganz junges Fräulein, aber sonst nicht häßlich und nicht ohne Geist, in ein Gespräch verwickelt, das ihr zu behagen schien. Der Sitte gemäß mußte ich ihr den

Arm geben, und nicht wenig erfreut war ich, als sie der Baronin ganz nahe Platz nahm, die ihr freundlich zunickte. Man kann denken, daß nun alle Worte, die ich sprach, nicht mehr der Nachbarin allein, sondern hauptsächlich der Baronin galten. Mag es sein, daß meine innere Spannung allem, was ich sprach, einen besondern Schwung gab, genug, das Fräulein wurde aufmerksamer und aufmerksamer, ja zuletzt unwiderstehlich hineingezogen in die bunte Welt stets wechselnder Bilder, die ich ihr aufgehen ließ. Sie war, wie gesagt, nicht ohne Geist, und so geschah es bald, daß unser Gespräch, ganz unabhängig von den vielen Worten der Gäste, die hin und her streiften, auf seine eigene Hand lebte und dorthin, wohin ich es haben wollte, einige Blitze sandte. Wohl merkt' ich nämlich, daß das Fräulein der Baronin bedeutende Blicke zuwarf, und daß diese sich mühte uns zu hören. Vorzüglich war dies der Fall, als ich, da das Gespräch sich auf Musik gewandt, mit voller Begeisterung von der herrlichen, heiligen Kunst sprach und zuletzt nicht verhehlte, daß ich, trockner, langweiliger Juristerei, der ich mich ergeben, unerachtet, den Flügel mit ziemlicher Fertigkeit spiele, singe und auch wohl schon manches Lied gesetzt habe. – Man war in den andern Saal getreten, um Kaffee und Liköre zu nehmen, da stand ich unversehens, selbst wußte ich nicht wie, vor der Baronin, die mit dem Fräulein gesprochen. Sie redete mich sogleich an, indem sie, doch freundlicher und in dem Ton, wie man mit einem Bekannten spricht, jene Fragen, wie mir der Aufenthalt im Schlosse zusage u. s., wiederholte. Ich versicherte, daß in den ersten Tagen die schauerliche Öde der Umgebung, ja selbst das altertümliche Schloß mich seltsam gestimmt habe, daß aber eben in dieser Stimmung viel Herrliches aufgegangen und daß ich nur wünsche, der wilden Jagden, an die ich nicht gewöhnt, überhoben zu sein. Die Baronin lächelte, indem sie sprach: »Wohl kann ich's mir denken, daß Ihnen das wüste Treiben in unsern Föhrenwäldern nicht eben behaglich sein kann. – Sie sind Musiker, und täuscht mich nicht alles, gewiß auch Dichter! – Mit Leidenschaft liebe ich beide Künste! – ich spiele selbst etwas die Harfe, das muß ich nun in R.. sitten entbehren, denn mein Mann mag es nicht, daß ich das Instrument mitnehme, dessen sanftes Getön schlecht sich schicken würde zu dem wilden Halloh, zu dem gellenden Hörnergetöse der Jagd, das sich hier nur hören lassen soll! – O mein Gott! wie würde mich hier Musik erfreun!« Ich versicherte, daß ich meine ganze Kunst aufbieten werde, ihren Wunsch zu erfüllen, da es doch im Schlosse unbezweifelt ein Instrument, sei es auch nur ein alter Flügel, geben werde. Da lachte aber Fräulein Adelheid (der Baronin Gesellschafterin) hell auf und frug, ob ich denn nicht wisse, daß seit Menschengedenken im Schlosse keine andern Instrumente gehört worden, als krächzende Trompeten, im Jubel lamentierende Hörner der Jäger und heisere Geigen, verstimmte Bässe, meckernde Hoboen herumziehender Musikanten. Die Baronin hielt den Wunsch, Musik und zwar mich zu hören, fest, und beide, sie und Adelheid, erschöpften sich in Vorschlägen, wie ein leidliches Fortepiano herbeigeschafft werden könne. In dem Augenblick schritt der alte Franz durch den Saal. »Da haben wir den, der für alles guten Rat weiß, der alles herbeischafft, selbst das Unerhörte und Ungesehene!« Mit diesen Worten rief ihn Fräulein Adelheid heran, und indem sie ihm begreiflich machte, worauf es ankomme, horchte die Baronin mit gefalteten Händen, mit vorwärts gebeugtem Haupt, dem Alten mit mildem Lächeln ins Auge blickend, zu. Gar anmutig war sie anzusehen, wie ein holdes, liebliches Kind, das ein ersehntes Spielzeug nur gar zu gern schon in Händen hätte. Franz, nachdem er in seiner weitläuftigen Manier mehrere Ursachen hergezählt hatte, warum es denn schier unmöglich sei, in der Geschwindigkeit solch ein rares Instrument herbeizuschaffen, strich sich endlich mit behaglichem Schmunzeln den Bart und sprach: »Aber die Frau Wirtschaftsinspektorin drüben im Dorfe schlägt ganz ungemein geschickt das Clavizimbel, oder wie sie es jetzt nennen mit dem ausländischen Namen, und singt dazu so fein und lamentabel, daß einem die Augen rot werden wie von Zwiebeln und man hüpfen möchte mit beiden Beinen« – »Und besitzt ein Fortepiano!« fiel Fräulein Adelheid ihm in die Rede. »Ei freilich«, fuhr der Alte fort, »direkt aus Dresden ist es gekommen – ein« – »O das ist herrlich«, unterbrach ihn die Baronin – »ein schönes Instrument«, sprach der Alte weiter, »aber ein wenig schwächlich, denn als der Organist neulich das Lied: ›In allen meinen Taten‹ darauf spielen wollte, schlug er alles in Grund und Boden, so daß« – »O mein Gott«, riefen beide, die Baronin und Fräulein Adelheid, »so daß«, fuhr der Alte fort, »es mit schweren Kosten nach R – geschafft und dort repariert werden mußte.« »Ist es denn nun wieder hier?« frug Fräulein Adelheid ungeduldig. »Ei freilich, gnädiges Fräulein! und die Frau Wirtschaftsinspektorin wird es sich zur Ehre rechnen« – In diesem Augenblick streifte der Baron vorüber, er sah sich wie befremdet nach unserer Gruppe um und flüsterte spöttisch lächelnd der Baronin zu: »Muß Franz wieder guten Rat erteilen?« Die Baronin schlug errötend die Augen nieder, und der alte Franz stand, erschrocken abbrechend, den Kopf gerade gerichtet, die herabhängenden Arme dicht an den Leib gedrückt, in soldatischer Stellung da. – Die alten Tanten schwammen in ihren stoffnen Kleidern auf uns zu und entführten die Baronin. Ihr folgte Fräulein Adelheid. Ich war wie bezaubert stehen geblieben. Entzücken, daß ich nun ihr, der Angebeteten, die mein ganzes Wesen beherrschte, mich nahen werde, kämpfte mit düsterm Mißmut und Ärger über den Baron, der mir als ein rauher Despot erschien. War er dies nicht, durfte dann wohl der alte eisgraue Diener so sklavisch sich benehmen? – »Hörst du, siehst du endlich?« rief der Großonkel, mir auf die Schulter klopfend; wir gingen hinauf in unser Gemach. »Dränge dich nicht so an die Baronin«, sprach er, als wir angekommen, »wozu soll das, überlaß es den jungen Gecken, die gern den Hof machen, und an denen es ja nicht mangelt.« – Ich erzählte, wie alles gekommen, und forderte ihn auf mir nun zu sagen, ob ich seinen Vorwurf verdiene, er erwiderte aber darauf nichts als: »Hm hm« – zog den Schlafrock an, setzte sich mit angezündeter Pfeife in den Lehnstuhl und sprach von den Ereignissen der gestrigen Jagd, mich foppend über meine Fehlschüsse. Im Schloß war es still geworden, Herren und Damen beschäftigten sich in ihren Zimmern mit dem Putz für die Nacht. Jene Musikanten mit den heisern Geigen, mit den verstimmten Bässen und den meckernden Hoboen, von denen Fräulein Adelheid gesprochen, waren nämlich angekommen, und es sollte für die Nacht nichts Geringeres geben, als einen Ball in bestmöglichster Form. Der Alte, den ruhigen Schlaf solch faselndem Treiben vorziehend, blieb in seinem Gemach, ich hingegen hatte mich eben zum Ball gekleidet, als es leise an unsere Tür klopfte und Franz hineintrat, der mir mit behaglichem Lächeln verkündete, daß soeben das Clavizimbel von der Frau Wirtschaftsinspektorin in einem Schlitten angekommen und zur gnädigen Frau Baronin getragen worden sei. Fräulein Adelheid ließ mich einladen, nur gleich herüberzukommen. Man kann denken, wie mir alle Pulse schlugen, mit welchem innern süßen Erbeben ich das Zimmer öffnete, in dem ich *sie* fand. Fräulein Adelheid kam mir freudig entgegen. Die Baronin, schon zum Ball völlig geputzt, saß ganz nachdenklich vor dem geheimnisvollen Kasten, in dem die Töne schlummern sollten, die zu wecken ich berufen. Sie stand auf, so in vollem Glanz der Schönheit strahlend, daß ich, keines Wortes mächtig, sie anstarrte. »Nun, Theodor«, (nach der gemütlichen Sitte des Nordens, die man im tieferen Süden wiederfindet, nannte sie jeden bei seinem Vornamen) »nun, Theodor«, sprach sie freundlich, »das Instrument ist gekommen, gebe der Himmel, daß es Ihrer Kunst nicht ganz unwürdig sein möge.« Sowie ich den Deckel öffnete, rauschten mir eine Menge gesprungener Saiten entgegen, und sowie ich einen Akkord griff, klang es, da alle Saiten, die noch ganz geblieben, durchaus verstimmt waren, widrig und abscheulich. »Der Organist ist wieder mit seinen zarten Händchen drüber her gewesen«, rief Fräulein Adelheid lachend, aber die Baronin sprach ganz mißmutig: »Das ist denn doch ein rechtes Unglück! – ach, ich soll denn hier nun einmal keine Freude haben!« – Ich suchte in dem Behälter des Instruments und fand glücklicherweise einige Rollen Saiten, aber durchaus keinen Stimmhammer! – Neue Klagen! – Jeder Schlüssel, dessen Bart in die Wirbel passe, könne gebraucht werden, erklärte ich; da liefen beide, die Baronin und Fräulein Adelheid, freudig hin und wieder, und nicht lange dauerte es, so lag ein ganzes Magazin blanker Schlüsselchen vor mir auf dem Resonanzboden.

Nun machte ich mich emsig drüber her – Fräulein Adelheid, die Baronin selbst mühte sich mir beizustehen, diesen – jenen Wirbel probierend – Da zieht einer den trägen Schlüssel an, »es geht, es geht!« riefen sie freudig – Da rauscht die Saite, die sich schier bis zur Reinheit herangeächzt, gesprungen auf, und erschrocken fahren sie zurück! – Die Baronin hantiert mit den kleinen zarten Händchen in den spröden Drahtsaiten, sie reicht mir die Nummern, die ich verlange, und hält sorgsam die Rolle, die ich abwickle; plötzlich schnurrt eine auf, so daß die Baronin ein ungeduldiges Ach! ausstößt – Fräulein Adelheid lacht laut auf, ich verfolge den verwirrten Knäuel bis in die Ecke des Zimmers, und wir alle suchen aus ihm noch eine gerade unzerknickte Saite herauszuziehen, die dann aufgezogen zu unserm Leidwesen wieder springt – aber endlich – endlich sind gute Rollen gefunden, die Saiten fangen an zu stehen, und aus dem mißtönigen Sumsen gehen allmählich klare, reine Akkorde hervor!» »Ach, es glückt, es glückt – das Instrument stimmt sich!« ruft die Baronin, indem sie mich mit holdem Lächeln anblickt! – Wie schnell vertrieb dies gemeinschaftliche Mühen alles Fremde, Nüchterne, das die Konvenienz hinstellt; wie ging unter uns eine heimische Vertraulichkeit auf, die, ein elektrischer Hauch mich durchglühend, die verzagte Beklommenheit, welche wie Eis auf meiner Brust lag, schnell wegzehrte. Jener seltsame Pathos, wie ihn solche Verliebtheit, wie die meinige, wohl erzeugt, hatte mich ganz verlassen und so kam es, daß, als nun endlich das Pianoforte leidlich gestimmt war, ich, statt, wie ich gewollt, meine innern Gefühle in Fantasien recht laut werden zu lassen, in jene süße liebliche Kanzonetten verfiel, wie sie aus dem Süden zu uns herübergeklungen. Während dieser »Senza di te« – dieser »Sentimi idol mio«, dieser »Almen se non poss'io« und hundert »morir mi sento's« und »Addio's« und »Oh dio's« wurden leuchtender und leuchtender Seraphinens Blicke. Sie hatte sich dicht neben mir an das Instrument gesetzt, ich fühlte ihren Atem an meiner Wange spielen; indem sie ihren Arm hinter mir auf die Stuhllehne stützte, fiel ein weißes Band, das sich von dem zierlichen Ballkleide losgenestelt, über meine Schulter und flatterte, von meinen Tönen, von Seraphinens leisen Seufzern berührt, hin und her wie ein getreuer Liebesbote! – Es war zu verwundern, daß ich den Verstand behielt! – Als ich, mich auf irgendein neues Lied besinnend, in den Akkorden herumfuhr, sprang Fräulein Adelheid, die in einer Ecke des Zimmers gesessen, herbei, kniete vor der Baronin hin und bat, ihre beiden Hände erfassend und an die Brust drückend: »O liebe Baronin – Seraphinchen, nun mußt du auch singen!«« – Die Baronin erwiderte: »Wo denkst du aber auch hin, Adelheid! – wie mag ich mich denn vor unserm Virtuosen da mit meiner elenden Singerei hören lassen!« – Es war lieblich anzuschauen, wie sie, gleich einem frommverschämten Kinde, die Augen niederschlagend und hocherrötend mit der Lust und mit der Scheu kämpfte. – Man kann sich denken, wie ich sie anflehte, und, als sie kleine kurländische Volkslieder erwähnte, nicht nachließ, bis sie, mit der linken Hand herüberlangend, einige Töne auf dem Instrument versuchte, wie zur Einleitung. Ich wollte ihr Platz machen am Instrument, sie ließ es aber nicht zu, indem sie versicherte, daß sie nicht eines einzigen Akkordes mächtig sei, und daß ebendeshalb ihr Gesang ohne Begleitung sehr mager und unsicher klingen werde. Nun fing sie mit zarter, glockenreiner, tief aus dem Herzen tönender Stimme ein Lied an, dessen einfache Melodie ganz den Charakter jener Volkslieder trug, die so klar aus dem Innern herausleuchten, daß wir in dem hellen Schein, der uns umfließt, unsere höhere poetische Natur erkennen müssen. Ein geheimnisvoller Zauber liegt in den unbedeutenden Worten des Textes, der zur Hieroglyphe des Unaussprechlichen wird, von dem unsere Brust erfüllt. Wer denkt nicht an jene spanische Kanzonetta, deren Inhalt den Worten nach nicht viel mehr ist, als: »Mit meinem Mädchen schifft' ich auf dem Meer, da wurd' es stürmisch, und mein Mädchen wankte furchtsam hin und her. Nein! – nicht schiff' ich wieder mit meinem Mädchen auf dem Meer!« – So sagte der Baronin Liedlein nichts weiter: »Jüngst tanzt' ich mit meinem Schatz auf der Hochzeit, da fiel mir eine Blume aus dem Haar, die hob er auf und gab sie mir und sprach: ›Wenn, mein Mädchen, gehn wir wieder zur Hochzeit?‹« – Als ich bei der zweiten Strophe dies Liedchen in harpeggierenden Akkorden begleitete, als ich in der Begeisterung, die mich erfaßt, die Melodien der folgenden Lieder gleich von den Lippen der Baronin wegstahl, da erschien ich ihr und der Fräulein

Adelheid wie der größte Meister der Tonkunst, sie überhäuften mich mit Lobsprüchen. Die angezündeten Lichter des Ballsaals im Seitenflügel brannten hinein in das Gemach der Baronin, und ein mißtöniges Geschrei von Trompeten und Hörnern verkündete, daß es Zeit sei, sich zum Ball zu versammeln. »Ach, nun muß ich fort«, rief die Baronin, ich sprang auf vom Instrument. »Sie haben mir eine herrliche Stunde bereitet – es waren die heitersten Momente, die ich jemals hier in R.. sitten verlebte.« Mit diesen Worten reichte mir die Baronin die Hand; als ich sie im Rausch des höchsten Entzückens an die Lippen drückte, fühlte ich ihre Finger heftig pulsierend an meiner Hand anschlagen! Ich weiß nicht, wie ich in des Großonkels Zimmer, wie ich dann in den Ballsaal kam. – Jener Gaskogner fürchtete die Schlacht, weil jede Wunde ihm tödlich werden müsse, da er ganz Herz sei! – Ihm mochte ich, ihm mag jeder in meiner Stimmung gleichen! jede Berührung wird tödlich. Der Baronin Hand, die pulsierenden Finger hatten mich getroffen wie vergiftete Pfeile, mein Blut brannte in den Adern! – Ohne mich gerade auszufragen, hatte der Alte am andern Morgen doch bald die Geschichte des mit der Baronin verlebten Abends heraus, und ich war nicht wenig betreten, als er, der mit lachendem Munde und heitrem Tone gesprochen, plötzlich sehr ernst wurde und anfing: »Ich bitte dich, Vetter, widerstehe der Narrheit, die dich mit aller Macht ergriffen! – Wisse, daß dein Beginnen, so harmlos wie es scheint, die entsetzlichsten Folgen haben kann, du stehst in achtlosem Wahnsinn auf dünner Eisdecke, die bricht unter dir, ehe du dich es versiehst, und du plumpst hinein. Ich werde mich hüten, dich am Rockschoß festzuhalten, denn ich weiß, du rappelst dich selbst wieder heraus und sprichst, zum Tode erkrankt: ›Das bißchen Schnupfen bekam ich im Traume‹; aber ein böses Fieber wird zehren an deinem Lebensmark, und Jahre werden hingehen, ehe du dich ermannst. – Hol' der Teufel deine Musik, wenn du damit nichts Besseres anzufangen weißt, als empfindelnde Weiber hinauszutrompeten aus friedlicher Ruhe.« »Aber«, unterbrach ich den Alten, »kommt es mir denn in den Sinn, mich bei der Baronin einzuliebeln?« »Affe!« rief der Alte, »wüßt' ich das, so würfe ich dich hier durchs Fenster!« – Der Baron unterbrach das peinliche Gespräch, und das beginnende Geschäft riß mich auf aus der Liebesträumerei, in der ich nur Seraphinen sah und dachte. In der Gesellschaft sprach die Baronin nur dann und wann mit mir einige freundliche Worte, aber beinahe kein Abend verging, daß nicht heimliche Botschaft kam von Fräulein Adelheid, die mich hinrief zu Seraphinen. Bald geschah es, daß mannigfache Gespräche mit der Musik wechselten. Fräulein Adelheid, die beinahe nicht jung genug war, um so naiv und drollig zu sein, sprang mit allerlei lustigem und etwas konfusem Zeuge dazwischen, wenn ich und Seraphine uns zu vertiefen begannen in sentimentale Ahnungen und Träumereien. Aus mancher Andeutung mußt' ich bald erfahren, daß der Baronin wirklich irgend etwas Verstörendes im Sinn liege, wie ich es gleich, als ich sie zum ersten Male sah, in ihrem Blick zu lesen glaubte, und die feindliche Wirkung des Hausgespenstes ging mir ganz klar auf. Irgend etwas Entsetzliches war oder sollte geschehen. Wie oft drängte es mich, Seraphinen zu erzählen, wie mich der unsichtbare Feind berührt, und wie ihn der Alte, gewiß für immer, gebannt habe, aber eine mir selbst unerklärliche Scheu fesselte mir die Zunge in dem Augenblick, als ich reden wollte.

Eines Tages fehlte die Baronin bei der Mittagstafel; es hieß, sie kränkle und könne das Zimmer nicht verlassen. Teilnehmend frug man den Baron, ob das Übel von Bedeutung sei. Er lächelte auf fatale Art, recht wie bitter höhnend, und sprach: »Nichts als ein leichter Katarrh, den ihr die rauhe Seeluft zugeweht, die nun einmal hier kein süßes

Stimmchen duldet und keine andern Töne leidet, als das derbe Halloh der Jagd.« – Bei diesen Worten warf der Baron mir, der ihm schrägüber saß, einen stechenden Blick zu. Nicht zu dem Nachbar, zu mir hatte er gesprochen. Fräulein Adelheid, die neben mir saß, wurde blutrot; vor sich hin auf den Teller starrend und mit der Gabel darauf herumkritzelnd, lispelte sie: »Und noch heute siehst du Seraphinen, und noch heute werden deine süßen Liederchen beruhigend sich an das kranke Herz legen.« – Auch Adelheid sprach diese Worte für mich, aber in dem Augenblick war es mir, als stehe ich mit der Baronin in unlauterm verbotenem Liebesverhältnis, das nur mit dem Entsetzlichen, mit einem Verbrechen, endigen könne. – Die Warnungen des Alten fielen mir schwer aufs Herz. – Was sollte ich beginnen! – Sie nicht mehr sehen? – Das war, solange ich im Schlosse blieb, unmöglich, und durfte ich auch das Schloß verlassen und nach K. zurückgehen, ich vermochte es nicht. Ach! nur zu sehr fühlt' ich, daß ich nicht stark genug war, mich selbst aufzurütteln aus dem Traum, der mich mit fantastischem Liebesglück neckte. Adelheid erschien mir beinahe als gemeine Kupplerin, ich wollte sie deshalb verachten – und doch, mich wieder besinnend, mußte ich mich meiner Albernheit schämen. Was geschah in jenen seligen Abendstunden, das nur im mindesten ein näheres Verhältnis mit Seraphinen, als Sitte und Anstand es erlaubten, herbeiführen konnte? Wie durfte es mir einfallen, daß die Baronin irgend etwas für mich fühlen sollte, und doch war ich von der Gefahr meiner Lage überzeugt! – Die Tafel wurde zeitiger aufgehoben, weil es noch auf Wölfe gehen sollte, die sich in dem Föhrenwalde, ganz nahe dem Schlosse, hatten blicken lassen. Die Jagd war mir recht in meiner aufgeregten Stimmung, ich erklärte dem Alten, mitziehn zu wollen, er lächelte mich zufrieden an, sprechend: »Das ist brav, daß du auch einmal dich herausmachst, ich bleibe heim, du kannst

meine Büchse nehmen, und schnalle auch meinen Hirsch-
fänger um, im Fall der Not ist das eine gute sichre Waffe,
wenn man nur gleichmütig bleibt.« Der Teil des Waldes, in
dem die Wölfe lagern mußten, wurde von den Jägern um-
stellt. Es war schneidend kalt, der Wind heulte durch die
Föhren und trieb mir die hellen Schneeflocken ins Gesicht,
daß ich, als nun vollends die Dämmerung einbrach, kaum
sechs Schritte vor mir hinschauen konnte. Ganz erstarrt
verließ ich den mir angewiesenen Platz und suchte Schutz
tiefer im Walde. Da lehnte ich an einen Baum, die Büchse
unterm Arm. Ich vergaß die Jagd, meine Gedanken trugen
mich fort zu Seraphinen ins heimische Zimmer. Ganz entfernt fielen Schüsse, in demselben Moment rauschte es im
Röhricht, und nicht zehn Schritte von mir erblickte ich
einen starken Wolf, der vorüberrennen wollte. Ich legte an,
drückte ab, – ich hatte gefehlt, das Tier sprang mit glühenden Augen auf mich zu, ich war verloren, hatte ich nicht
Besonnenheit genug, das Jagdmesser herauszureißen, das
ich dem Tier, als es mich packen wollte, tief in die Gurgel
stieß, so daß das Blut mir über Hand und Arm spritzte.
Einer von den Jägern des Barons, der mir unfern gestanden,
kam nun mit vollem Geschrei herangelaufen, und auf seinen
wiederholten Jagdruf sammelten sich alle um uns. Der Baron eilte auf mich zu: »Um des Himmels willen. Sie bluten? –
Sie bluten – Sie sind verwundet?« Ich versicherte das Gegenteil; da fiel der Baron über den Jäger her, der mir der nächste
gestanden, und überhäufte ihn mit Vorwürfen, daß er nicht
nachgeschossen, als ich gefehlt, und unerachtet dieser versicherte, daß das gar nicht möglich gewesen, weil in derselben
Sekunde der Wolf auf mich zugestürzt, so daß jeder Schuß
mich hätte treffen können, so blieb doch der Baron dabei,
daß er mich, als einen minder erfahrnen Jäger, in besondere
Obhut hätte nehmen sollen. Unterdessen hatten die Jäger
das Tier aufgehoben, es war das größte der Art, das sich seit

langer Zeit hatte sehen lassen, und man bewunderte allgemein meinen Mut und meine Entschlossenheit, unerachtet mir mein Benehmen sehr natürlich schien, und ich in der Tat an die Lebensgefahr, in der ich schwebte, gar nicht gedacht hatte. Vorzüglich bewies sich der Baron teilnehmend, er konnte gar nicht aufhören zu fragen, ob ich, sei ich auch nicht von der Bestie verwundet, doch nichts von den Folgen des Schrecks fürchte. Es ging zurück nach dem Schlosse, der Baron faßte mich, wie einen Freund, unter den Arm, die Büchse mußte ein Jäger tragen. Er sprach noch immer von meiner heroischen Tat, so daß ich am Ende selbst an meinen Heroismus glaubte, alle Befangenheit verlor und mich selbst dem Baron gegenüber als ein Mann von Mut und seltener Entschlossenheit festgestellt fühlte. Der Schulknabe hatte sein Examen glücklich bestanden, war kein Schulknabe mehr, und alle demütige Ängstlichkeit des Schulknaben war von ihm gewichen. Erworben schien mir jetzt das Recht, mich um Seraphinens Gunst zu mühen. Man weiß ja, welcher albernen Zusammenstellungen die Fantasie eines verliebten Jünglings fähig ist. – Im Schlosse, am Kamin bei dem rauchenden Punschnapf, blieb ich der Held des Tages; nur der Baron selbst hatte außer mir noch einen tüchtigen Wolf erlegt, die übrigen mußten sich begnügen, ihre Fehlschüsse dem Wetter – der Dunkelheit zuzuschreiben und grauliche Geschichten von sonst auf der Jagd erlebtem Glück und überstandener Gefahr zu erzählen. Von dem Alten glaubte ich nun gar sehr gelobt und bewundert zu werden; mit diesem Anspruch erzählte ich ihm mein Abenteuer ziemlich breit und vergaß nicht, das wilde, blutdürstige Ansehn der wilden Bestie mit recht grellen Farben auszumalen. Der Alte lachte mir aber ins Gesicht und sprach: »Gott ist mächtig in den Schwachen!« –

Als ich des Trinkens, der Gesellschaft überdrüssig, durch den Korridor nach dem Gerichtssaal schlich, sah ich vor mir

eine Gestalt, mit dem Licht in der Hand, hineinschlüpfen. In den Saal tretend, erkannte ich Fräulein Adelheid. »Muß man nicht umherirren wie ein Gespenst, wie ein Nachtwandler, um Sie, mein tapferer Wolfsjäger, aufzufinden! – « So lispelte sie mir zu, indem sie mich bei der Hand ergriff. Die Worte: »Nachtwandler – Gespenst«, fielen mir, hier an diesem Orte ausgesprochen, schwer aufs Herz; augenblicklich brachten sie mir die gespenstischen Erscheinungen jener beiden graulichen Nächte in Sinn und Gedanken, wie damals heulte der Seewind in tiefen Orgeltönen herüber, es knatterte und pfiff schauerlich durch die Bogenfenster, und der Mond warf sein bleiches Licht gerade auf die geheimnisvolle Wand, an der sich das Kratzen vernehmen ließ. Ich glaubte Blutflecke daran zu erkennen. Fräulein Adelheid mußte, mich noch immer bei der Hand haltend, die Eiskälte fühlen, die mich durchschauerte. »Was ist Ihnen, was ist Ihnen«, sprach sie leise, »Sie erstarren ja ganz? – Nun, ich will Sie ins Leben rufen. Wissen Sie wohl, daß die Baronin es gar nicht erwarten kann, Sie zu sehen? – Eher glaubt sie nicht, daß der böse Wolf Sie wirklich nicht zerbissen hat. Sie ängstigt sich unglaublich! – Ei, ei, mein Freund, was haben Sie mit Seraphinchen angefangen! Noch niemals habe ich sie so gesehen. – Hu! – wie jetzt der Puls anfängt zu prickeln! – wie der tote Herr so plötzlich erwacht ist! – Nein, kommen Sie – fein leise – wir müssen zur kleinen Baronin!« – Ich ließ mich schweigend fortziehen; die Art, wie Adelheid von der Baronin sprach, schien mir unwürdig, und vorzüglich die Andeutung des Verständnisses zwischen uns gemein. Als ich mit Adelheid eintrat, kam Seraphine mir mit einem leisen Ach! drei – vier Schritte rasch entgegen, dann blieb sie, wie sich besinnend, mitten im Zimmer stehen, ich wagte, ihre Hand zu ergreifen und sie an meine Lippen zu drücken. Die Baronin ließ ihre Hand in der meinigen ruhen, indem sie sprach: »Aber mein Gott, ist es denn Ihres Berufs, es mit

Wölfen aufzunehmen? Wissen Sie denn nicht, daß Orpheus', Amphions fabelhafte Zeit längst vorüber ist, und daß die wilden Tiere allen Respekt vor den vortrefflichsten Sängern ganz verloren haben?« – Diese anmutige Wendung, mit der die Baronin ihrer lebhaften Teilnahme sogleich alle Mißdeutung abschnitt, brachte mich augenblicklich in richtigen Ton und Takt. Ich weiß selbst nicht, wie es kam, daß ich nicht, wie gewöhnlich, mich an das Instrument setzte, sondern neben der Baronin auf dem Kanapee Platz nahm. Mit dem Wort: »Und wie kamen Sie denn in Gefahr?« erwies sich unser Einverständnis, daß es heute nicht auf Musik, sondern auf Gespräch abgesehen sei. Nachdem ich meine Abenteuer im Walde erzählt und der lebhaften Teilnahme des Barons erwähnt, mit der leisen Andeutung, daß ich ihn deren nicht für fähig gehalten, fing die Baronin mit sehr weicher, beinahe wehmütiger Stimme an: »O, wie muß Ihnen der Baron so stürmisch, so rauh vorkommen, aber glauben Sie mir, nur während des Aufenthalts in diesen finstern unheimlichen Mauern, nur während des wilden Jagens in den öden Föhrenwäldern ändert er sein ganzes Wesen, wenigstens sein äußeres Betragen. Was ihn vorzüglich so ganz und gar verstimmt, ist der Gedanke, der ihn beständig verfolgt, daß hier irgend etwas Entsetzliches geschehen werde: daher hat ihn Ihr Abenteuer, das zum Glück ohne üble Folgen blieb, gewiß tief erschüttert. Nicht den geringsten seiner Diener will er der mindesten Gefahr ausgesetzt wissen, viel weniger einen lieben neugewonnenen Freund, und ich weiß gewiß, daß Gottlieb, dem er schuld gibt, Sie im Stiche gelassen zu haben, wo nicht mit Gefängnis bestraft werden, doch die beschämende Jägerstrafe dulden wird, ohne Gewehr, mit einem Knittel in der Hand, sich dem Jagdgefolge anschließen zu müssen. Schon, daß solche Jagden, wie hier, nie ohne Gefahr sind, und daß der Baron, immer Unglück befürchtend, doch in der Freude und Lust daran selbst den bösen Dämon neckt, bringt etwas Zerrissenes in sein Leben, das feindlich selbst auf mich wirken muß. Man erzählt viel Seltsames von dem Ahnherrn, der das Majorat stiftete, und ich weiß es wohl, daß ein düsteres Familiengeheimnis, das in diesen Mauern verschlossen, wie ein entsetzlicher Spuk die Besitzer wegtreibt und es ihnen nur möglich macht, eine kurze Zeit hindurch im lauten wilden Gewühl auszudauern. Aber ich! – wie einsam muß ich mich in diesem Gewühl befinden, und wie muß mich das Unheimliche, das aus allen Wänden weht, im Innersten aufregen! Sie, mein lieber Freund, haben mir die ersten heitern Augenblicke, die ich hier verlebte, durch Ihre Kunst verschafft! – wie kann ich Ihnen denn herzlich genug dafür danken! –« Ich küßte die mir dargebotene Hand, indem ich erklärte, daß auch ich gleich am ersten Tage oder vielmehr in der ersten Nacht das Unheimliche des Aufenthalts bis zum tiefsten Entsetzen gefühlt habe. Die Baronin blickte mir starr ins Gesicht, als ich jenes Unheimliche der Bauart des ganzen Schlosses, vorzüglich den Verzierungen im Gerichtssaal, dem sausenden Seewind usw. zuschrieb. Es kann sein, daß Ton und Ausdruck darauf hindeuteten, daß ich noch etwas anderes meine, genug, als ich schwieg, rief die Baronin heftig: »Nein, nein – es ist Ihnen irgend etwas Entsetzliches geschehen in jenem Saal, den ich nie ohne Schauer betrete! – ich beschwöre Sie – sagen Sie mir alles!« –

Zur Totenblässe war Seraphinens Gesicht verbleicht, ich sah wohl ein, daß es nun geratener sei, alles, was mir widerfahren, getreulich zu erzählen, als Seraphinens aufgeregter Fantasie es zu überlassen, vielleicht einen Spuk, der, in mir unbekannter Beziehung, noch schrecklicher sein konnte als der erlebte, sich auszubilden. Sie hörte mich an, und immer mehr und mehr stieg ihre Beklommenheit und Angst. Als ich das Kratzen an der Wand erwähnte, schrie sie auf: »Das ist entsetzlich – ja, ja – in dieser Mauer ist jenes fürchterliche Geheimnis verborgen! –« Als ich dann weiter erzählte, wie der Alte mit geistiger Gewalt und Übermacht den Spuk gebannt, seufzte sie tief, als würde sie frei von einer schweren Last, die ihre Brust gedrückt. Sich zurücklehnend, hielt sie beide Hände vors Gesicht. Erst jetzt bemerkte ich, daß Adelheid uns verlassen. Längst hatte ich geendet, und da Seraphine noch immer schwieg, stand ich leise auf, ging an das Instrument und mühte mich, in anschwellenden Akkorden tröstende Geister heraufzurufen, die Seraphinen dem finstern Reiche, das sich ihr in meiner Erzählung erschlossen, entführen sollten. Bald intonierte ich so zart, als ich es vermochte, eine jener heiligen Kanzonen des Abbate Stefani. In den wehmutsvollen Klängen des: »Ooi, perchè piangete« – erwachte Seraphine aus düstern Träumen und horchte mild lächelnd, glänzende Perlen in den Augen, mir zu. – Wie geschah es denn, daß ich vor ihr hinkniete, daß sie sich zu mir herabbeugte, daß ich sie mit meinen Armen umschlang, daß ein langer glühender Kuß auf meinen Lippen brannte? – Wie geschah es denn, daß ich nicht die Besinnung verlor, daß ich es fühlte, wie sie sanft mich an sich drückte, daß ich sie aus meinen Armen ließ und, schnell mich emporrichtend, an das Instrument trat? Von mir abgewendet, ging die Baronin einige Schritte nach dem Fenster hin, dann kehrte sie um und trat mit einem beinahe stolzen Anstande, der ihr sonst gar nicht eigen, auf mich zu. Mir fest ins Auge blickend, sprach sie: »Ihr Onkel ist der würdigste Greis, den ich kenne, er ist der Schutzengel unserer Familie – möge er mich einschließen in sein frommes Gebet!« – Ich war keines Wortes mächtig, verderbliches Gift, das ich in jenem Kusse eingesogen, gärte und flammte in allen Pulsen, in allen Nerven! – Fräulein Adelheid trat herein – die Wut des innern Kampfes strömte aus in heißen Tränen, die ich nicht zurückzudrängen vermochte! – Adelheid blickte mich

verwundert und zweifelhaft lächelnd an – ich hätte sie ermorden können. Die Baronin reichte mir die Hand und
sprach mit unbeschreiblicher Milde: »Leben Sie wohl, mein
lieber Freund! – Leben Sie recht wohl, denken Sie daran,
daß vielleicht niemand besser als ich Ihre Musik verstand. –
Ach! diese Töne werden lange – lange in meinem Innern
wiederklingen.« – Ich zwang mir einige unzusammenhän-
gende alberne Worte ab und lief nach unserm Gemach. Der
Alte hatte sich schon zur Ruhe begeben. Ich blieb im Saal,
ich stürzte auf die Knie, ich weinte laut – ich rief den Namen
der Geliebten, kurz, ich überließ mich den Torheiten des
verliebten Wahnsinns trotz einem, und nur der laute Zuruf
des über mein Toben aufgewachten Alten: »Vetter, ich
glaube du bist verrückt geworden oder balgst dich aufs neue
mit einem Wolf? – Schier dich zu Bette, wenn es dir sonst
gefällig ist« – nur dieser Zuruf trieb mich hinein ins Gemach,
wo ich mich mit dem festen Vorsatz niederlegte, nur von
Seraphinen zu träumen. Es mochte schon nach Mitternacht
sein, als ich, noch nicht eingeschlafen, entfernte Stimmen,
ein Hin- und Herlaufen und das Öffnen und Zuschlagen von
Türen zu vernehmen glaubte. Ich horchte auf, da hörte ich
Tritte auf dem Korridor sich nahen, die Tür des Saals wurde
geöffnet, und bald klopfte es an unser Gemach. »Wer ist da?«
rief ich laut; da sprach es draußen: »Herr Justitiarius – Herr
Justitiarius, wachen Sie auf – wachen Sie auf!« – Ich er-
kannte Franzens Stimme, und indem ich frug: »Brennt es im
Schlosse?« wurde der Alte wach und rief: »Wo brennt es? –
wo ist schon wieder verdammter Teufelsspuk los?« »Ach,
stehen Sie auf, Herr Justitiarius«, sprach Franz, »stehen Sie
auf, der Herr Baron verlangt nach Ihnen!« »Was will der
Baron von mir«, frug der Alte weiter, »was will er von mir zur
Nachtzeit? – weiß er nicht, daß das Justitiariat mit dem
Justitiarius zu Bette geht und ebensogut schläft, als er?«
»Ach«, rief nun Franz ängstlich, »lieber Herr Justitiarius,

stehen Sie doch nur auf – die gnädige Frau Baronin liegt im Sterben!« – Mit einem Schrei des Entsetzens fuhr ich auf. »Öffne Franzen die Tür«, rief mir der Alte zu; besinnungslos wankte ich im Zimmer herum, ohne Tür und Schloß zu finden. Der Alte mußte mir beistehen, Franz trat bleich mit verstörtem Gesicht herein und zündete die Lichter an. Als wir uns kaum in die Kleider geworfen, hörten wir schon den Baron im Saal rufen: »Kann ich Sie sprechen, lieber V.?« – »Warum hast du dich angezogen, Vetter, der Baron hat nur nach mir verlangt?« frug der Alte, im Begriff herauszutreten. »Ich muß hinab – ich muß sie sehen und dann sterben«, sprach ich dumpf und wie vernichtet vom trostlosen Schmerz. »Ja so! da hast du recht, Vetter!« Dies sprechend, warf mir der Alte die Tür vor der Nase zu, daß die Angeln klirrten, und verschloß sie von draußen. Im ersten Augenblick, über diesen Zwang empört, wollt' ich die Tür einrennen, aber mich schnell besinnend, daß dies nur die verderblichen Folgen einer ungezügelten Raserei haben könnte, beschloß ich, die Rückkehr des Alten abzuwarten, dann aber, koste es, was es wolle, seiner Aufsicht zu entschlüpfen. Ich hörte den Alten heftig mit dem Baron reden, ich hörte mehrmals meinen Namen nennen, ohne weiteres verstehen zu können. – Mit jeder Sekunde wurde mir meine Lage tödlicher. – Endlich vernahm ich, wie dem Baron eine Botschaft gebracht wurde, und wie er schnell davonrannte. Der Alte trat wieder in das Zimmer – »Sie ist tot« – mit diesem Schrei stürzte ich dem Alten entgegen – »Und du bist närrisch!« fiel er gelassen ein, faßte mich und drückte mich in einen Stuhl. »Ich muß hinab«, schrie ich, »ich muß hinab, sie sehen, und sollt' es mir das Leben kosten!« – »Tue das, lieber Vetter«, sprach der Alte, indem er die Tür verschloß, den Schlüssel abzog und in die Tasche steckte. Nun flammte ich auf in toller Wut, ich griff nach der geladenen Büchse und schrie: »Hier vor Ihren Augen jage ich mir die Kugel durch den Kopf, wenn Sie nicht sogleich mir die Tür öffnen.« Da trat der Alte dicht vor mir hin und sprach, indem er mich mit durchbohrendem Blick ins Auge faßte:»Glaubst du, Knabe, daß du mich mit deiner armseligen Drohung erschrecken kannst? – Glaubst du, daß mir dein Leben was wert ist, wenn du vermagst, es in kindischer Albernheit wie ein abgenutztes Spielzeug wegzuwerfen? – Was hast du mit dem Weibe des Barons zu schaffen? – wer gibt dir das Recht, dich wie ein überlästiger Geck da hinzudrängen, wo du nicht hingehörst, und wo man dich auch gar nicht mag? – Willst du den liebelnden Schäfer machen in ernster Todesstunde?« – Ich sank vernichtet in den Lehnstuhl – Nach einer Weile fuhr der Alte mit milderer Stimme fort:»Und damit du es nur weißt, mit der angeblichen Todesgefahr der Baronin ist es wahrscheinlich ganz und gar nichts – Fräulein Adelheid ist denn nun gleich außer sich über alles; wenn ihr ein Regentropfen auf die Nase fällt, so schreit sie: ›Welch ein schreckliches Unwetter!‹ – Zum Unglück ist der Feuerlärm bis zu den alten Tanten gedrungen, die sind unter unziemlichem Weinen mit einem ganzen Arsenal von stärkenden Tropfen – Lebenselixieren, und was weiß ich sonst, angerückt – Eine starke Anwandlung von Ohnmacht« – Der Alte hielt inne, er mochte bemerken, wie ich im Innern kämpfte. Er ging einigemal die Stube auf und ab, stellte sich wieder vor mir hin, lachte recht herzlich und sprach:»Vetter, Vetter! was treibst du für närrisches Zeug? – Nun! – es ist einmal nicht anders, der Satan treibt hier seinen Spuk auf mancherlei Weise, du bist ihm ganz lustig in die Krallen gelaufen, und er macht jetzt sein Tänzchen mit dir« – Er ging wieder einige Schritte auf und ab, dann sprach er weiter:»Mit dem Schlaf ist's nun einmal vorbei, und da dächt' ich, man rauchte eine Pfeife und brächte so noch die paar Stündchen Nacht und Finsternis hin!« – Mit diesen Worten nahm der Alte eine tönerne Pfeife vom Wandschrank herab und stopfte sie, ein Liedchen brummend, langsam und sorgfältig, dann suchte er unter vielen Papieren, bis er ein Blatt herausriß, es zum Fidibus zusammenknetete und ansteckte. Die dicken Rauchwolken von sich blasend, sprach er zwischen den Zähnen: »Nun, Vetter, wie war es mit dem Wolf?« – Ich weiß nicht, wie dies ruhige Treiben des Alten seltsam auf mich wirkte. – Es war, als sei ich gar nicht mehr in R.. sitten – die Baronin weit – weit von mir entfernt, so daß ich sie nur mit den geflügelten Gedanken erreichen könne! – Die letzte Frage des Alten verdroß mich. »Aber«, fiel ich ein, »finden Sie mein Jagdabenteuer so lustig, so zum Bespötteln geeignet?« »Mitnichten«, erwiderte der Alte, »mitnichten, Herr Vetter, aber du glaubst nicht, welch komisches Gesicht solch ein Kiekindiewelt wie du schneidest, und wie er sich überhaupt so possierlich dabei macht, wenn der liebe Gott ihn einmal würdigt, was Besonderes ihm passieren zu lassen. – Ich hatte einen akademischen Freund, der ein stiller, besonnener, mit sich einiger Mensch war. Der Zufall verwickelte ihn, der nie Anlaß zu dergleichen gab, in eine Ehrensache, und er, den die mehresten Burschen für einen Schwächling, für einen Pinsel hielten, benahm sich dabei mit solchem ernstem entschlossenem Mute, daß alle ihn höchlich bewunderten. Aber seit der Zeit war er auch umgewandelt. Aus dem fleißigen besonnenen Jünglinge wurde ein prahlhafter, unausstehlicher Raufbold. Er kommerschierte und jubelte und schlug, dummer Kinderei halber, sich so lange, bis ihn der Senior einer Landsmannschaft, die er auf pöbelhafte Weise beleidigt, im Duell niederstieß. – Ich erzähle dir das nur so, Vetter, du magst dir dabei denken, was du willst! – Und nun wieder auf die Baronin und ihre Krankheit zu kommen« – Es ließen sich in dem Augenblick leise Tritte auf dem Saal hören, und mir war es, als ginge ein schauerliches Ächzen durch die Lüfte! – »Sie ist hin!« – der Gedanke durchfuhr mich wie ein tötender Blitz! – Der Alte stand rasch auf und rief laut: »Franz – Franz!« – »Ja, lieber Herr Justitiarius«, antwortete es draußen. »Franz«, fuhr der Alte fort, »schüre ein wenig das Feuer im Kamin zusammen, und ist es tunlich, so magst du für uns ein paar Tassen guten Tee bereiten! – Es ist verteufelt kalt«, wandte sich der Alte zu mir, »und da wollen wir uns lieber draußen am Kamine was erzählen.« Der Alte schloß die Tür auf, ich folgte ihm mechanisch. »Wie geht's unten?« frug der Alte. »Ach«, erwiderte Franz, »es hatte gar nicht viel zu bedeuten, die gnädige Frau Baronin sind wieder ganz munter und schieben das bißchen Ohnmacht auf einen bösen Traum!« – Ich wollte aufjauchzen vor Freude und Entzücken, ein sehr ernster Blick des Alten wies mich zur Ruhe. – »Ja«, sprach der Alte, »im Grunde genommen wär's doch besser, wir legten uns noch ein paar Stündchen aufs Ohr – Laß es nur gut sein mit dem Tee, Franz!« – »Wie Sie befehlen, Herr Justitiarius«, erwiderte Franz und verließ den Saal mit dem Wunsch einer *geruhsamen* Nacht, unerachtet schon die Hähne krähten. »Höre, Vetter!« sprach der Alte, indem er die Pfeife im Kamin ausklopfte, »höre, Vetter, gut ist's doch, daß dir kein Malheur passiert ist mit Wölfen und geladenen Büchsen!« – Ich verstand jetzt alles und schämte mich, daß ich dem Alten Anlaß gab, mich zu behandeln wie ein ungezogenes Kind. »Sei so gut«, sprach der Alte am andern Morgen, »sei so gut, lieber Vetter, steige herab und erkundige dich, wie es mit der Baronin steht. Du kannst nur immer nach Fräulein Adelheid fragen, die wird dich denn wohl mit einem tüchtigen Bulletin versehen.« – Man kann denken, wie ich hinabeilte. Doch in dem Augenblick, als ich leise an das Vorgemach der Baronin pochen wollte, trat mir der Baron rasch aus demselben entgegen. Er blieb verwundert stehen und maß mich mit finsterm, durchbohrenden Blick. »Was wollen Sie hier!« fuhr es ihm heraus. Unerachtet mir das Herz im Innersten schlug, nahm ich mich zusammen und erwiderte mit festem

Ton: »Mich im Auftrage des Onkels nach dem Befinden der gnädigen Frau erkundigen.« »O es war ja gar nichts – ihr gewöhnlicher Nervenzufall. Sie schläft sanft, und ich weiß, daß sie wohl und munter bei der Tafel erscheinen wird! – Sagen Sie das – Sagen Sie das« – Dies sprach der Baron mit einer gewissen leidenschaftlichen Heftigkeit, die mir anzudeuten schien, daß er um die Baronin besorgter sei, als er es wolle merken lassen. Ich wandte mich, um zurückzukehren, da ergriff der Baron plötzlich meinen Arm und rief mit flammendem Blick: »Ich habe mit Ihnen zu sprechen, junger Mann!« – Sah ich nicht den schwerbeleidigten Gatten vor mir, und mußt' ich nicht einen Auftritt befürchten, der vielleicht schmachvoll für mich enden konnte? Ich war unbewaffnet, doch im Moment besann ich mich auf mein künstliches Jagdmesser, das mir der Alte erst in R.. sitten geschenkt und das ich noch in der Tasche trug. Nun folgte ich dem mich rasch fortziehenden Baron mit dem Entschluß, keines Leben zu schonen, wenn ich Gefahr laufen sollte, unwürdig behandelt zu werden. Wir waren in des Barons Zimmer eingetreten, dessen Tür er hinter sich abschloß. Nun schritt er mit übereinandergeschlagenen Armen heftig auf und ab, dann blieb er vor mir stehen und wiederholte: »Ich habe mit Ihnen zu sprechen, junger Mann!« – Der verwegenste Mut war mir gekommen, und ich wiederholte mit erhöhtem Ton: »Ich hoffe, daß es Worte sein werden, die ich ungeahndet hören darf!« Der Baron schaute mich verwundert an, als verstehe er mich nicht. Dann blickte er finster zur Erde, schlug die Arme über den Rücken und fing wieder an im Zimmer auf und ab zu rennen. – Er nahm eine Büchse herab und stieß den Ladestock hinein, als wolle er versuchen, ob sie geladen sei oder nicht! – Das Blut stieg mir in die Adern, ich faßte nach dem Messer und schritt dicht auf den Baron zu, um es ihm unmöglich zu machen, auf mich anzulegen. »Ein schönes Gewehr«, sprach der Baron, die Büchse wieder in den Winkel stellend. Ich trat einige Schritte zurück und der Baron an mich heran; kräftiger auf meine Schulter schlagend, als gerade nötig, sprach er dann: »Ich muß Ihnen aufgeregt und verstört vorkommen, Theodor, ich bin es auch wirklich von der in tausend Ängsten durchwachten Nacht. Der Nervenzufall meiner Frau war durchaus nicht gefährlich, das sehe ich jetzt ein, aber hier – hier in diesem Schloß, in das ein finstrer Geist gebannt ist, fürcht' ich das Entsetzliche, und dann ist es auch das erstemal, daß sie hier erkrankte. Sie – Sie allein sind schuld daran!« – Wie das möglich sein könne, davon hätte ich keine Ahnung, erwiderte ich gelassen. »Oh«, fuhr der Baron fort, »o wäre der verdammte Unglückskasten der Inspektorin auf blankem Eise zerbrochen in tausend Stücke, o wären Sie – doch nein! – nein! Es sollte, es mußte so sein, und ich allein bin schuld an allem. An mir lag es, in dem Augenblick, als Sie anfingen in dem Gemach meiner Frau Musik zu machen, Sie von der ganzen Lage der Sache, von der Gemütsstimmung meiner Frau zu unterrichten« – Ich machte Miene zu sprechen – »Lassen Sie mich reden«, rief der Baron, »ich muß im voraus Ihnen alles voreilige Urteil abschneiden. Sie werden mich für einen rauhen, der Kunst abholden Mann halten. Ich bin das keineswegs, aber eine auf tiefe Überzeugung gebaute Rücksicht nötigt mich, hier womöglich solcher Musik, die jedes Gemüt und auch gewiß das meinige ergreift, den Eingang zu versagen. Erfahren Sie, daß meine Frau an einer Erregbarkeit kränkelt, die am Ende alle Lebensfreude wegzehren muß. In diesen wunderlichen Mauern kommt sie gar nicht heraus aus dem erhöhten, überreizten Zustande, der sonst nur momentan einzutreten pflegt, und zwar oft als Vorbote einer ersten Krankheit. Sie fragen mit Recht, warum ich der zarten Frau diesen schauerlichen Aufenthalt, dieses wilde verwirrte Jägerleben nicht erspare? Aber nennen Sie es immerhin

Schwäche, genug, mir ist es nicht möglich, sie allein zurückzulassen. In tausend Ängsten und nicht fähig Ernstes zu unternehmen würde ich sein, denn ich weiß es, die entsetzlichsten Bilder von allerlei verstörendem Ungemach, das ihr widerfahren, verließen mich nicht im Walde, nicht im Gerichtssaal. – Dann aber glaube ich auch, daß dem schwächlichen Weibe gerade diese Wirtschaft hier wie ein erkräftigendes Stahlbad anschlagen muß. – Wahrhaftig, der Seewind, der nach seiner Art tüchtig durch die Föhren saust, das dumpfe Gebelle der Doggen, der keck und munter schmetternde Hörnerklang muß hier siegen über die verweichelnden, schmachtelnden Pinseleien am Klavier, das *so* kein Mann spielen sollte, aber Sie haben es darauf angelegt, meine Frau methodisch zu Tode zu quälen!« – Der Baron sagte dies mit verstärkter Stimme und wildfunkelnden Augen – das Blut stieg mir in den Kopf, ich machte eine heftige Bewegung mit der Hand gegen den Baron, ich wollte sprechen, er ließ mich nicht zu Worte kommen. »Ich weiß, was Sie sagen wollen«, fing er an, »ich weiß es und wiederhole es, daß Sie auf dem Wege waren, meine Frau zu töten, und daß ich Ihnen dies auch nicht im mindesten zurechnen kann, wiewohl Sie begreifen, daß ich dem Dinge Einhalt tun muß. – Kurz! – Sie exaltieren meine Frau durch Spiel und Gesang, und als sie in dem bodenlosen Meere träumerischer Visionen und Ahnungen, die Ihre Musik wie ein böser Zauber heraufbeschworen hat, ohne Halt und Steuer umherschwimmt, drücken Sie sie hinunter in die Tiefe mit der Erzählung eines unheimlichen Spuks, der Sie oben im Gerichtssaal geneckt haben soll. Ihr Großonkel hat mir alles erzählt, aber ich bitte Sie, wiederholen Sie mir alles, was Sie sahen oder nicht sahen – hörten – fühlten – ahnten.« Ich nahm mich zusammen und erzählte ruhig, wie es sich damit begeben, von Anfang bis zu Ende. Der Baron warf nur dann und wann einzelne Worte, die sein Erstaunen ausdrückten, dazwischen. Als ich darauf kam, wie der Alte sich mit frommem Mut dem Spuk entgegengestellt und ihn gebannt habe mit kräftigen Worten, schlug er die Hände zusammen, hob sie gefaltet zum Himmel empor und rief begeistert: »Ja, er ist der Schutzgeist der Familie! – ruhen soll in der Gruft der Ahnen seine sterbliche Hülle!« – Ich hatte geendet. »Daniel, Daniel! was machst du hier zu dieser Stunde!« murmelte der Baron in sich hinein, indem er mit übereinandergeschlagenen Armen im Zimmer auf- und abschritt. »Weiter war es also nichts, Herr Baron?« frug ich laut, indem ich Miene machte mich zu entfernen. Der Baron fuhr auf wie aus einem Traum, faßte freundlich mich bei der Hand und sprach: »Ja – lieber Freund, meine Frau, der Sie so arg mitgespielt haben, ohne es zu wollen, die müssen Sie wieder herstellen, – Sie allein können das.« Ich fühlte mich errötend, und stand ich dem Spiegel gegenüber, so erblickte ich gewiß in demselben ein sehr albernes verdutztes Gesicht. Der Baron schien sich an meiner Verlegenheit zu weiden, er blickte mir unverwandt ins Auge mit einem recht fatalen ironischen Lächeln. »Wie in aller Welt sollte ich es anfangen«, stotterte ich endlich mühsam heraus. »Nun, nun«, unterbrach mich der Baron, »Sie haben es mit keiner gefährlichen Patientin zu tun. Ich nehme jetzt ausdrücklich Ihre Kunst in Anspruch. Die Baronin ist nun einmal hereingezogen in den Zauberkreis Ihrer Musik, und sie plötzlich herauszureißen, würde töricht und grausam sein. Setzen Sie die Musik fort. Sie werden zur Abendstunde in den Zimmern meiner Frau jedesmal willkommen sein. Aber gehen Sie nach und nach über zu kräftigerer Musik, verbinden Sie geschickt das Heitere mit dem Ernsten – und dann, vor allen Dingen, wiederholen Sie die Erzählung von dem unheimlichen Spuk recht oft. Die Baronin gewöhnt sich daran, sie vergißt, daß der Spuk hier in diesen Mauern hauset, und die Geschichte wirkt nicht stärker auf sie, als jedes andere Zaubermärchen, das in irgendeinem Roman, in irgendeinem Gespensterbuch ihr aufgetischt worden. Das tun Sie, lieber Freund!« – Mit diesen Worten entließ mich der Baron – Ich ging – Ich war vernichtet in meinem eignen Innern, herabgesunken zum bedeutungslosen, törichten Kinde! – Ich Wahnsinniger, der ich glaubte, Eifersucht könne sich in seiner Brust regen; er selbst schickt mich zu Seraphinen, er selbst sieht in mir nur das willenlose Mittel, das er braucht und wegwirft, wie es ihm beliebt! – Vor wenigen Minuten fürchtete ich den Baron, es lag in mir tief im Hintergrunde verborgen das Bewußtsein der Schuld, aber diese Schuld ließ mich das höhere, herrlichere Leben deutlich fühlen, dem ich zugereift; nun war alles versunken in schwarze Nacht, und ich sah nur den albernen Knaben, der in kindischer Verkehrtheit die papierne Krone, die er sich auf den heißen Kopf stülpte, für echtes Gold gehalten. – Ich eilte zum Alten, der schon auf mich wartete. »Nun Vetter, wo bleibst du denn, wo bleibst du denn?« rief er mir entgegen. »Ich habe mit dem Baron gesprochen«, warf ich schnell und leise hin, ohne den Alten anschauen zu können. »Tausend Sapperlot!« – sprach der Alte wie verwundert, »Tausend Sapperlot, dacht' ich's doch gleich! – der Baron hat dich gewiß herausgefordert, Vetter?« – Das schallende Gelächter, das der Alte gleich hinterher aufschlug, bewies mir, daß er auch dieses Mal, wie immer, ganz und gar mich durchschaute. – Ich biß die Zähne zusammen – ich mochte kein Wort erwidern, denn wohl wußt' ich, daß es dessen nur bedurfte, um sogleich von den tausend Neckereien überschüttet zu werden, die schon auf des Alten Lippen schwebten.

Die Baronin kam zur Tafel im zierlichen Morgenkleide, das, blendend weiß, frisch gefallenen Schnee besiegte. Sie sah matt aus und abgespannt, doch als sie nun, leise und melodisch sprechend, die dunkelen Augen erhob, da blitzte süßes, sehnsüchtiges Verlangen aus düsterer Glut, und ein flüchtiges Rot überflog das lilienblasse Antlitz. Sie war schöner als jemals. – Wer ermißt die Torheiten eines Jünglings mit zu heißem Blut im Kopf und Herzen! – Den bittern Groll, den der Baron in mir aufgeregt, trug ich über auf die Baronin. Alles erschien mir wie eine heillose Mystifikation, und nun wollt' ich beweisen, daß ich gar sehr bei vollem Verstande sei und über die Maßen scharfsichtig. – Wie ein schmollendes Kind vermied ich die Baronin und entschlüpfte der mich verfolgenden Adelheid, so daß ich, wie ich gewollt, ganz am Ende der Tafel zwischen den beiden Offizieren meinen Platz fand, mit denen ich wacker zu zechen begann. Beim Nachtisch stießen wir fleißig die Gläser zusammen, und, wie es in solcher Stimmung zu geschehen pflegt, war ich ungewöhnlich laut und lustig. Ein Bedienter hielt mir einen Teller hin, auf dem einige Bonbons lagen, mit den Worten: »Von Fräulein Adelheid.« Ich nahm, und bemerkte bald, daß auf einem der Bonbons mit Silberstift gekritzelt stand: »Und Seraphine?« – Das Blut wallte mir auf in den Adern. Ich schaute hin nach Adelheid, die sah mich an mit überaus schlauer, verschmitzter Miene, nahm das Glas und nickte mir zu mit leisem Kopfnicken. Beinahe willkürlos murmelte ich still: »Seraphine«, nahm mein Glas und leerte es mit einem Zuge. Mein Blick flog hin zu ihr, ich gewahrte, daß sie auch in dem Augenblick getrunken hatte und ihr Glas eben hinsetzte – ihre Augen trafen die meinen, und ein schadenfroher Teufel raunte es mir in die Ohren: »Unseliger! – Sie liebt dich doch!« – Einer der Gäste stand auf und brachte, nordischer Sitte gemäß, die Gesundheit der Frau vom Hause aus – Die Gläser erklangen im lauten Jubel – Entzücken und Verzweiflung spalteten mir das Herz – die Glut des Weins flammte in mir auf, alles drehte sich in Kreisen, es war, als müßte ich vor aller Augen hinstürzen zu ihren Füßen und mein Leben aushauchen! – »Was ist Ihnen, lieber Freund?« Diese Frage meines Nachbars gab mir die Besinnung wieder, aber Seraphine war verschwunden. – Die Tafel wurde aufgehoben. Ich wollte fort, Adelheid hielt mich fest, sie sprach allerlei, ich hörte, ich verstand kein Wort – sie faßte mich bei beiden Händen und rief mir laut lachend etwas in die Ohren. – Wie von der Starrsucht gelähmt, blieb ich stumm und regungslos. Ich weiß nur, daß ich endlich mechanisch ein Glas Likör aus Adelheids Hand nahm und es austrank, daß ich mich einsam in einem Fenster wiederfand, daß ich dann hinausstürzte aus dem Saal, die Treppe hinab, und hinauslief in den Wald. In dichten Flocken fiel der Schnee herab, die Föhren seufzten, vom Sturm bewegt; wie ein Wahnsinniger sprang ich umher in weiten Kreisen, und lachte und schrie wild auf: »Schaut zu, schaut zu! – Heisa! der Teufel macht sein Tänzchen mit dem Knaben, der zu speisen gedachte total verbotene Früchte« – Wer weiß, wie mein tolles Spiel geendet, wenn ich nicht meinen Namen laut in den Wald hineinrufen gehört. Das Wetter hatte nachgelassen, der Mond schien hell durch die zerrissenen Wolken, ich hörte Doggen anschlagen und gewahrte eine finstere Gestalt, die sich mir näherte. Es war der alte Jäger. »Ei, ei, lieber Herr Theodor!« fing er an, »wie haben Sie sich denn verirrt in dem bösen Schneegestöber, der Herr Justitiarius warten auf Sie mit vieler Ungeduld!« – Schweigend folgte ich dem Alten. Ich fand den Großonkel im Gerichtssaal arbeitend. »Das hast du gut gemacht«, rief er mir entgegen, »das hast du sehr gut gemacht, daß du ein wenig ins Freie gingst, um dich gehörig abzukühlen. Trinke doch nicht so viel Wein, du bist noch viel zu jung dazu, das taugt nicht.« – Ich brachte kein Wort hervor, schweigend setzte ich mich hin an den Schreibtisch. »Aber sage mir nur, lieber Vetter, was wollte denn eigentlich der Baron von dir?« – Ich erzählte alles und schloß damit, daß ich mich nicht hergeben wollte zu der zweifelhaften Kur, die der Baron vorgeschlagen. »Würde auch gar nicht angehen«, fiel der Alte mir in die Rede, »denn wir reisen morgen in aller Frühe fort, lieber Vetter!« – Es geschah so, ich sah Seraphinen nicht wieder! –

Kaum angekommen in K., klagte der alte Großonkel, daß er mehr als jemals sich von der beschwerlichen Fahrt angegriffen fühle. Sein mürrisches Schweigen, nur unterbrochen von heftigen Ausbrüchen der übelsten Laune, verkündete die Rückkehr seiner podagristischen Zufälle. Eines Tages wurd' ich schnell hingerufen, ich fand den Alten, vom Schlage getroffen, sprachlos auf dem Lager, einen zerknitterten Brief in der krampfhaft geschlossenen Hand. Ich erkannte die Schriftzüge des Wirtschaftsinspektors aus R..sitten, doch, von dem tiefsten Schmerz durchdrungen, wagte ich es nicht, den Brief dem Alten zu entreißen, ich zweifelte nicht an seinem baldigen Tod. Doch, noch ehe der Arzt kam, schlugen die Lebenspulse wieder, die wunderbar kräftige Natur des siebzigjährigen Greises widerstand dem tödlichen Anfall, noch desselben Tages erklärte ihn der Arzt außer Gefahr. Der Winter war hartnäckiger als jemals, ihm folgte ein rauher, düsterer Frühling, und so kam es, daß nicht jener Zufall sowohl, als das Podagra, von dem bösen Klima wohl gehegt, den Alten für lange Zeit auf das Krankenlager warf. In dieser Zeit beschloß er, sich von jedem Geschäft ganz zurückzuziehen. Er trat seine Justitiariate an andere ab, und so war mir jede Hoffnung verschwunden, jemals wieder nach R..sitten zu kommen. Nur *meine* Pflege litt der Alte, nur von mir verlangte er unterhalten, aufgeheitert zu werden. Aber wenn auch in schmerzlosen Stunden seine Heiterkeit wiedergekehrt war, wenn es an derben Späßen nicht fehlte, wenn es selbst zu Jagdgeschichten kam, und ich jeden Augenblick vermutete, meine Heldentat, wie ich den greulichen Wolf mit dem Jagdmesser erlegte, würde herhalten müssen – niemals – niemals erwähnte er unseres Aufenthalts in R..sitten, und wer mag nicht einsehen, daß ich aus natürlicher Scheu mich wohl hütete, ihn geradezu darauf zu bringen. – Meine bittere Sorge, meine stete Mühe um den Alten hatte Seraphinens Bild in den Hintergrund gestellt. Sowie des Alten Krankheit nachließ, gedachte ich lebhafter wieder jenes Moments im Zimmer der Baronin, der mir wie ein leuchtender, auf ewig für mich untergegangener Stern erschien. Ein Ereignis rief allen empfundenen Schmerz hervor, indem es mich zugleich, wie eine Erscheinung aus der Geisterwelt, mit eiskalten Schauern durchbebte! – Als ich nämlich eines Abends die Brieftasche, die ich in R.. sitten getragen, öffne, fällt mir aus den aufgeblätterten Papieren eine dunkle, mit einem weißen Bande umschlungene Locke entgegen, die ich augenblicklich für Seraphinens Haar erkenne! Aber als ich das Band näher betrachte, sehe ich deutlich die Spur eines Blutstropfens! – Vielleicht wußte Adelheid in jenen Augenblicken des bewußtlosen Wahnsinns, der mich am letzten Tage ergriffen, mir dies Andenken geschickt zuzustellen, aber warum der Blutstropfe, der mich Entsetzliches ahnen ließ und jenes beinahe zu schäfermäßige Pfand zur schauervollen Mahnung an eine Leidenschaft, die teures Herzblut kosten konnte, hinaufsteigerte? – Das war jenes weiße Band, das mich, zum erstenmal Seraphinen nahe, wie im leichten losen Spiel umflatterte, und dem nun die dunkle Macht das Wahrzeichen der Verletzung zum Tode gegeben. Nicht spielen soll der Knabe mit der Waffe, deren Gefährlichkeit er nicht ermißt! –

Endlich hatten die Frühlingsstürme zu toben aufgehört, der Sommer behauptete sein Recht, und war erst die Kälte unerträglich, so wurd' es nun, als der Julius begonnen, die Hitze. Der Alte erkräftigte sich zusehends und zog, wie er sonst zu tun pflegte, in einen Garten der Vorstadt. An einem stillen lauen Abende saßen wir in der duftenden Jasminlaube, der Alte war ungewöhnlich heiter und dabei nicht, wie sonst, voll sarkastischer Ironie, sondern mild, beinahe weich gestimmt. »Vetter«, fing er an, »ich weiß nicht, wie mir heute ist, ein ganz besonderes Wohlsein, wie ich es seit vielen Jahren nicht gefühlt, durchdringt mich mit gleichsam elektrischer Wärme. Ich glaube, das verkündet mir einen baldigen Tod.« Ich mühte mich, ihn von dem düstern Gedanken abzubringen. »Laß es gut sein, Vetter«, sprach er, »lange bleibe ich nicht mehr hier unten, und da will ich dir noch eine Schuld abtragen! – Denkst du noch an die Herbstzeit in R..sitten?« – Wie ein Blitz durchfuhr mich diese Frage des Alten, noch ehe ich zu antworten vermochte, fuhr er weiter fort: »Der Himmel wollte es, daß du dort auf ganz eigne Weise eintratst und wieder deinen Willen eingeflochten wurdest in die tiefsten Geheimnisse des Hauses. Jetzt ist es an der Zeit, daß du alles erfahren mußt. Oft genug, Vetter, haben wir über Dinge gesprochen, die du mehr ahntest als verstandest. Die Natur stellt den Zyklus des menschlichen Lebens in dem Wechsel der Jahreszeiten symbolisch dar, das sagen sie alle, aber ich meine das auf andere Weise als alle. Die Frühlingsnebel fallen, die Dünste des Sommers verdampfen, und erst des Herbstes reiner Äther zeigt deutlich die ferne Landschaft, bis das Hienieden versinkt in die Nacht des Winters. – Ich meine, daß im Hellsehen des Alters sich deutlicher das Walten der unerforschlichen Macht zeigt. Es sind Blicke vergönnt in das gelobte Land, zu dem die Pilgerfahrt beginnt mit dem zeitlichen Tode. Wie wird mir in diesem Augenblick so klar das dunkle Verhängnis jenes Hauses, dem ich durch festere Bande, als Verwandtschaft sie zu schlingen vermag, verknüpft wurde. Wie liegt alles so erschlossen vor meines Geistes Augen! – doch, wie ich nun alles so gestaltet vor mir sehe, das Eigentliche, das kann ich dir nicht mit Worten sagen, keines Menschen Zunge ist dessen fähig. Höre, mein Sohn, das, was ich dir nur wie eine merkwürdige Geschichte, die sich wohl zutragen konnte, zu erzählen vermag. Bewahre tief in deiner Seele die

Erkenntnis, daß die geheimnisvollen Beziehungen, in die du dich vielleicht nicht unberufen wagtest, dich verderben konnten! – doch – das ist nun vorüber!« –

Die Geschichte des R . . schen Majorats, die der Alte jetzt erzählte, trage ich so treu im Gedächtnis, daß ich sie beinahe mit seinen Worten (er sprach von sich selbst in der dritten Person) zu wiederholen vermag.

In einer stürmischen Herbstnacht des Jahres 1760 weckte ein entsetzlicher Schlag, als falle das ganze weitläuftige Schloß in tausend Trümmer zusammen, das Hausgesinde in R . . sitten aus tiefem Schlafe. Im Nu war alles auf den Beinen, Lichter wurden angezündet, Schrecken und Angst im leichenblassen Gesicht, keuchte der Hausverwalter mit den Schlüsseln herbei, aber nicht gering war jedes Erstaunen, als man in tiefer Totenstille, in der das pfeifende Gerassel der mühsam geöffneten Schlösser, jeder Fußtritt recht schauerlich widerhallte, durch unversehrte Gänge, Säle, Zimmer fort und fort wandelte. Nirgends die mindeste Spur irgendeiner Verwüstung. Eine finstere Ahnung erfaßte den alten Hausverwalter. Er schritt hinauf in den großen Rittersaal, in dessen Seitenkabinett der Freiherr Roderich von R. zu ruhen pflegte, wenn er astronomische Beobachtungen angestellt. Eine zwischen der Tür dieses und eines andern Kabinetts angebrachte Pforte führte durch einen engen Gang unmittelbar in den astronomischen Turm. Aber sowie Daniel (so war der Hausverwalter geheißen) diese Pforte öffnete, warf ihm der Sturm, abscheulich heulend und sausend, Schutt und zerbröckelte Mauersteine entgegen, so daß er vor Entsetzen weit zurückprallte und, indem er den Leuchter, dessen Kerzen prasselnd verlöschten, an die Erde fallen ließ, laut aufschrie: »O Herr des Himmels! der Baron ist jämmerlich zerschmettert!« – In diesem Augenblick ließen sich Klagelaute vernehmen, die aus dem Schlafkabinett des Freiherrn kamen. Daniel fand die übrigen Diener um den Leichnam ihres Herrn versammelt. Vollkommen und reicher gekleidet als jemals, ruhigen Ernst im unentstellten Gesichte, fanden sie ihn sitzend in dem großen, reich verzierten Lehnstuhle, als ruhe er aus von gewichtiger Arbeit. Es war aber der Tod, in dem er ausruhte. Als es Tag geworden, gewahrte man, daß die Krone des Turms in sich eingestürzt. Die großen Quadersteine hatten Decke und Fußboden des astronomischen Zimmers eingeschlagen, nebst den nun voranstürzenden mächtigen Balken mit gedoppelter Kraft des Falles das untere Gewölbe durchbrochen und einen Teil der Schloßmauer und des engen Ganges mit fortgerissen. Nicht einen Schritt durch die Pforte des Saals durfte man tun, ohne Gefahr, wenigstens achtzig Fuß hinabzustürzen in tiefe Gruft.

Der alte Freiherr hatte seinen Tod bis auf die Stunde vorausgesehen und seine Söhne davon benachrichtigt. So geschah es, daß gleich folgenden Tages Wolfgang Freiherr von R., ältester Sohn des Verstorbenen, mithin Majoratsherr, eintraf. Auf die Ahnung des alten Vaters wohl bauend, hatte er, sowie er den verhängnisvollen Brief erhalten, sogleich Wien, wo er auf der Reise sich gerade befand, verlassen und war, so schnell es nur gehen wollte, nach R.. sitten geeilt. Der Hausverwalter hatte den großen Saal schwarz ausschlagen und den alten Freiherrn in den Kleidern, wie man ihn gefunden, auf ein prächtiges Paradebette, das hohe silberne Leuchter mit brennenden Kerzen umgaben, legen lassen. Schweigend schritt Wolfgang die Treppe herauf, in den Saal hinein und dicht hinan an die Leiche des Vaters. Da blieb er mit über die Brust verschränkten Armen stehen und schaute starr und düster mit zusammengezogenen Augenbrauen dem Vater ins bleiche Antlitz. Er glich einer Bildsäule, keine Träne kam in seine Augen. Endlich, mit einer beinahe krampfhaften Bewegung, den rechten Arm

hin nach der Leiche zuckend, murmelte er dumpf: »Zwangen dich die Gestirne, den Sohn, den du liebtest, elend zu machen?« – Die Hände zurückgeworfen, einen kleinen Schritt hinter sich getreten, warf nun der Baron den Blick in die Höhe und sprach mit gesenkter, beinahe weicher Stimme: »Armer, betörter Greis! – Das Fastnachtspiel mit seinen läppischen Täuschungen ist nun vorüber! – Nun magst du erkennen, daß das kärglich zugemessene Besitztum hienieden nichts gemein hat mit dem Jenseits über den Sternen – Welcher Wille, welche Kraft reicht hinaus über das Grab?« – Wieder schwieg der Baron einige Sekunden – dann rief er heftig: »Nein, nicht ein Quentlein meines Erdenglücks, das du zu vernichten trachtetest, soll mir dein Starrsinn rauben«, und damit riß er ein zusammengelegtes Papier aus der Tasche und hielt es zwischen zwei Fingern hoch empor an eine dicht bei der Leiche stehende brennende Kerze. Das Papier, von der Kerze ergriffen, flackerte hoch auf, und als der Widerschein der Flamme auf dem Gesicht des Leichnams hin und her zuckte und spielte, war es, als rührten sich die Muskeln und der Alte spräche tonlose Worte, so daß der entfernt stehenden Dienerschaft tiefes Grauen und Entsetzen ankam. Der Baron vollendete sein Geschäft mit Ruhe, indem er das letzte Stückchen Papier, das er flammend zu Boden fallen lassen, mit dem Fuße sorglich austrat. Dann warf er noch einen düstern Blick auf den Vater und eilte mit schnellen Schritten zum Saal hinaus.

Andern Tages machte Daniel den Freiherrn mit der neuerlich geschehenen Verwüstung des Turms bekannt und schilderte mit vielen Worten, wie sich überhaupt alles in der Todesnacht des alten seligen Herrn zugetragen, indem er damit endete, daß es wohl geraten sein würde, sogleich den Turm herstellen zu lassen, da, stürze er noch mehr zusammen, das ganze Schloß in Gefahr stehe, wo nicht zertrümmert, doch hart beschädigt zu werden.

»Den Turm herstellen?« fuhr der Freiherr den alten Diener, funkelnden Zorn in den Augen, an, »den Turm herstellen? – Nimmermehr! – Merkst du denn nicht«, fuhr er dann gelassener fort, »merkst du denn nicht, Alter, daß der Turm nicht so, ohne weitern Anlaß, einstürzen konnte? – Wie, wenn mein Vater selbst die Vernichtung des Orts, wo er seine unheimliche Sterndeuterei trieb, gewünscht, wie, wenn er selbst gewisse Vorrichtungen getroffen hätte, die es ihm möglich machten, die Krone des Turms, wenn er wollte, einstürzen und so das Innere des Turms zerschmettern zu lassen? Doch dem sei, wie ihm wolle, und mag auch das ganze Schloß zusammenstürzen, mir ist es recht. Glaubt ihr denn, daß ich in dem abenteuerlichen Eulenneste hier hausen werde? – Nein, jener kluge Ahnherr, der in dem schönen Talgrunde die Fundamente zu einem neuen Schloß legen ließ, der hat mir vorgearbeitet, dem will ich folgen.« »Und so werden«, sprach Daniel kleinlaut, »dann auch wohl die alten treuen Diener den Wanderstab zur Hand nehmen müssen.« »Daß ich«, erwiderte der Freiherr, »mich nicht von unbehülflichen schlotterbeinichten Greisen bedienen lassen werde, versteht sich von selbst, aber verstoßen werde ich keinen. Arbeitslos soll euch das Gnadenbrot gut genug schmecken.« »Mich«, rief der Alte voller Schmerz, »mich, den Hausverwalter, so außer Aktivität – « Da wandte der Freiherr, der, dem Alten den Rücken gekehrt, im Begriff stand, den Saal zu verlassen, sich plötzlich um, blutrot im ganzen Gesichte vor Zorn, die geballte Faust vorgestreckt, schritt er auf den Alten zu und schrie mit fürchterlicher Stimme: »Dich, du alter heuchlerischer Schurke, der du mit dem alten Vater das unheimliche Wesen triebst dort oben, der du dich wie ein Vampir an sein Herz legtest, der vielleicht des Alten Wahnsinn verbrecherisch nützte, um in ihm die höllischen Entschlüsse zu erzeugen, die mich an den Rand des Abgrunds brachten – dich sollte ich hinausstoßen wie einen räudigen

Hund!«– Der Alte war vor Schreck über diese entsetzlichen Reden dicht neben dem Freiherrn auf beide Knie gesunken, und so mochte es geschehen, daß dieser, indem er vielleicht unwillkürlich, wie denn im Zorn oft der Körper dem Gedanken mechanisch folgt und das Gedachte mimisch ausführt, bei den letzten Worten den rechten Fuß vorschleuderte, den Alten so hart an der Brust traf, daß er mit einem dumpfen Schrei umstürzte. Er raffte sich mühsam in die Höhe, und indem er einen sonderbaren Laut, gleich dem heulenden Gewimmer eines auf den Tod wunden Tieres, ausstieß, durchbohrte er den Freiherrn mit einem Blick, in dem Wut und Verzweiflung glühten. Den Beutel mit Geld, den ihm der Freiherr im Davonschreiten zugeworfen, ließ er unberührt auf dem Fußboden liegen. –

Unterdessen hatten sich die in der Gegend befindlichen nächsten Verwandten des Hauses eingefunden, mit vielem Prunk wurde der alte Freiherr in der Familiengruft, die in der Kirche von R.. sitten befindlich, beigesetzt, und nun, da die geladenen Gäste sich wieder entfernt, schien der neue Majoratsherr, von der düstern Stimmung verlassen, sich des erworbenen Besitztums recht zu erfreuen. Mit V., dem Justitiarius des alten Freiherrn, dem er gleich, nachdem er ihn nur gesprochen, sein volles Vertrauen schenkte und ihn in seinem Amt bestätigte, hielt er genaue Rechnung über die Einkünfte des Majorats und überlegte, wieviel davon verwandt werden könne zu Verbesserungen und zum Aufbau eines neuen Schlosses. V. meinte, daß der alte Freiherr unmöglich seine jährlichen Einkünfte aufgezehrt haben könne, und daß, da sich unter den Briefschaften nur ein paar unbedeutende Kapitalien in Bankoscheinen befanden, und die in einem eisernen Kasten befindliche bare Summe tausend Taler nur um weniges überstiege, gewiß irgendwo noch Geld verborgen sein müsse. Wer anders konnte davon unterrichtet sein, als Daniel, der, störrisch und eigensinnig, wie er war, vielleicht nur darauf wartete, daß man ihn darum befragte. Der Baron war nicht wenig besorgt, daß Daniel, den er schwer beleidigt, nun nicht sowohl aus Eigennutz, denn was konnte ihm, dem kinderlosen Greise, der im Stammschlosse R.. sitten sein Leben zu enden wünschte, die größte Summe Geldes helfen, als vielmehr, um Rache zu nehmen für den erlittenen Schimpf, irgendwo versteckte Schätze lieber vermodern lassen, als ihm entdecken werde. Er erzählte V. den ganzen Vorfall mit Daniel umständlich und schloß damit, daß nach mehreren Nachrichten, die ihm zugekommen, Daniel allein es gewesen sei, der in dem alten Freiherrn einen unerklärlichen Abscheu, seine Söhne in R.. sitten wiederzusehen, zu nähren gewußt habe. Der Justitiarius erklärte diese Nachrichten durchaus für falsch, da kein menschliches Wesen auf der Welt imstande gewesen sei, des alten Freiherrn Entschlüsse nur einigermaßen zu lenken, viel weniger zu bestimmen, und übernahm es übrigens, dem Daniel das Geheimnis wegen irgend in einem verborgenen Winkel aufbewahrten Geldes zu entlocken. Es bedurfte dessen gar nicht, denn kaum fing der Justitiarius an: »Aber wie kommt es denn, Daniel, daß der alte Herr so wenig bares Geld hinterlassen?« so erwiderte Daniel mit widrigem Lächeln: »Meinen Sie die lumpigen paar Taler, Herr Justitiarius, die Sie in dem kleinen Kästchen fanden? – das übrige liegt ja im Gewölbe neben dem Schlafkabinett des alten gnädigen Herrn! – Aber das Beste«, fuhr er dann fort, indem sein Lächeln sich zum abscheulichen Grinsen verzog und blutrotes Feuer in seinen Augen funkelte, »aber das Beste, viele tausend Goldstücke liegen da unten im Schutt vergraben!« – Der Justitiarius rief sogleich den Freiherrn herbei, man begab sich in das Schlafkabinett, in einer Ecke desselben rückte Daniel an dem Getäfel der Wand, und ein Schloß wurde sichtbar. Indem der Freiherr das Schloß mit gierigen Blicken anstarrte, dann aber Anstalt machte, die Schlüssel, welche an dem großen Bunde hingen, den er mit vielem Geklapper mühsam aus der Tasche gezerrt, an dem glänzenden Schlosse zu versuchen, stand Daniel da, hoch aufgerichtet und wie mit hämischem Stolz herabblickend auf den Freiherrn, der sich niedergebückt hatte, um das Schloß besser in Augenschein zu nehmen. Den Tod im Antlitz, mit bebender Stimme, sprach er dann: »Bin ich ein Hund, hochgnädiger Freiherr! – so bewahr' ich auch in mir des Hundes Treue.« Damit reichte er dem Baron einen blanken stählernen Schlüssel hin, den ihm dieser mit hastiger Begier aus der Hand riß und die Tür mit leichter Mühe öffnete. Man trat in ein kleines, niedriges Gewölbe, in welchem eine große eiserne Truhe mit geöffnetem Deckel stand. Auf den vielen Geldsäcken lag ein Zettel. Der alte Freiherr hatte mit seinen wohlbekannten großen altväterischen Schriftzügen darauf geschrieben:

Einmal hundert und funfzigtausend Reichstaler in alten Friedrichsdor erspartes Geld von den Einkünften des Majoratsgutes R..sitten, und ist diese Summe bestimmt zum Bau des Schlosses. Es soll ferner der Majoratsherr, der mir folgt, im Besitztum von diesem Gelde auf dem höchsten Hügel, östlich gelegen dem alten Schloßturm, den er eingestürzt finden wird, einen hohen Leuchtturm zum Besten der Seefahrer aufführen und allnächtlich feuern lassen.

R..sitten in der Michaelisnacht des Jahres 1760.

Roderich Freiherr von R.

Erst als der Freiherr die Beutel, einen nach dem andern, gehoben und wieder in den Kasten fallen lassen, sich ergötzend an dem klirrenden Klingen des Goldes, wandte er sich rasch zu dem alten Hausverwalter, dankte ihm für die bewiesene Treue und versicherte, daß nur verleumderische Klätschereien schuld daran wären, daß er ihm anfangs übel begegnet. Nicht allein im Schlosse, sondern in vollem Dienst als Hausverwalter, mit verdoppeltem Gehalt, solle er bleiben. »Ich bin dir volle Entschädigung schuldig, willst du Gold, so nimm dir einen von jenen Beuteln!« – So schloß der Freiherr seine Rede, indem er mit niedergeschlagenen Augen, vor dem Alten stehend, mit der Hand nach dem Kasten hinzeigte, an den er nun aber noch einmal hintrat und die Beutel musterte. Dem Hausverwalter trat plötzlich glühende Röte ins Gesicht, und er stieß jenen entsetzlichen, dem heulenden Gewimmer eines auf den Tod wunden Tiers ähnlichen Laut aus, wie ihn der Freiherr dem Justitiarius beschrieben. Dieser erbebte, denn was der Alte nun zwischen den Zähnen murmelte, klang wie: »Blut für Gold!« – Der Freiherr, vertieft in dem Anblick des Schatzes, hatte von allem nicht das mindeste bemerkt; Daniel, den es wie im krampfigten Fieberfrost durch alle Glieder geschüttelt, nahte sich mit gebeugtem Haupt in demütiger Stellung dem Freiherrn, küßte ihm die Hand und sprach mit weinerlicher Stimme, indem er mit dem Taschentuch sich über die Augen fuhr, als ob er Tränen wegwische: »Ach, mein lieber gnädiger Herr, was soll ich armer, kinderloser Greis mit dem Golde? – aber das doppelte Gehalt, das nehme ich an mit Freuden und will mein Amt verwalten rüstig und unverdrossen!«

Der Freiherr, der nicht sonderlich auf die Worte des Alten geachtet, ließ den schweren Deckel der Truhe zufallen, daß das ganze Gewölbe krachte und dröhnte, und sprach dann, indem er die Truhe verschloß und die Schlüssel sorgfältig auszog, schnell hingeworfen: »Schon gut, schon gut Alter! – Aber du hast noch«, fuhr er fort, nachdem sie schon in den Saal getreten waren, »aber du hast noch von vielen Goldstücken gesprochen, die unten im zerstörten Turm liegen sollen?« Der Alte trat schweigend an die Pforte und schloß sie mit Mühe auf. Aber sowie er die Flügel aufriß, trieb der Sturm dickes Schneegestöber in den Saal; aufgescheucht flatterte ein Rabe kreischend und krächzend umher, schlug mit schwarzen Schwingen gegen die Fenster und stürzte sich, als er die offene Pforte wiedergewonnen, in den Abgrund. Der Freiherr trat hinaus in den Korridor, bebte aber zurück, als er kaum einen Blick in die Tiefe geworfen. »Abscheulicher Anblick – Schwindel«, stotterte er und sank wie ohnmächtig dem Justitiarius in die Arme. Er raffte sich jedoch gleich wieder zusammen und frug, den Alten mit scharfen Blicken erfassend: »Und da unten?« – Der Alte hatte indessen die Pforte wieder verschlossen, er drückte nun noch mit ganzer Leibeskraft dagegen, so daß er keuchte und ächzte, um nur die großen Schlüssel aus den ganz verrosteten Schlössern loswinden zu können. Dies endlich zustande gebracht, wandte er sich um nach dem Baron und sprach, die großen Schlüssel in der Hand hin und her schiebend, mit seltsamem Lächeln: »Ja, da unten liegen tausend und tausend – alle schönen Instrumente des seligen Herrn – Teleskope, Quadranten – Globen – Nachtspiegel – alles liegt zertrümmert im Schutt zwischen den Steinen und Balken!« – »Aber, bares Geld, bares Geld«, fiel der Freiherr ein, »du hast von Goldstücken gesprochen, Alter?« – »Ich meinte nur«, erwiderte der Alte, »Sachen, welche viele tausend Goldstücke gekostet.« – Mehr war aus dem Alten nicht herauszubringen. –

Der Baron zeigte sich hoch erfreut, nun, mit einemmal, zu allen Mitteln gelangt zu sein, deren er bedurfte, seinen Lieblingsplan ausführen, nämlich ein neues prächtiges Schloß aufbauen zu können. Zwar meinte der Justitiarius, daß nach dem Willen des Verstorbenen nur von der Reparatur, von dem völligen Ausbau des alten Schlosses, die Rede sein könne, und daß in der Tat jeder neue Bau schwerlich die ehrwürdige Größe, den ernsten einfachen Charakter des alten Stammhauses erreichen werde, der Freiherr blieb aber bei seinem Vorsatz und meinte, daß in solchen Verfügungen,

die nicht durch die Stiftungsurkunde sanktioniert worden,
der tote Wille des Dahingeschiedenen weichen müsse. Er
gab dabei zu verstehen, daß es seine Pflicht sei, den Aufenthalt in R .. sitten so zu verschönern, als es nur Klima, Boden
und Umgebung zulasse, da er gedenke, in kurzer Zeit als sein
innig geliebtes Weib ein Wesen heimzuführen, die in jeder
Hinsicht der größten Opfer würdig sei.

Die geheimnisvolle Art, wie der Freiherr sich über das
vielleicht schon insgeheim geschlossene Bündnis äußerte,
schnitt dem Justitiarius jede weitere Frage ab, indessen fand
er sich durch die Entscheidung des Freiherrn insofern beru-
higt, als er wirklich in seinem Streben nach Reichtum mehr
die Begier, eine geliebte Person das schönere Vaterland,
dem sie entsagen mußte, ganz vergessen zu lassen, als eigentlichen Geiz finden wollte. Für geizig, wenigstens für
unausstehlich habsüchtig mußte er sonst den Baron halten,
der, im Golde wühlend, die alten Friedrichsdor beäugelnd,
sich nicht enthalten konnte, mürrisch aufzufahren: »Der
alte Halunke hat uns gewiß den reichsten Schatz verschwiegen, aber künftigen Frühling laß ich den Turm ausräumen
unter meinen Augen.« –

Baumeister kamen, mit denen der Freiherr weitläuftig
überlegte, wie mit dem Bau am zweckmäßigsten zu verfah-
ren sei. Er verwarf Zeichnung auf Zeichnung, keine Archi-
tektur war ihm reich, großartig genug. Nun fing er an, selbst
zu zeichnen, und, aufgeheitert durch diese Beschäftigun-
gen, die ihm beständig das sonnenhelle Bild der glücklichsten Zukunft vor Augen stellten, erfaßte ihn eine frohe
Laune, die oft an Ausgelassenheit anstreifte, und die er allen
mitzuteilen wußte. Seine Freigebigkeit, die Opulenz seiner
Bewirtung widerlegte wenigstens jeden Verdacht des Gei-
zes. Auch Daniel schien nun ganz jenen Tort, der ihm
geschehen, vergessen zu haben. Er betrug sich still und
demütig gegen den Freiherrn, der ihn, des Schatzes in der

Tiefe halber, oft mit mißtrauischen Blicken verfolgte. Was aber allen wunderbar vorkam, war, daß der Alte sich zu verjüngen schien von Tage zu Tage. Es mochte sein, daß ihn der Schmerz um den alten Herrn tief gebeugt hatte, und er nun den Verlust zu verschmerzen begann, wohl aber auch, daß er nun nicht, wie sonst, kalte Nächte schlaflos auf dem Turm zubringen und bessere Kost, guten Wein, wie es ihm gefiel, genießen durfte, genug, aus dem Greise schien ein rüstiger Mann werden zu wollen mit roten Wangen und wohlgenährtem Körper, der kräftig auftrat und mit lauter Stimme mitlachte, wo es einen Spaß gab. – Das lustige Leben in R . . sitten wurde durch die Ankunft eines Mannes unterbrochen, von dem man hätte denken sollen, er gehöre nun gerade hin. Wolfgangs jüngerer Bruder, Hubert, war dieser Mann, bei dessen Anblick Wolfgang, im Antlitz den bleichen Tod, laut aufschrie: »Unglücklicher, was willst du hier!« – Hubert stürzte dem Bruder in die Arme, dieser faßte ihn aber und zog ihn mit sich fort und hinauf in ein entferntes Zimmer, wo er sich mit ihm einschloß. Mehrere Stunden blieben beide zusammen, bis endlich Hubert herabkam mit verstörtem Wesen und nach seinen Pferden rief. Der Justitiarius trat ihm in den Weg, er wollte vorüber; V., von der Ahnung ergriffen, daß vielleicht gerade hier ein tödlicher Bruderzwist enden könne, bat ihn, wenigstens ein paar Stunden zu verweilen, und in dem Augenblick kam auch der Freiherr herab, laut rufend: »Bleibe hier, Hubert! – Du wirst dich besinnen!« – Huberts Blicke heiterten sich auf, er gewann Fassung, und indem er den reichen Leibpelz, den er, schnell abgezogen, hinter sich dem Bedienten zuwarf, nahm er V.s Hand und sprach, mit ihm in die Zimmer schreitend, mit einem verhöhnenden Lächeln: »Der Majoratsherr will mich doch also hier leiden.« V. meinte, daß gewiß sich jetzt das unglückliche Mißverständnis lösen werde, welches nur bei getrennten Leben habe gedeihen können. Hubert nahm die stählerne Zange, die beim Kamin stand, zur Hand, und indem er damit ein astiges, dampfendes Stück Holz auseinander klopfte und das Feuer besser aufschürte, sprach er zu V.: »Sie merken, Herr Justitiarius, daß ich ein gutmütiger Mensch bin und geschickt zu allerlei häuslichen Diensten. Aber Wolfgang ist voll der wunderlichsten Vorurteile und – ein kleiner Geizhals.« – V. fand es nicht geraten, weiter in das Verhältnis der Brüder einzudringen, zumal Wolfgangs Gesicht, sein Benehmen, sein Ton den durch Leidenschaften jeder Art im Innersten zerrissenen Menschen ganz deutlich zeigte.

Um des Freiherrn Entschlüsse in irgendeiner das Majorat betreffenden Angelegenheit zu vernehmen, ging V. noch am späten Abend hinauf in sein Gemach. Er fand ihn, wie er, die Arme über den Rücken zusammengeschränkt, ganz verstört mit großen Schritten das Zimmer maß. Er blieb stehen, als er endlich den Justitiarius erblickte, faßte seine beiden Hände, und düster ihm ins Auge schauend, sprach er mit gebrochener Stimme: »Mein Bruder ist gekommen! – Ich weiß«, fuhr er fort, als V. kaum den Mund zur Frage geöffnet, »ich weiß, was Sie sagen wollen. Ach, Sie wissen nichts, Sie wissen nicht, daß mein unglücklicher Bruder – ja unglücklich nur will ich ihn nennen – daß er wie ein böser Geist mir überall in den Weg tritt und meinen Frieden stört. An ihm liegt es nicht, daß ich nicht unaussprechlich elend wurde, er tat das Seinige dazu, doch der Himmel wollt' es nicht – Seit der Zeit, daß die Stiftung des Majorats bekannt wurde, verfolgt er mich mit tödlichem Haß. Er beneidet mich um das Besitztum, das in seinen Händen wie Spreu verflogen wäre. Er ist der wahnsinnigste Verschwender, den es gibt. Seine Schuldenlast übersteigt bei weitem die Hälfte des freien Vermögens in Kurland, die ihm zufällt, und nun, verfolgt von Gläubigern, die ihn quälen, eilt er her und bettelt um Geld.« – »Und Sie, der Bruder, verweigern« – wollte ihm V. in die Rede fallen, doch der Freiherr rief, indem er V.s Hände fahren ließ und einen starken Schritt zurücktrat, laut und heftig: »Halten Sie ein! – ja! ich verweigere! Von den Einkünften des Majorats kann und werde ich keinen Taler verschenken! – Aber hören Sie, welchen Vorschlag ich dem Unsinnigen vor wenigen Stunden vergebens machte, und dann richten Sie über mein Pflichtgefühl. Das freie Vermögen in Kurland ist, wie Sie wissen, bedeutend, auf die mir zufallende Hälfte wollt' ich verzichten, aber zugunsten seiner Familie. Hubert ist verheiratet in Kurland an ein schönes armes Fräulein. Sie hat ihm Kinder erzeugt und darbt mit ihnen. Die Güter sollten administriert, aus den Revenüen ihm die nötigen Gelder zum Unterhalt angewiesen, die Gläubiger vermöge Abkommen befriedigt werden. Aber was gilt ihm ein ruhiges, sorgenfreies Leben, was gilt ihm Frau und Kind! – Geld, bares Geld in großen Summen will er haben, damit er in verruchtem Leichtsinn es verprassen könne! – Welcher Dämon hat ihm das Geheimnis mit den einhundert und funfzigtausend Talern verraten, davon verlangt er die Hälfte nach seiner wahnsinnigen Weise, behauptend, dies Geld sei, getrennt vom Majorat, als freies Vermögen zu achten. – Ich muß und werde ihm dies verweigern, aber mir ahnt es, mein Verderben brütet er aus im Innern!« – So sehr V. sich auch bemühte, dem Freiherrn den Verdacht wider seinen Bruder auszureden, wobei er sich freilich, uneingeweiht in die näheren Verhältnisse, mit ganz allgemeinen moralischen, ziemlich flachen Gründen behelfen mußte, so gelang ihm dies doch ganz und gar nicht. Der Freiherr gab ihm den Auftrag, mit dem feindseligen geldgierigen Hubert zu unterhandeln. V. tat dies mit so viel Vorsicht, als ihm nur möglich war, und freute sich nicht wenig, als Hubert endlich erklärte: »Mag es denn sein, ich nehme die Vorschläge des Majoratsherrn an, doch unter der Bedingung, daß er mir jetzt, da ich auf dem Punkt stehe, durch die Härte meiner Gläubiger Ehre und guten Namen auf immer zu verlieren, tausend Friedrichsdor bar vorschieße und erlaube, daß ich künftig, wenigstens einige Zeit hindurch, meinen Wohnsitz in dem schönen R..sitten bei dem gütigen Bruder nehme.« – »Nimmermehr!« schrie der Freiherr auf, als ihm V. diese Vorschläge des Bruders hinterbrachte, »nimmermehr werde ich's zugeben, daß Hubert auch nur eine Minute in meinem Hause verweile, sobald ich mein Weib hergebracht! – Gehen Sie, mein teurer Freund, sagen Sie dem Friedenstörer, daß er zweitausend Friedrichsdor haben soll, nicht als Vorschuß, nein als Geschenk, nur fort – fort!« V. wußte nun mit einemmal, daß der Freiherr sich ohne Wissen des Vaters schon verheiratet hatte, und daß in dieser Heirat auch der Grund des Bruderzwistes liegen mußte. Hubert hörte stolz und gelassen den Justitiarius an und sprach, nachdem er geendet, dumpf und düster: »Ich werde mich besinnen, vor der Hand aber noch einige Tage hier bleiben!« – V. bemühte sich, dem Unzufriedenen darzutun, daß der Freiherr doch in der Tat alles tue, ihn durch die Abtretung des freien Vermögens, soviel als möglich, zu entschädigen, und daß er über ihn sich durchaus nicht zu beklagen habe, wenn er gleich bekennen müsse, daß jede Stiftung, die den Erstgebornen so vorwiegend begünstige und die andern Kinder in den Hintergrund stelle, etwas Gehässiges habe. Hubert riß, wie einer, der Luft machen will der beklemmten Brust, die Weste von oben bis unten auf; die eine Hand in die offne Busenkrause begraben, die andere in die Seite gestemmt, drehte er sich mit einer raschen Tänzerbewegung auf einem Fuße um und rief mit schneidender Stimme: »Pah! – das Gehässige wird geboren vom Haß« – dann schlug er ein gellendes Gelächter auf und sprach: »Wie gnädig doch der Majoratsherr dem armen Bettler seine Goldstücke zuzuwerfen gedenkt.« – V. sah nun wohl ein, daß von völliger Aussöhnung der Brüder gar nicht die Rede sein könne.

Hubert richtete sich in den Zimmern, die ihm in den Seitenflügeln des Schlosses angewiesen worden, zu des Freiherrn Verdruß auf recht langes Bleiben ein. Man bemerkte, daß er oft und lange mit dem Hausverwalter sprach, ja daß dieser sogar zuweilen mit ihm auf die Wolfsjagd zog. Sonst ließ er sich wenig sehen und mied es ganz, mit dem Bruder allein zusammen zu kommen, welches diesem eben ganz recht war. V. fühlte das Drückende dieses Verhältnisses, ja er mußte sich es selbst gestehen, daß die ganz besondere unheimliche Manier Huberts in allem, was er sprach und tat, alle Lust recht geflissentlich zerstörend, eingriff. Jener Schreck des Freiherrn, als er den Bruder eintreten sah, war ihm nun ganz erklärlich.

V. saß allein in der Gerichtsstube unter den Akten, als Hubert eintrat, ernster, gelassener als sonst, und mit beinahe wehmütiger Stimme sprach: »Ich nehme auch die letzten Vorschläge des Bruders an, bewirken Sie, daß ich die zweitausend Friedrichsdor noch heute erhalte, in der Nacht will ich fort – zu Pferde – ganz allein« – »Mit dem Gelde?« frug V. – »Sie haben recht«, erwiderte Hubert, »ich weiß, was Sie sagen wollen – die Last! – Stellen Sie es in Wechsel auf Isak Lazarus in K.! – Noch in dieser Nacht will ich hin nach K. Es treibt mich von hier fort, der Alte hat seine bösen Geister hier hineingehext!« – »Sprechen Sie von Ihrem Vater, Herr Baron?« frug V. sehr ernst. Huberts Lippen bebten, er hielt sich an dem Stuhl fest, um nicht umzusinken, dann aber, sich plötzlich ermannend, rief er: »Also noch heute, Herr Justitiarius«, und wankte, nicht ohne Anstrengung, zur Tür hinaus. »Er sieht jetzt ein, daß keine Täuschungen mehr möglich sind, daß er nichts vermag gegen meinen festen Willen«, sprach der Freiherr, indem er den Wechsel auf Isak Lazarus in K. ausstellte. Eine Last wurde seiner Brust entnommen durch die Abreise des feindlichen Bruders, lange war er nicht so froh gewesen als bei der

Abendtafel. Hubert hatte sich entschuldigen lassen, alle vermißten ihn recht gern. –

V. wohnte in einem etwas abgelegenen Zimmer, dessen Fenster nach dem Schloßhofe herausgingen. In der Nacht fuhr er plötzlich auf aus dem Schlafe, und es war ihm, als habe ein fernes, klägliches Wimmern ihn aus dem Schlafe geweckt. Mochte er aber auch horchen, wie er wollte, es blieb alles totenstill, und so mußte er jenen Ton, der ihm in die Ohren geklungen, für die Täuschung eines Traums halten. Ein ganz besonderes Gefühl von Grauen und Angst bemächtigte sich seiner aber so ganz und gar, daß er nicht im Bette bleiben konnte. Er stand auf und trat ans Fenster. Nicht lange dauerte es, so wurde das Schloßtor geöffnet, und eine Gestalt mit einer brennenden Kerze in der Hand trat heraus und schritt über den Schloßhof. V. erkannte in der Gestalt den alten Daniel und sah, wie er die Stalltür öffnete, in den Stall hineinging und bald darauf ein gesatteltes Pferd herausbrachte. Nun trat aus der Finsternis eine zweite Gestalt hervor, wohl eingehüllt in einen Pelz, eine Fuchsmütze auf dem Kopf. V. erkannte Hubert, der mit Daniel einige Minuten hindurch heftig sprach, dann aber sich zurückzog. Daniel führte das Pferd wieder in den Stall, verschloß diesen und ebenso die Tür des Schlosses, nachdem er über den Hof, wie er gekommen, zurückgekehrt. – Hubert hatte wegreiten wollen und sich in dem Augenblick eines andern besonnen, das war nun klar. Ebenso aber auch, daß Hubert gewiß mit dem alten Hausverwalter in irgendeinem gefährlichen Bündnisse stand. V. konnte kaum den Morgen erwarten, um den Freiherrn von den Ereignissen der Nacht zu unterrichten. Es galt nun wirklich, sich gegen Anschläge des bösartigen Hubert zu waffnen, die sich, wie V. jetzt überzeugt war, schon gestern in seinem verstörten Wesen kundgetan.

Andern Morgens zur Stunde, wenn der Freiherr aufzustehen pflegte, vernahm V. ein Hin- und Herrennen, Türauf-,

Türzuschlagen, ein verwirrtes Durcheinanderreden und Schreien. Er trat hinaus und stieß überall auf Bediente, die, ohne auf ihn zu achten, mit leichenblassen Gesichtern ihm vorbei – treppauf – treppab – hinaus – hinein durch die Zimmer rannten. Endlich erfuhr er, daß der Freiherr vermißt und schon stundenlang vergebens gesucht werde. – In Gegenwart des Jägers hatte er sich ins Bette gelegt, er mußte dann aufgestanden sein und sich im Schlafrock und Pantoffeln, mit dem Armleuchter in der Hand, entfernt haben, denn eben diese Stücke wurden vermißt. V. lief, von düsterer Ahnung getrieben, in den verhängnisvollen Saal, dessen Seitenkabinett gleich dem Vater Wolfgang zu seinem Schlafgemach gewählt hatte. Die Pforte zum Turm stand weit offen, tief entsetzt schrie V. laut auf: »Dort in der Tiefe liegt er zerschmettert!« Es war dem so. Schnee war gefallen, so daß man von oben herab nur den zwischen den Steinen hervorragenden starren Arm des Unglücklichen deutlich wahrnehmen konnte. Viele Stunden gingen hin, ehe es den Arbeitern gelang, mit Lebensgefahr auf zusammengebundenen Leitern herabzusteigen und dann den Leichnam an Stricken heraufzuziehen. Im Krampf der Todesangst hatte der Baron den silbernen Armleuchter festgepackt, die Hand, die ihn noch festhielt, war der einzige unversehrte Teil des ganzen Körpers, der sonst durch das Anprallen an die spitzen Steine auf das gräßlichste zerschellt worden.

Alle Furien der Verzweiflung im Antlitz, stürzte Hubert herbei, als die Leiche eben hinaufgeborgen und in dem Saal gerade an der Stelle auf einen breiten Tisch gelegt worden, wo vor wenigen Wochen der alte Roderich lag. Niedergeschmettert von dem gräßlichen Anblick, heulte er: »Bruder – o mein armer Bruder – nein, das hab' ich nicht erfleht von den Teufeln, die über mir waren!« – V. erbebte vor dieser verfänglichen Rede, es war ihm so, als müsse er zufahren auf Hubert, als den Mörder seines Bruders. – Hubert lag von

Sinnen auf dem Fußboden, man brachte ihn ins Bette, und er erholte sich, nachdem er stärkende Mittel gebraucht, ziemlich bald. Sehr bleich, düstern Gram im halb erloschnen Auge, trat er dann bei V. ins Zimmer und sprach, indem er, vor Mattigkeit nicht fähig zu stehen, sich langsam in einen Lehnstuhl niederließ: »Ich habe meines Bruders Tod gewünscht, weil der Vater ihm den besten Teil des Erbes zugewandt durch eine törichte Stiftung – jetzt hat er seinen Tod gefunden auf schreckliche Weise – *ich* bin Marojatsherr, aber mein Herz ist zermalmt, ich kann, ich werde niemals glücklich sein. Ich bestätige Sie im Amte, Sie erhalten die ausgedehntesten Vollmachten rücksichts der Verwaltung des Majorats, auf dem ich nicht zu hausen vermag!« – Hubert verließ das Zimmer und war in ein paar Stunden schon auf dem Wege nach K. Es schien, daß der unglückliche Wolfgang in der Nacht aufgestanden war und sich vielleicht in das andere Kabinett, wo eine Bibliothek aufgestellt, begeben wollen. In der Schlaftrunkenheit verfehlte er die Tür, öffnete statt derselben die Pforte, schritt vor und stürzte hinab. Diese Erklärung enthielt indessen immer viel Erzwungenes. Konnte der Baron nicht schlafen, wollte er sich noch ein Buch aus der Bibliothek holen, um zu lesen, so schloß dieses alle Schlaftrunkenheit aus, aber nur so war es möglich, die Tür des Kabinetts zu verfehlen und statt dieser die Pforte zu öffnen. Überdem war diese fest verschlossen und mußte erst mit vieler Mühe aufgeschlossen werden. »Ach«, fing endlich, als V. diese Unwahrscheinlichkeit vor versammelter Dienerschaft entwickelte, des Freiherrn Jäger, Franz geheißen, an, »ach, lieber Herr Justitiarius, so hat es wohl sich nicht zugetragen!« – »Wie denn anders?« fuhr ihn V. an. Franz, ein ehrlicher treuer Kerl, der seinem Herrn hätte ins Grab folgen mögen, wollte aber nicht vor den andern mit der Sprache heraus, sondern behielt sich vor, das, was er davon zu sagen wisse, dem Justitiarius allein zu vertrauen. V. erfuhr nun, daß der Freiherr zu Franz sehr oft von den vielen Schätzen sprach, die da unten in dem Schutt begraben lägen, und daß er oft, wie vom bösen Geist getrieben, zur Nachtzeit noch die Pforte, zu der den Schlüssel ihm Daniel hatte geben müssen, öffnete und mit Sehnsucht hinabschaute in die Tiefe nach den vermeintlichen Reichtümern. Gewiß war es nun wohl also, daß in jener verhängnisvollen Nacht der Freiherr, nachdem ihn der Jäger schon verlassen, noch einen Gang nach dem Turm gemacht und ihn dort ein plötzlicher Schwindel erfaßt und herabgestürzt hatte. Daniel, der von dem entsetzlichen Tode des Freiherrn auch sehr erschüttert schien, meinte, daß es gut sein würde, die gefährliche Pforte fest vermauern zu lassen, welches denn auch gleich geschah. Freiherr Hubert von R., jetziger Majoratsherr, ging, ohne sich wieder in R..sitten sehen zu lassen, nach Kurland zurück. V. erhielt alle Vollmachten, die zur unumschränkten Verwaltung des Majorats nötig waren. Der Bau des neuen Schlosses unterblieb, wogegen, so viel möglich, das alte Gebäude in guten Stand gesetzt wurde. Schon waren mehrere Jahre verflossen, als Hubert zum erstenmal zur späten Herbstzeit sich in R..sitten einfand, und nachdem er mehrere Tage mit V., in seinem Zimmer eingeschlossen, zugebracht, wieder nach Kurland zurückging. Bei seiner Durchreise durch K. hatte er bei der dortigen Landesregierung sein Testament niedergelegt.

Während seines Aufenthalts in R..sitten sprach der Freiherr, der in seinem tiefsten Wesen ganz geändert schien, viel von Ahnungen eines nahen Todes. Diese gingen wirklich in Erfüllung; denn er starb schon das Jahr darauf. Sein Sohn, wie *er* Hubert geheißen, kam schnell herüber von Kurland, um das reiche Majorat in Besitz zu nehmen. Ihm folgten Mutter und Schwester. Der Jüngling schien alle bösen Eigenschaften der Vorfahren in sich zu vereinen; er bewies sich als stolz, hochfahrend, ungestüm, habsüchtig gleich in den ersten Augenblicken seines Aufenthalts in R..sitten. Er wollte auf der Stelle vieles ändern lassen, welches ihm nicht bequem, nicht gehörig schien, den Koch warf er zum Hause hinaus, den Kutscher versuchte er zu prügeln, welches aber nicht gelang, da der baumstarke Kerl die Frechheit hatte, es nicht leiden zu wollen; kurz, er war im besten Zuge, die Rolle des strengen Majoratsherrn zu beginnen, als V. ihm mit Ernst und Festigkeit entgegentrat, sehr bestimmt versichernd, kein Stuhl solle hier gerückt werden, keine Katze das Haus verlassen, wenn es ihr noch sonst darin gefalle, vor Eröffnung des Testaments. »Sie unterstehen sich hier, dem Majoratsherrn« – fing der Baron an. V. ließ den vor Wut schäumenden Jüngling jedoch nicht ausreden, sondern sprach, indem er ihn mit durchbohrenden Blicken maß: »Keine Übereilung, Herr Baron! – Durchaus dürfen Sie hier nicht regieren wollen vor Eröffnung des Testaments; jetzt bin *ich*, *ich* allein hier Herr und werde Gewalt mit Gewalt zu vertreiben wissen. – Erinnern Sie sich, daß ich kraft meiner Vollmacht als Vollzieher des väterlichen Testaments, kraft der getroffenen Verfügungen des Gerichts berechtigt bin, Ihnen den Aufenthalt hier in R..sitten zu versagen, und ich rate Ihnen, um das Unangenehme zu verhüten, sich ruhig nach K. zu begeben.« Der Ernst des Gerichtshalters, der entschiedene Ton, mit dem er sprach, gab seinen Worten gehörigen Nachdruck, und so kam es, daß der junge Baron, der mit gar zu spitzigen Hörnern anlaufen wollte wider den festen Bau, die Schwäche seiner Waffen fühlte und für gut fand, im Rückzuge seine Beschämung mit einem höhnischen Gelächter auszugleichen.

Drei Monate waren verflossen und der Tag gekommen, an dem nach dem Willen des Verstorbenen das Testament in K., wo es niedergelegt worden, eröffnet werden sollte. Außer den Gerichtspersonen, dem Baron und V. befand sich noch ein junger Mensch von edlem Ansehn in dem Gerichtssaal, den V. mitgebracht, und den man, da ihm ein eingeknöpftes Aktenstück aus dem Busen hervorragte, für V.s Schreiber hielt. Der Baron sah ihn, wie er es beinahe mit allen übrigen machte, über die Achsel an und verlangte stürmisch, daß man die langweilige überflüssige Zeremonie nur schnell und ohne viele Worte und Schreiberei abmachen solle. Er begreife nicht, wie es überhaupt in dieser Erbangelegenheit, wenigstens hinsichts des Majorats, auf ein Testament ankommen könne, und werde, insofern hier irgend etwas verfügt sein solle, es lediglich von seinem Willen abhängen, das zu beachten oder nicht. Hand und Siegel des verstorbenen Vaters erkannte der Baron an, nachdem er einen flüchtigen mürrischen Blick darauf geworfen, dann, indem der Gerichtsschreiber sich zum lauten Ablesen des Testaments anschickte, schaute er gleichgültig nach dem Fenster hin, den rechten Arm nachlässig über die Stuhllehne geworfen, den linken Arm gelehnt auf den Gerichtstisch, und auf dessen grüner Decke mit den Fingern trommelnd. Nach einem kurzen Eingange erklärte der verstorbene Freiherr Hubert von R., daß er das Majorat niemals als wirklicher Majoratsherr besessen, sondern dasselbe nur namens des einzigen Sohnes des verstorbenen Freiherrn Wolfgang von R., nach seinem Großvater Roderich geheißen, verwaltet habe; dieser sei derjenige, dem nach der Familiensukzession durch seines Vaters Tod das Majorat zugefallen. Die genauesten Rechnungen über Einnahme und Ausgabe, über den vorzufindenden Bestand usw. würde man in seinem Nachlaß finden. Wolfgang von R., so erzählte Hubert in dem Testament, lernte auf seinen Reisen in Genf das Fräulein Julie von St. Val kennen und faßte eine solche heftige Neigung zu ihr, daß er sich nie mehr von ihr zu trennen beschloß. Sie war sehr arm, und ihre Familie, unerachtet von gutem Adel, gehörte eben nicht zu den glänzendsten. Schon deshalb durfte er auf die Einwilligung des alten Roderich, dessen ganzes Streben dahin ging, das Majorathaus auf alle nur mögliche Weise zu erheben, nicht hoffen. Er wagte es dennoch, von Paris aus dem Vater seine Neigung zu entdecken; was aber vorauszusehen, geschah wirklich, indem der Alte bestimmt erklärte, daß er schon selbst die Braut für den Majoratsherrn erkoren und von einer andern niemals die Rede sein könne. Wolfgang, statt, wie er sollte, nach England hinüberzuschiffen, kehrte unter dem Namen Born nach Genf zurück und vermählte sich mit Julien, die ihm nach Verlauf eines Jahres den Sohn gebar, der mit dem Tode Wolfgangs Majoratsherr wurde. Darüber, daß Hubert, von der ganzen Sache unterrichtet, so lange schwieg und sich selbst als Majoratsherr gerierte, waren verschiedene Ursachen angeführt, die sich auf frühere Verabredungen mit Wolfgang bezogen, indessen unzureichend und aus der Luft gegriffen schienen. –

Wie vom Donner gerührt, starrte der Baron den Gerichtsschreiber an, der mit eintöniger schnarrender Stimme alles Unheil verkündete. Als er geendet, stand V. auf, nahm den jungen Menschen, den er mitgebracht, bei der Hand und sprach, indem er sich gegen die Anwesenden verbeugte: »Hier, meine Herren, habe ich die Ehre, Ihnen den Freiherrn Roderich von R., Majoratsherrn von R . . sitten, vorzustellen!« Baron Hubert blickte den Jüngling, der, wie vom Himmel gefallen, ihn um das reiche Majorat, um die Hälfte des freien Vermögens in Kurland brachte, verhaltenen Grimm im glühenden Auge, an, drohte dann mit geballter Faust und rannte, ohne ein Wort hervorbringen zu können, zum Gerichtssaal hinaus. Von den Gerichtspersonen dazu aufgefordert, holte jetzt Baron Roderich die Urkunden hervor, die ihn als die Person, für die er sich ausgab, legitimieren sollten. Er überreichte den beglaubigten Auszug aus den Registern der Kirche, wo sein Vater sich trauen lassen, worin bezeugt wurde, daß an dem und dem Tage der Kaufmann Wolfgang Born, gebürtig aus K., mit dem Fräulein Julie von St. Val in Gegenwart der genannten Personen durch priesterliche Einsegnung getraut worden. Ebenso hatte er seinen Taufschein (er war in Genf als von dem Kaufmann Born mit seiner Gemahlin Julie, geb. von St. Val, in gültiger Ehe erzeugtes Kind getauft worden), verschiedene Briefe seines Vaters an seine schon längst verstorbene Mutter, die aber alle nur mit W. unterzeichnet waren.

V. sah alle diese Papiere mit finsterm Gesichte durch und sprach, ziemlich bekümmert, als er sie wieder zusammenschlug: »Nun, Gott wird helfen!« –

Schon andern Tages reichte der Freiherr Hubert von R. durch einen Advokaten, den er zu seinem Rechtsfreunde erkoren, bei der Landesregierung in K. eine Vorstellung ein, worin er auf nichts weniger antrug, als sofort die Übergabe des Majorats R..sitten an ihn zu veranlassen. Es verstehe sich von selbst, sagte der Advokat, daß weder testamentarisch, noch auf irgendeine andere Weise, der verstorbene Freiherr Hubert von R. habe über das Majorat verfügen können. Jenes Testament sei also nichts anderes, als die aufgeschriebene und gerichtlich übergebene Aussage, nach welcher der Freiherr Wolfgang von R. das Majorat an einen Sohn vererbt haben solle, der noch lebe, die keine höhere Beweiskraft, als jede andere irgendeines Zeugen haben und also unmöglich die Legitimation des angeblichen Freiherrn Roderich von R. bewirken könne. Vielmehr sei es die Sache dieses Prätendenten, sein vorgebliches Erbrecht, dem hiemit ausdrücklich widersprochen werde, im Wege des Prozesses darzutun und das Majorat, welches jetzt nach dem Recht der Sukzession dem Baron Hubert von R. zugefallen, zu vindizieren. Durch den Tod des Vaters sei der Besitz unmittelbar auf den Sohn übergegangen, es habe keiner Erklärung über den Erbschaftsantritt bedurft, da der Majoratsfolge nicht entsagt werden könne, mithin dürfte der

jetzige Majoratsherr in dem Besitze nicht durch ganz illi-
quide Ansprüche turbiert werden. Was der Verstorbene für
Grund gehabt habe, einen andern Majoratsherrn aufzustel-
len, sei ganz gleichgültig, nur werde bemerkt, daß er selbst,
wie aus den nachgelassenen Papieren erforderlichen Falls
nachgewiesen werden könne, eine Liebschaft in der Schweiz
gehabt habe, und so sei vielleicht der angebliche Bruders-
sohn der eigne, in einer verbotenen Liebe erzeugte, dem er
in einem Anfall von Reue das reiche Majorat zuwenden
wolle. –

So sehr auch die Wahrscheinlichkeit für die im Testament
behaupteten Umstände sprach, so sehr auch die Richter
hauptsächlich die letzte Wendung, in der der Sohn sich
nicht scheute, den Verstorbenen eines Verbrechens anzukla-
gen, empörte, so blieb doch die Ansicht der Sache, wie sie
aufgestellt worden, die richtige, und nur den rastlosen Be-
mühungen V.s, der bestimmten Versicherung, daß der die
Legitimation des Freiherrn Roderich von R. bewirkende
Beweis in kurzer Zeit auf das bündigste geführt werden
solle, konnte es gelingen, daß die Übergabe des Majorats
noch ausgesetzt und die Fortdauer der Administration bis
nach entschiedener Sache verfügt wurde.

V. sah nur zu gut ein, wie schwer es ihm werden würde,
sein Versprechen zu halten. Er hatte alle Briefschaften des
alten Roderich durchstöbert, ohne die Spur eines Briefes
oder sonst eines Aufsatzes zu finden, der Bezug auf jenes
Verhältnis Wolfgangs mit dem Fräulein von St. Val gehabt
hätte. Gedankenvoll saß er in R.. sitten in dem Schlafkabinett des alten Roderich, das er ganz durchsucht, und
arbeitete an einem Aufsatze für den Notar in Genf, der ihm
als ein scharfsinniger tätiger Mann empfohlen worden, und
der ihm einige Notizen schaffen sollte, die die Sache des
jungen Freiherrn ins klare bringen konnten. – Es war Mitternacht worden, der Vollmond schien hell hinein in den

anstoßenden Saal, dessen Tür offen stand. Da war es, als schritte jemand langsam und schwer die Treppe herauf und klirre und klappere mit Schlüsseln. V. wurde aufmerksam, er stand auf, ging in den Saal und vernahm nun deutlich, daß jemand sich durch den Flur der Türe des Saals nahte. Bald darauf wurde diese geöffnet, und ein Mensch mit leichenblassem entstellten Antlitz, in Nachtkleidern, in der einen Hand den Armleuchter, trat langsam hinein. V. erkannte augenblicklich den Hausverwalter und war im Begriff, ihm zuzurufen, was er so spät in der Nacht wolle, als ihn in dem ganzen Wesen des Alten, in dem zum Tode erstarrten Antlitz etwas Unheimliches, Gespenstisches mit Eiskälte anhauchte. Er erkannte, daß er einen Nachtwandler vor sich habe. Der Alte ging mit gemessenen Schritten quer durch den Saal, gerade los auf die vermauerte Tür, die ehemals zum Turm führte. Dicht vor derselben blieb er stehen und stieß aus tiefer Brust einen heulenden Laut aus, der so entsetzlich in dem ganzen Saal widerhallte, daß V. erbebte vor Grauen. Dann, den Armleuchter auf den Fußboden gestellt, den Schlüsselbund an den Gürtel gehängt, fing Daniel an, mit beiden Händen an der Mauer zu kratzen, daß bald das Blut unter den Nägeln hervorquoll, und dabei stöhnte er und ächzte, wie gepeinigt von einer namenlosen Todesqual. Nun legte er das Ohr an die Mauer, als wolle er irgend etwas erlauschen, dann winkte er mit der Hand, wie jemanden beschwichtigend, bückte sich, den Armleuchter wieder vom Boden aufhebend, und schlich mit leisen gemessenen Schritten nach der Türe zurück. V. folgte ihm behutsam mit dem Leuchter in der Hand. Es ging die Treppe herab, der Alte schloß die große Haupttür des Schlosses auf, V. schlüpfte geschickt hindurch; nun begab er sich nach dem Stall, und nachdem er zu V.s tiefem Erstaunen den Armleuchter so geschickt hingestellt hatte, daß das ganze Gebäude genugsam erhellt wurde ohne irgendeine Gefahr, holte er Sattel und Zeug herbei und rüstete mit großer Sorglichkeit, den Gurt fest-, die Steigbügel hinaufschnallend, ein Pferd aus, das er losgebunden von der Krippe. Nachdem er noch ein Büschel Haare über den Stirnriemen weg durch die Hand gezogen, nahm er, mit der Zunge schnalzend und mit der einen Hand ihm den Hals klopfend, das Pferd beim Zügel und führte es heraus. Draußen im Hofe blieb er einige Sekunden stehen in der Stellung, als erhalte er Befehle, die er kopfnickend auszuführen versprach. Dann führte er das Pferd zurück in den Stall, sattelte es wieder ab und band es an die Krippe. Nun nahm er den Armleuchter, verschloß den Stall, kehrte in das Schloß zurück und verschwand endlich in sein Zimmer, das er sorgfältig verriegelte. V. fühlte sich von diesem Auftritt im Innersten ergriffen, die Ahnung einer entsetzlichen Tat erhob sich vor ihm wie ein schwarzes höllisches Gespenst, das ihn nicht mehr verließ. Ganz erfüllt von der bedrohlichen Lage seines Schützlings, glaubte er wenigstens das, was er gesehen, nützen zu müssen zu seinem Besten. Andern Tages, es wollte schon die Dämmerung einbrechen, kam Daniel in sein Zimmer, um irgendeine sich auf den Hausstand beziehende Anweisung einzuholen. Da faßte ihn V. bei beiden Ärmen und fing an, indem er ihn zutraulich in den Sessel niederdrückte: »Höre, alter Freund Daniel! lange habe ich dich fragen wollen, was hältst du denn von dem verworrenen Kram, den uns Huberts sonderbares Testament über den Hals gebracht hat? – Glaubst du denn wohl, daß der junge Mensch wirklich Wolfgangs in rechtsgültiger Ehe erzeugter Sohn ist?« Der Alte, sich über die Lehne des Stuhls wegbeugend und V.s starr auf ihn gerichteten Blicken ausweichend, rief mürrisch: »Pah! – er kann es sein; er kann es auch nicht sein. Was schiert's mich, mag nun hier Herr werden, wer da will.« – »Aber ich meine«, fuhr V. fort, indem er dem Alten näher rückte und die Hand auf seine Schulter legte, »aber ich meine, da du des alten

Freiherrn ganzes Vertrauen hattest, so verschwieg er dir gewiß nicht die Verhältnisse seiner Söhne. Er erzählte dir von dem Bündnis, das Wolfgang wider seinen Willen geschlossen?« – »Ich kann mich auf dergleichen gar nicht besinnen«, erwiderte der Alte, indem er auf ungezogene Art laut gähnte. – »Du bist schläfrig, Alter«, sprach V., »hast du vielleicht eine unruhige Nacht gehabt?« – »Daß ich nicht wüßte«, entgegnete der Alte frostig, »aber ich will nun gehen und das Abendessen bestellen.« Hiemit erhob er sich schwerfällig vom Stuhl, indem er sich den gekrümmten Rücken rieb und abermals und zwar noch lauter gähnte als zuvor. »Bleibe doch noch, Alter«, rief V., indem er ihn bei der Hand ergriff und zum Sitzen nötigen wollte, der Alte blieb aber vor dem Arbeitstisch stehen, auf den er sich mit beiden Händen stemmte, den Leib übergebogen nach V. hin, und mürrisch fragend: »Nun was soll's denn, was schiert mich das Testament, was schiert mich der Streit um das Majorat« – »Davon«, fiel ihm V. in die Rede, »wollen wir auch gar nicht mehr sprechen: von ganz etwas anderm, lieber Daniel! – Du bist mürrisch, du gähnst, das alles zeugt von besonderer Abspannung, und nun möcht' ich beinahe glauben, daß *du* es wirklich gewesen bist in dieser Nacht.« – »Was bin ich gewesen in dieser Nacht«, frug der Alte, in seiner Stellung verharrend. »Als *ich*«, sprach V. weiter, »gestern mitternacht dort oben in dem Kabinett des alten Herrn neben dem großen Saal saß, kamst du zur Türe herein, ganz starr und bleich, schrittest auf die zugemauerte Tür los, kratztest mit beiden Händen an der Mauer und stöhntest, als wenn du große Qualen empfändest. Bist du denn ein Nachtwandler, Daniel?« Der Alte sank zurück in den Stuhl, den ihm V. schnell unterschob. Er gab keinen Laut von sich, die tiefe Dämmerung ließ sein Gesicht nicht erkennen, V. bemerkte nur, daß er kurz Atem holte und mit den Zähnen klapperte. – »Ja«, fuhr V. nach kurzem Schweigen fort, »ja, es ist ein eignes Ding mit den Nachtwandlern. Andern Tages wissen sie von diesem sonderbaren Zustande, von allem, was sie wie in vollem Wachen begonnen haben, nicht das allermindeste.« – Daniel blieb still. »Ähnliches«, sprach V. weiter, »wie gestern mit dir, habe ich schon erlebt. Ich hatte einen Freund, der stellte so wie du, trat der Vollmond ein, regelmäßig nächtliche Wanderungen an. Ja, manchmal setzte er sich hin und schrieb Briefe. Am merkwürdigsten war es aber, daß, fing ich an, ihm ganz leise ins Ohr zu flüstern, es mir bald gelang ihn zum Sprechen zu bringen. Er antwortete gehörig auf alle Fragen, und selbst das, was er im Wachen sorglich verschwiegen haben würde, floß nun unwillkürlich, als könne er der Kraft nicht widerstehen, die auf ihn einwirkte, von seinen Lippen. – Der Teufel! ich glaube, verschwiege ein Mondsüchtiger irgendeine begangene Untat noch so lange, man könnte sie ihm abfragen in dem seltsamen Zustande. – Wohl dem, der ein reines Gewissen hat, wie wir beide, guter Daniel, wir können schon immer Nachtwandler sein, uns wird man kein Verbrechen abfragen. – Aber höre, Daniel, gewiß willst du herauf in den astronomischen Turm, wenn du so abscheulich an der zugemauerten Türe kratzest? – Du willst gewiß laborieren wie der alte Roderich? – Nun, das werd' ich dir nächstens abfragen!« – Der Alte hatte, während V. dieses sprach, immer stärker und stärker gezittert, jetzt flog sein ganzer Körper, von heillosem Krampf hin- und hergeworfen, und er brach aus in ein gellendes, unverständiges Geplapper. V. schellte die Diener herauf. Man brachte Lichter, der Alte ließ nicht nach, wie ein willkürlos bewegtes Automat hob man ihn auf und brachte ihn ins Bette. Nachdem beinahe eine Stunde dieser heillose Zustand gedauert, verfiel er in tiefer Ohnmacht ähnlichen Schlaf. Als er erwachte, verlangte er Wein zu trinken, und als man ihm diesen gereicht, trieb er den Diener, der bei ihm wachen wollte, fort und verschloß sich, wie gewöhnlich, in sein Zimmer. V. hatte wirklich beschlossen, den Versuch anzustellen, in dem Augenblick, als er davon gegen Daniel sprach, wiewohl er sich selbst gestehen mußte, einmal, daß Daniel, vielleicht erst jetzt von seiner Mondsucht unterrichtet, alles anwenden werde, ihm zu entgehen, dann aber, daß Geständnisse, in diesem Zustande abgelegt, eben nicht geeignet sein würden, darauf weiter fortzubauen. Demunerachtet begab er sich gegen Mitternacht in den Saal, hoffend, daß Daniel, wie es in dieser Krankheit geschieht, gezwungen werden würde, willkürlos zu handeln. Um Mitternacht erhob sich ein großer Lärm auf dem Hofe. V. hörte deutlich ein Fenster einschlagen, er eilte herab, und als er die Gänge durchschritt, wallte ihm ein stinkender Dampf entgegen, der, wie er bald gewahrte, aus dem geöffneten Zimmer des Hausverwalters herausquoll. Diesen brachte man eben todstarr herausgetragen, um ihn in einem andern Zimmer ins Bette zu legen. Um Mitternacht wurde ein Knecht, so erzählten die Diener, durch ein seltsames dumpfes Pochen geweckt, er glaubte, dem Alten sei etwas zugestoßen, und schickte sich an aufzustehen, um ihm zu Hülfe zu kommen, als der Wächter auf dem Hofe laut rief: »Feuer, Feuer! in der Stube des Herrn Verwalters brennt's lichterloh!« – Auf dies Geschrei waren gleich mehrere Diener bei der Hand, aber alles Mühen, die Tür des Zimmers einzubrechen, blieb umsonst. Nun eilten sie heraus auf den Hof, aber der entschlossene Wächter hatte schon das Fenster des niedrigen, im Erdgeschosse befindlichen Zimmers eingeschlagen und die brennenden Gardinen herabgerissen, worauf ein par hineingegossene Eimer Wasser den Brand augenblicklich löschten. Den Hausverwalter fand man mitten im Zimmer auf der Erde liegend in tiefer Ohnmacht. Er hielt noch fest den Armleuchter in der Hand, dessen brennende Kerzen die Gardinen erfaßt und so das Feuer veranlaßt hatten. Brennende herabfallende Lappen

hatten dem Alten die Augenbrauen und ein gut Teil Kopf-
haare weggesengt. Bemerkte der Wächter nicht das Feuer,
so hätte der Alte hülflos verbrennen müssen. Zu nicht geringer Verwunderung fanden die Diener, daß die Tür des
Zimmers von innen durch zwei ganz neu angeschrobene
Riegel, die noch den Abend vorher nicht dagewesen, ver-
wahrt war. V. sah ein, daß der Alte sich hatte das Hinaus-
schreiten aus dem Zimmer unmöglich machen wollen;
widerstehen konnte er dem blinden Triebe nicht. Der Alte
verfiel in eine ernste Krankheit; er sprach nicht, er nahm
nur wenig Nahrung zu sich und starrte, wie festgeklammert
von einem entsetzlichen Gedanken, mit Blicken, in denen
sich der Tod malte, vor sich hin. V. glaubte, daß der Alte von
dem Lager nicht erstehen werde. Alles, was sich für seinen
Schützling tun ließ, hatte V. getan, er mußte ruhig den
Erfolg abwarten und wollte deshalb nach K. zurück. Die
Abreise war für den folgenden Morgen bestimmt. V. packte
spät abends seine Skripturen zusammen, da fiel ihm ein
kleines Paket in die Hände, welches ihm der Freiherr
Hubert von R. versiegelt und mit der Aufschrift: »Nach
Eröffnung meines Testaments zu lesen« zugestellt und das
er unbegreiflicherweise noch nicht beobachtet hatte. Er war
im Begriff dieses Paket zu entsiegeln, als die Tür aufging
und mit leisen gespenstischen Schritten Daniel hereintrat.
Er legte eine schwarze Mappe, die er unter dem Arm trug,
auf den Schreibtisch, dann mit einem tiefen Todesseufzer
auf beide Knie sinkend, V.s Hände mit den seinen krampfhaft fassend, sprach er hohl und dumpf, wie aus tiefem
Grabe: »Auf dem Schafott stürb' ich nicht gern! – der dort
oben richtet!« – dann richtete er sich unter angstvollem
Keuchen mühsam auf und verließ das Zimmer, wie er gekommen.

V. brachte die ganze Nacht hin, alles das zu lesen, was die
schwarze Mappe und Huberts Paket enthielt. Beides hing

genau zusammen und bestimmte von selbst die weitern Maßregeln, die nun zu ergreifen. Sowie V. in K. angekommen, begab er sich zum Freiherrn Hubert von R., der ihn mit rauhem Stolz empfing. Die merkwürdige Folge einer Unterredung, welche mittags anfing und bis spät in die Nacht hinein ununterbrochen fortdauerte, war aber, daß der Freiherr andern Tages vor Gericht erklärte, daß er den Prätendenten des Majorats dem Testamente seines Vaters gemäß für den in rechtsgültiger Ehe von dem ältesten Sohn des Freiherrn Roderich von R., Wolfgang von R., mit dem Fräulein Julie von St. Val erzeugten Sohn, mithin für den rechtsgültig legitimierten Majoratserben anerkenne. Als er von dem Gerichtssaal herabstieg, stand sein Wagen mit Postpferden vor der Türe, er reiste schnell ab und ließ Mutter und Schwester zurück. Sie würden ihn vielleicht nie wiedersehen, hatte er ihnen mit andern rätselhaften Äußerungen geschrieben. Roderichs Erstaunen über diese Wendung, die die Sache nahm, war nicht gering, er drang in V., ihm doch nur zu erklären, wie dies Wunder habe bewirkt werden können, welche geheimnisvolle Macht im Spiele sei. V. vertröstete ihn indessen auf künftige Zeiten, und zwar, wenn er Besitz genommen haben würde von dem Majorat. Die Übergabe des Majorats konnte nämlich deshalb nicht geschehen, weil nun die Gerichte, nicht befriedigt durch jene Erklärung Huberts, außerdem die vollständige Legitimation Roderichs verlangten. V. bot dem Freiherrn die Wohnung in R.. sitten an und setzte hinzu, daß Huberts Mutter und Schwester, durch seine schnelle Abreise in augenblickliche Verlegenheit gesetzt, den stillen Aufenthalt auf dem Stammgute der geräuschvollen teuren Stadt vorziehen würden. Das Entzücken, womit Roderich den Gedanken ergriff, mit der Baronin und ihrer Tochter wenigstens eine Zeitlang unter einem Dache zu wohnen, bewies, welchen tiefen Eindruck Seraphine, das holde, anmutige Kind, auf ihn gemacht hatte. In der Tat wußte der Freiherr seinen Aufenthalt in R.. sitten so gut zu benutzen, daß er, wenige Wochen waren vergangen, Seraphinens innige Liebe und der Mutter beifällig Wort zur Verbindung mit ihr gewonnen hatte. Dem V. war das alles zu schnell, da bis jetzt Roderichs Legitimation als Majoratsherr von R.. sitten noch immer zweifelhaft geblieben. Briefe aus Kurland unterbrachen das Idyllenleben auf dem Schlosse. Hubert hatte sich gar nicht auf den Gütern sehen lassen, sondern war unmittelbar nach Petersburg gegangen, dort in Militärdienste getreten und stand jetzt im Felde gegen die Perser, mit denen Rußland gerade im Kriege begriffen. Dies machte die schnelle Abreise der Baronin mit ihrer Tochter nach den Gütern, wo Unordnung und Verwirrung herrschte, nötig. Roderich, der sich schon als den aufgenommenen Sohn betrachtete, unterließ nicht die Geliebte zu begleiten, und so wurde, da V. ebenfalls nach K. zurückkehrte, das Schloß einsam, wie vorher. Des Hausverwalters böse Krankheit wurde schlimmer und schlimmer, so daß er nicht mehr daraus zu erstehen glaubte, sein Amt wurde einem alten Jäger, Wolfgangs treuem Diener, Franz geheißen, übertragen. Endlich nach langem Harren erhielt V. die günstigsten Nachrichten aus der Schweiz. Der Pfarrer, der Wolfgangs Trauung vollzogen, war längst gestorben, indessen fand sich in dem Kirchenbuche von seiner Hand notiert, daß derjenige, den er unter dem Namen Born mit dem Fräulein Julie St. Val ehelich verbunden, sich bei ihm als Freiherr Wolfgang von R., ältesten Sohn des Freiherrn Roderich von R. auf R.. sitten, vollständig legitimiert habe. Außerdem wurden noch zwei Trauzeugen, ein Kaufmann in Genf und ein alter französischer Kapitän, der nach Lyon gezogen, ausgemittelt, denen Wolfgang ebenfalls sich entdeckt hatte, und ihre eidlichen Aussagen bekräftigten den Vermerk des Pfarrers im Kirchenbuche. Mit den in rechtlicher Form ausgefertigten Verhandlungen in der

Hand, führte nun V. den vollständigen Nachweis der Rechte seines Machtgebers, und nichts stand der Übergabe des Majorats im Wege, die im künftigen Herbst erfolgen sollte. Hubert war gleich in der ersten Schlacht, der er beiwohnte, geblieben, ihn hatte das Schicksal seines jüngern Bruders, der ein Jahr vor seines Vaters Tode ebenfalls im Feld blieb, getroffen; so fielen die Güter in Kurland der Baronesse Seraphine von R. zu und wurden eine schöne Mitgift für den überglücklichen Roderich.

Der November war angebrochen, als die Baronin, Roderich mit seiner Braut in R.. sitten anlangte. Die Übergabe des Majorats erfolgte und dann Roderichs Verbindung mit Seraphinen. Manche Woche verging im Taumel der Lust, bis endlich die übersättigten Gäste nach und nach das Schloß verließen zur großen Zufriedenheit V.s, der von R.. sitten nicht scheiden wollte, ohne den jungen Majoratsherrn auf das genaueste einzuweihen in alle Verhältnisse des neuen Besitztums. Mit der strengsten Genauigkeit hatte Roderichs Oheim die Rechnungen über Einnahme und Ausgabe geführt, so daß, da Roderich nur eine geringe Summe jährlich zu seinem Unterhalt bekam, durch die Überschüsse der Einnahme jenes bare Kapital, das man in des alten Freiherrn Nachlaß vorfand, einen bedeutenden Zuschuß erhielt. Nur in den ersten drei Jahren hatte Hubert die Einkünfte des Majorats in seinen Nutzen verwandt, darüber aber ein Schuldinstrument ausgestellt und es auf den ihm zustehenden Anteil der Güter in Kurland versichern lassen. – V. hatte seit der Zeit, als ihm Daniel als Nachtwandler erschien, das Schlafgemach des alten Roderich zu seinem Wohnzimmer gewählt, um desto sicherer das erlauschen zu können, was ihm Daniel nachher freiwillig offenbarte. So kam es, daß dies Gemach und der anstoßende große Saal der Ort blieb, wo der Freiherr mit V. im Geschäft zusammenkam. Da saßen nun beide beim hellodernden Kaminfeuer an dem großen Tische, V. mit der Feder in der Hand, die Summen notierend und den Reichtum des Majoratsherrn berechnend, dieser mit aufgestemmtem Arm hineinblinzelnd in die aufgeschlagenen Rechnungsbücher, in die gewichtigen Dokumente. Keiner vernahm das dumpfe Brausen der See, das Angstgeschrei der Möwen, die, das Unwetter verkündend, im Hin- und Herflattern an die Fensterscheiben schlugen, keiner achtete des Sturms, der, um Mitternacht heraufgekommen, in wildem Tosen das Schloß durchsauste, so daß alle Unkenstimmen in den Kaminen, in den engen Gängen erwachten und widerlich durcheinander pfiffen und heulten. Als endlich nach einem Windstoß, vor dem der ganze Bau erdröhnte, plötzlich der ganze Saal im düstern Feuer des Vollmonds stand, rief V.: »Ein böses Wetter!« – Der Freiherr, ganz vertieft in die Aussicht des Reichtums, der ihm zugefallen, erwiderte gleichgültig, indem er mit zufriedenem Lächeln ein Blatt des Einnahmebuchs umschlug: »In der Tat, sehr stürmisch.« Aber wie fuhr er, von der eisigen Faust des Schreckens berührt, in die Höhe, als die Tür des Saals aufsprang und eine bleiche, gespenstische Gestalt sichtbar wurde, die, den Tod im Antlitz, hineinschritt. Daniel, den V. so wie jedermann in tiefer Krankheit ohnmächtig daliegend, nicht für fähig hielt ein Glied zu rühren, war es, der, abermals von der Mondsucht befallen, seine nächtliche Wanderung begonnen. Lautlos starrte der Freiherr den Alten an, als dieser nun aber unter angstvollen Seufzern der Todesqual an der Wand kratzte, da faßte den Freiherrn tiefes Entsetzen. Bleich im Gesicht wie der Tod, mit emporgesträubtem Haar sprang er auf, schritt in bedrohlicher Stellung zu auf den Alten und rief mit starker Stimme, daß der Saal erdröhnte: »Daniel! – Daniel! – was machst du hier zu dieser Stunde!« Da stieß der Alte jenes grauenvolle heulende Gewimmer aus, gleich dem Todeslaut des getroffenen Tiers, wie damals, als ihm Wolfgang Gold für seine Treue bot, und sank zusammen. V. rief die Bedienten herbei, man hob den Alten auf, alle Versuche, ihn zu beleben, blieben vergebens. Da schrie der Freiherr wie außer sich: »Herr Gott! – Herr Gott! habe ich denn nicht gehört, daß Nachtwandler auf der Stelle des Todes sein können, wenn man sie beim Namen ruft? – Ich! – Ich Unglückseligster – ich habe den armen Greis erschlagen! – Zeit meines Lebens habe ich keine ruhige Stunde mehr!« – V., als die Bedienten den Leichnam fortgetragen und der Saal leer geworden, nahm den immerfort sich anklagenden Freiherrn bei der Hand, führte ihn in tiefem Schweigen vor die zugemauerte Tür und sprach: »Der hier tot zu Ihren Füßen niedersank, Freiherr Roderich, war der verruchte Mörder Ihres Vaters!« – Als säh' er Geister der Hölle, starrte der Freiherr den V. an. Dieser fuhr fort: »Es ist nun wohl an der Zeit, Ihnen das gräßliche Geheimnis zu enthüllen, das auf diesem Unhold lastete und ihn, den Fluchbeladenen, in den Stunden des Schlafs umhertrieb. Die ewige Macht ließ den Sohn Rache nehmen an dem Mörder des Vaters – Die Worte, die Sie dem entsetzlichen Nachtwandler in die Ohren donnerten, waren die letzten, die Ihr unglücklicher Vater sprach!« – Bebend, unfähig, ein Wort zu sprechen, hatte der Freiherr neben V., der sich vor den Kamin setzte, Platz genommen. V. fing mit dem Inhalt des Aufsatzes an, den Hubert für V. zurückgelassen und den er erst nach Eröffnung des Testaments entsiegeln sollte. Hubert klagte sich mit Ausdrücken, die von der tiefsten Reue zeigten, des unversöhnlichen Hasses an, der in ihm gegen den ältern Bruder Wurzel faßte von dem Augenblick, als der alte Roderich das Majorat gestiftet hatte. Jede Waffe war ihm entrissen, denn wär' es ihm auch gelungen auf hämische Weise, den Sohn mit dem Vater zu entzweien, so blieb dies ohne Wirkung, da Roderich selbst nicht ermächtigt war, dem ältesten Sohn die Rechte der Erstgeburt zu entreißen, und es, wandte sich auch sein Herz und Sinn ganz ab von ihm, doch nach seinen Grundsätzen nimmermehr getan hätte. Erst als Wolfgang in Genf das Liebesverhältnis mit Julien von St. Val begonnen, glaubte Hubert den Bruder verderben zu können. Da fing die Zeit an, in der er im Einverständnisse mit Daniel auf bübische Weise den Alten zu Entschlüssen nötigen wollte, die den Sohn zur Verzweiflung bringen mußten.

Er wußte, daß nur die Verbindung mit einer der ältesten Familien des Vaterlandes nach dem Sinn des alten Roderich den Glanz des Majorats auf ewige Zeiten begründen konnte. Der Alte hatte diese Verbindung in den Gestirnen gelesen, und jedes frevelige Zerstören der Konstellation konnte nur Verderben bringen über die Stiftung. Wolfgangs Verbindung mit Julien erschien in dieser Art dem Alten ein verbrecherisches Attentat, wider Beschlüsse der Macht gerichtet, die ihm beigestanden im irdischen Beginnen, und jeder Anschlag, Julien, die wie ein dämonisches Prinzip sich ihm entgegengeworfen, zu verderben, gerechtfertigt. Hubert kannte des Bruders an Wahnsinn streifende Liebe zu Julien, ihr Verlust mußte ihn elend machen, vielleicht töten, und um so lieber wurde er tätiger Helfershelfer bei den Plänen des Alten, als er selbst sträfliche Neigung zu Julien gefaßt und sie für sich zu gewinnen hoffte. Eine besondere Schikkung des Himmels wollt' es, daß die giftigsten Anschläge an Wolfgangs Entschlossenheit scheiterten, ja daß es ihm gelang, den Bruder zu täuschen. Für Hubert blieb Wolfgangs wirklich vollzogene Ehe sowie die Geburt eines Sohnes ein Geheimnis. Mit der Vorahnung des nahen Todes kam dem alten Roderich zugleich der Gedanke, daß Wolfgang jene ihm feindliche Julie geheiratet habe; in dem Briefe, der dem Sohn befahl, am bestimmten Tage nach R..sitten zu kommen, um das Majorat anzutreten, fluchte er ihm, wenn er nicht jene Verbindung zerreißen werde. Diesen Brief verbrannte Wolfgang bei der Leiche des Vaters.

An Hubert schrieb der Alte, daß Wolfgang Julien geheiratet habe, er werde aber diese Verbindung zerreißen. Hubert hielt dies für die Einbildung des träumerischen Vaters, erschrak aber nicht wenig, als Wolfgang in R..sitten selbst mit vieler Freimütigkeit die Ahnung des Alten nicht allein bestätigte, sondern auch hinzufügte, daß Julie ihm einen Sohn geboren, und daß er nun in kurzer Zeit Julien, die ihn bis jetzt für den Kaufmann Born aus M. gehalten, mit der Nachricht seines Standes und seines reichen Besitztums hoch erfreuen werde. Selbst wolle er hin nach Genf, um das geliebte Weib zu holen. Noch ehe er diesen Entschluß ausführen konnte, ereilte ihn der Tod. Hubert verschwieg sorglich, was ihm von dem Dasein eines in der Ehe mit Julien erzeugten Sohnes bekannt, und riß so das Majorat an sich, das diesem gebührte. Doch nur wenige Jahre waren vergangen, als ihn tiefe Reue ergriff. Das Schicksal mahnte ihn an seine Schuld auf fürchterliche Weise durch den Haß, der zwischen seinen beiden Söhnen mehr und mehr emporkeimte. »Du bist ein armer dürftiger Schlucker«, sagte der älteste, ein zwölfjähriger Knabe, zu dem jüngsten, »aber ich werde, wenn der Vater stirbt, Majoratsherr von R..sitten, und da mußt du demütig sein und mir die Hand küssen, wenn ich dir Geld geben soll zum neuen Rock.« – Der jüngste, in volle Wut geraten über des Bruders höhnenden Stolz, warf das Messer, das er gerade in der Hand hatte, nach ihm hin und traf ihn beinahe zum Tode. Hubert, großes Unglück fürchtend, schickte den jüngsten fort nach Petersburg, wo er später als Offizier unter Suwarow wider die Franzosen focht und blieb. Vor der Welt das Geheimnis seines unredlichen betrügerischen Besitzes kundzutun, davon hielt ihn die Scham, die Schande, die über ihn gekommen, zurück, aber entziehen wollte er dem rechtmäßigen Besitzer keinen Groschen mehr. Er zog Erkundigungen ein in Genf und erfuhr, daß die Frau Born, trostlos über das unbegreifliche Verschwinden ihres Mannes, gestorben, daß aber der junge Roderich Born von einem wackern Mann, der ihn aufgenommen, erzogen werde. Da kündigte sich Hubert unter fremdem Namen als Verwandter des auf der See umgekommenen Kaufmann Born an und schickte Summen ein, die hinreichten, den jungen Majoratsherrn sorglich und anständig zu erziehn. Wie er die Überschüsse der Einkünfte des Majorats sorgfältig sammelte; wie er dann testamentarisch verfügte, ist bekannt. Über den Tod seines Bruders sprach Hubert in sonderbaren rätselhaften Ausdrücken, die so viel erraten ließen, daß es damit eine geheimnisvolle Bewandtnis haben mußte, und daß Hubert wenigstens mittelbar teilnahm an einer gräßlichen Tat. Der Inhalt der schwarzen Mappe klärte alles auf. Der verräterischen Korrespondenz Huberts mit Daniel lag ein Blatt bei, das Daniel beschrieben und unterschrieben hatte. V. las ein Geständnis, vor dem sein Innerstes erbebte. Auf Daniels Veranlassung war Hubert nach R . . sitten gekommen, Daniel war es, der ihm von den gefundenen einhundertundfunfzigtausend Reichstalern geschrieben. Man weiß, wie Hubert von dem Bruder aufgenommen wurde, wie er, getäuscht in allen seinen Wünschen und Hoffnungen, fort wollte, wie ihn V. zurückhielt. In Daniels Innerm kochte blutige Rache, die er zu nehmen hatte an dem jungen Menschen, der ihn ausstoßen wollen wie einen räudigen Hund. *Der* schürte und schürte an dem Brande, von dem der verzweifelte Hubert verzehrt wurde. Im Föhrenwalde auf der Wolfsjagd, im Sturm und Schneegestöber wurden sie einig über Wolfgangs Verderben. »Wegschaffen« – murmelte Hubert, indem er seitwärts wegblickte und die Büchse anlegte. »Ja, wegschaffen«, grinste Daniel, »aber nicht *so*, nicht *so*« – Nun vermaß er sich hoch und teuer, er werde den Freiherrn ermorden, und kein Hahn solle danach krähen. Hubert, als er endlich Geld erhalten, tat der Anschlag leid, er wollte fort, um jeder weitern Versuchung zu widerstehen. Daniel selbst sattelte in der Nacht das Pferd und führte es aus dem Stalle, als aber der Baron sich aufschwingen wollte, sprach Daniel mit schneidender Stimme: »Ich dächte, Freiherr Hubert, du bliebst auf dem Majorat, das dir in diesem Augenblick zugefallen, denn der stolze Majoratsherr liegt zerschmettert in der Gruft des Turms!« – Daniel hatte beobachtet, daß, von Golddurst geplagt, Wolfgang oft in der Nacht aufstand, vor die Tür trat, die sonst zum Turme führte, und mit sehnsüchtigen Blicken hinabschaute in die Tiefe, die nach Daniels Versicherung noch bedeutende Schätze bergen sollte. Darauf gefaßt, stand in jener verhängnisvollen Nacht Daniel vor der Türe des Saals. Sowie er den Freiherrn die zum Turm führende Tür öffnen hörte, trat er hinein und dem Freiherrn nach, der dicht an dem Abgrunde stand. Der Freiherr drehte sich um und rief, als er den verruchten Diener, dem der Mord schon aus den Augen blitzte, gewahrte, entsetzt: »Daniel, Daniel, was machst du hier zu dieser Stunde!« Aber da kreischte Daniel wild auf: »Hinab mit dir, du räudiger Hund« und schleuderte mit einem kräftigen Fußstoß den Unglücklichen hinunter in die Tiefe! – Ganz erschüttert von der gräßlichen Untat, fand der Freiherr keine Ruhe auf dem Schlosse, wo sein Vater ermordet. Er ging auf seine Güter nach Kurland und kam nur jedes Jahr zur Herbstzeit nach R..sitten. Franz, der alte Franz, behauptete, daß Daniel, dessen Verbrechen er ahnde, noch oft zur Zeit des Vollmonds spuke, und beschrieb den Spuk gerade so, wie ihn V. später erfuhr und bannte. – Die Entdeckung dieser Umstände, welche das Andenken des Vaters schändeten, trieben auch den jungen Freiherrn Hubert fort in die Welt.

So hatte der Großonkel alles erzählt, nun nahm er meine Hand und sprach, indem ihm volle Tränen in die Augen traten, mit sehr weicher Stimme: »Vetter – Vetter – auch *sie*, die holde Frau, hat das böse Verhängnis, die unheimliche

Macht, die dort auf dem Stammschlosse hauset, ereilt! Zwei Tage nachdem wir R..sitten verlassen, veranstaltete der Freiherr zum Beschluß eine Schlittenfahrt. Er selbst fährt seine Gemahlin, doch, als es talabwärts geht, reißen die Pferde, plötzlich auf unbegreifliche Weise scheu geworden, aus in vollem wütenden Schnauben und Toben. ›Der Alte – der Alte ist hinter uns her‹, schreit die Baronin auf mit schneidender Stimme! In dem Augenblick wird sie durch den Stoß, der den Schlitten umwirft, weit fortgeschleudert. – Man findet sie leblos – sie ist hin! – Der Freiherr kann sich nimmer trösten, seine Ruhe ist die eines Sterbenden! – Nimmermehr kommen wir wieder nach R..sitten, Vetter!« –

Der alte Großonkel schwieg, ich schied von ihm mit zerrissenem Herzen, und nur die alles beschwichtigende Zeit konnte den tiefen Schmerz lindern, in dem ich vergehen zu müssen glaubte.

Jahre waren vergangen. V. ruhte längst im Grabe, ich hatte mein Vaterland verlassen. Da trieb mich der Sturm des Krieges, der verwüstend über ganz Deutschland hinbrauste, in den Norden hinein, fort nach Petersburg. Auf der Rückreise, nicht mehr weit von K., fuhr ich in einer finstern Sommernacht dem Gestade der Ostsee entlang, als ich vor mir am Himmel einen großen funkelnden Stern erblickte. Näher gekommen, gewahrte ich wohl an der roten flackernden Flamme, daß das, was ich für einen Stern gehalten, ein starkes Feuer sein müsse, ohne zu begreifen, wie es so hoch in den Lüften schweben könne. »Schwager! was ist das für ein Feuer dort vor uns?« frug ich den Postillon. »Ei«, erwiderte dieser, »ei, das ist kein Feuer, das ist der Leuchtturm von R..sitten.« R..sitten! – sowie der Postillon den Namen nannte, sprang in hellem Leben das Bild jener verhängnisvollen Herbsttage hervor, die ich dort verlebte. Ich sah den Baron – Seraphinen, aber auch die alten wunderlichen Tanten, mich selbst mit blankem Milchgesicht, schön frisiert und gepudert, in zartes Himmelblau gekleidet – ja mich, den Verliebten, der wie ein Ofen seufzt, mit Jammerlied auf seiner Liebsten Braue! – In der tiefen Wehmut, die mich durchbebte, flackerten wie bunte Lichterchen V.s derbe Späße auf, die mir nun ergötzlicher waren als damals. So von Schmerz und wunderbarer Lust bewegt, stieg ich am frühen Morgen in R..sitten aus dem Wagen, der vor der Postexpedition hielt. Ich erkannte das Haus des Ökonomieinspektors, ich frug nach ihm. »Mit Verlaub«, sprach der Postschreiber, indem er die Pfeife aus dem Munde nahm und an der Nachtmütze rückte, »mit Verlaub, hier ist kein Ökonomieinspektor, es ist ein königliches Amt, und der Herr Amtsrat belieben noch zu schlafen.« Auf weiteres Fragen erfuhr ich, daß schon vor sechzehn Jahren der Freiherr Roderich von R., der letzte Majoratsbesitzer, ohne Deszendenten gestorben und das Majorat der Stiftungsurkunde gemäß dem Staate anheimgefallen sei. – Ich ging hinauf nach dem Schlosse, es lag in Ruinen zusammengestürzt. Man hatte einen großen Teil der Steine zu dem Leuchtturm benutzt, so versicherte ein alter Bauer, der aus dem Föhrenwalde kam und mit dem ich mich ins Gespräch einließ. *Der* wußte auch noch von dem Spuk zu erzählen, wie er auf dem Schlosse gehaust haben sollte, und versicherte, daß noch jetzt sich oft, zumal beim Vollmonde, grauenvolle Klagelaute in dem Gestein hören ließen.

Armer alter, kurzsichtiger Roderich! welche böse Macht beschworst du herauf, die den Stamm, den du mit fester Wurzel für die Ewigkeit zu pflanzen gedachtest, im ersten Aufkeimen zum Tode vergiftete.

Der unheimliche Gast

Der Sturm brauste durch die Lüfte, den heranziehenden Winter verkündigend, und trieb die schwarzen Wolken vor sich her, die zischende, prasselnde Ströme von Regen und Hagel hinabschleuderten.

»Wir werden«, sprach, als die Wanduhr sieben schlug, die Obristin von G. zu ihrer Tochter, Angelika geheißen, »wir werden heute allein bleiben, das böse Wetter verscheucht die Freunde. Ich wollte nur, daß mein Mann heimkehrte.« In dem Augenblick trat der Rittmeister Moritz von R. hinein. Ihm folgte der junge Rechtsgelehrte, der durch seinen geistreichen, unerschöpflichen Humor den Zirkel belebte, der sich jeden Donnerstag im Hause des Obristen zu versammeln pflegte, und so war, wie Angelika bemerkte, ein einheimischer Kreis beisammen, der die größere Gesellschaft gern vermissen ließ. – Es war kalt im Saal, die Obristin ließ Feuer im Kamin anschüren und den Teetisch hinanrücken: »Euch beiden Männern«, sprach sie nun, »euch beiden Männern, die ihr mit wahrhaft ritterlichem Heroismus durch Sturm und Braus zu uns gekommen, kann ich wohl gar nicht zumuten, daß ihr vorliebnehmen sollt mit unserm nüchternen, weichlichen Tee, darum soll euch Mademoiselle Marguerite das gute nordische Getränk bereiten, das allem bösen Wetter widersteht.«

Marguerite, Französin, der Sprache, anderer weiblicher Kunstfertigkeit halber Gesellschafterin des Fräuleins Angelika, dem sie an Jahren kaum überlegen, erschien und tat, wie ihr geheißen.

Der Punsch dampfte, das Feuer knisterte im Kamin, man setzte sich enge beisammen an den kleinen Tisch. Da fröstelten und schauerten alle, und so munter und laut man erst im Saal auf und nieder gehend gesprochen, entstand jetzt eine augenblickliche Stille, in der die wunderlichen Stimmen, die der Sturm in den Rauchfängen aufgestört hatte, recht vernehmbar pfiffen und heulten.

»Es ist«, fing Dagobert, der junge Rechtsgelehrte, endlich an, »es ist nun einmal ausgemacht, daß Herbst, Sturmwind, Kaminfeuer und Punsch ganz eigentlich zusammengehören, um die heimlichsten Schauer in unserm Innern aufzuregen.« – »Die aber gar angenehm sind«, fiel ihm Angelika in die Rede. »Ich meinesteils kenne keine hübschere Empfindung, als das leise Frösteln, das durch alle Glieder fährt, und indem man, der Himmel weiß wie, mit offnen Augen einen jähen Blick in die seltsamste Traumwelt hineinwirft.« »Ganz recht«, fuhr Dagobert fort, »ganz recht. Dieses angenehme Frösteln überfiel uns eben jetzt alle, und bei dem Blick, den wir dabei unwillkürlich in die Traumwelt werfen mußten, wurden wir ein wenig stille. Wohl uns, daß das vorüber ist, und daß wir so bald aus der Traumwelt zurückgekehrt sind in die schöne Wirklichkeit, die uns dies herrliche Getränk darbietet!« Damit stand er auf und leerte, sich anmutig gegen die Obristin verneigend, das vor ihm stehende Glas. »Ei«, sprach nun Moritz, »ei, wenn du, so wie das Fräulein, so wie ich selbst, alle Süßigkeit jener Schauer, jenes träumerischen Zustandes empfindest, warum nicht gerne darin verweilen?« – »Erlaube«, nahm Dagobert das Wort, »erlaube, mein Freund, zu bemerken, daß hier von jener Träumerei, in welcher der Geist sich in wunderlichem wirrem Spiel selbst erlustigt, gar nicht die Rede ist. Die echten Sturmwind-, Kamin- und Punschschauer sind nichts anders, als der erste Anfall jenes unbegreiflichen geheimnisvollen Zustandes, der tief in der menschlichen Natur begründet ist, gegen den der Geist sich vergebens auflehnt, und vor dem man sich wohl hüten muß. Ich meine das Grauen – die Gespensterfurcht. Wir wissen alle, daß das unheimliche Volk der Spukgeister nur des Nachts, vorzüglich gern aber bei bösem Unwetter der dunklen Heimat entsteigt und seine irre Wanderung beginnt; billig ist's daher, daß wir zu solcher Zeit irgendeines grauenhaften Besuchs gewärtig sind.« »Sie scherzen«, sprach die Obristin, »Sie scherzen Dagobert, und auch das darf ich Ihnen nicht einräumen, daß das kindische Grauen, von dem wir manchmal befallen, ganz unbedingt in unserer Natur begründet sein sollte, vielmehr rechne ich es den Ammenmärchen und tollen Spukgeschichten zu, mit denen uns in der frühesten Jugend unsere Wärterinnen überschütteten.«

»Nein«, rief Dagobert lebhaft, »nein, gnädige Frau! Nie würden jene Geschichten, die uns als Kinder doch die allerliebsten waren, so tief und ewig in unserer Seele widerhallen, wenn nicht die widertönenden Saiten in unserm eignen Innern lägen. Nicht wegzuleugnen ist die geheimnisvolle Geisterwelt, die uns umgibt, und die oft in seltsamen Klängen, ja in wunderbaren Visionen sich uns offenbart. Die Schauer der Furcht, des Entsetzens mögen nur herrühren von dem Drange des irdischen Organismus. Es ist das Weh des eingekerkerten Geistes, das sich darin ausspricht.« »Sie sind«, sprach die Obristin, »ein Geisterseher wie alle Menschen von reger Fantasie. Gehe ich aber auch wirklich ein in Ihre Ideen, glaube ich wirklich, daß es einer unbekannten Geisterwelt erlaubt sei, in vernehmbaren Tönen, ja in Visionen sich uns zu offenbaren, so sehe ich doch nicht ein, warum die Natur die Vasallen jenes geheimnisvollen Reichs so feindselig uns gegenübergestellt haben sollte, daß sie nur Grauen, zerstörendes Entsetzen über uns zu bringen vermögen.« »Vielleicht«, fuhr Dagobert fort, »vielleicht liegt darin die Strafe der Mutter, deren Pflege, deren Zucht wir entartete Kinder entflohen. Ich meine, daß in jener goldnen Zeit, als unser Geschlecht noch im innigsten Einklange mit der ganzen Natur lebte, kein Grauen, kein Entsetzen uns verstörte, eben weil es in dem tiefsten Frieden, in der seligsten Harmonie alles Seins keinen Feind gab, der dergleichen über uns bringen konnte. Ich sprach von seltsamen Geisterstimmen, aber wie kommt es denn, daß alle Naturlaute, deren Ursprung wir genau anzugeben wissen, uns wie der schneidendste Jammer tönen und unsere Brust mit dem tiefsten Entsetzen erfüllen? – Der merkwürdigste jener Naturtöne ist die Luftmusik oder sogenannte Teufelsstimme auf Ceylon und in den benachbarten Ländern, deren Schubert in seinen Ansichten von der Nachtseite der Naturwissenschaft gedenkt. Diese Naturstimme läßt sich in stillen heitern Nächten, den Tönen einer tiefklagenden Menschenstimme ähnlich, bald wie aus weiter – weiter Ferne daherschwebend, bald ganz in der Nähe schallend, vernehmen. Sie äußert eine solche tiefe Wirkung auf das menschliche Gemüt, daß die ruhigsten, verständigsten Beobachter sich eben des tiefsten Entsetzens nicht erwehren können.« »So ist es«, unterbrach hier Moritz den Freund, »so ist es in der Tat. Nie war ich auf Ceylon, noch in den benachbarten Ländern, und doch hörte ich jenen entsetzlichen Naturlaut, und nicht ich allein, jeder, der ihn vernahm, fühlte die Wirkung, wie sie Dagobert beschrieben.« »So wirst du«, erwiderte Dagobert, »mich recht erfreuen und am besten die Frau Obristin überzeugen, wenn du erzählst, wie sich alles begeben.«

»Sie wissen«, begann Moritz, »daß ich in Spanien unter Wellington wider die Franzosen focht. Mit einer Abteilung spanischer und englischer Kavallerie biwakierte ich vor der Schlacht bei Viktoria zur Nachtzeit auf offenem Felde. Ich war von dem Marsch am gestrigen Tage, bis zum Tode ermüdet, fest eingeschlafen, da weckte mich ein schneidender Jammerlaut. Ich fuhr auf, ich glaubte nichts anders, als daß sich dicht neben mir ein Verwundeter gelagert, dessen Todesseufzer ich vernommen, doch schnarchten die Kameraden um mich her, und nichts ließ sich weiter hören. Die ersten Strahlen des Frührots brachen durch die dicke Finsternis, ich stand auf und schritt über die Schläfer wegsteigend weiter vor, um vielleicht den Verwundeten oder Sterbenden zu finden. Es war eine stille Nacht, nur leise, leise fing sich der Morgenwind an zu regen und das Laub zu schütteln. Da ging zum zweitenmal ein langer Klagelaut durch die Lüfte und verhallte dumpf in tiefer Ferne. Es war, als schwängen sich die Geister der Erschlagenen von den Schlachtfeldern empor und riefen ihr entsetzliches Weh durch des Himmels weiten Raum. Meine Brust erbebte, mich erfaßte ein tiefes namenloses Grauen. – Was war aller Jammer, den ich jemals aus menschlicher Kehle ertönen gehört, gegen diesen herzzerschneidenden Laut! Die Kameraden rappelten sich nun auf aus dem Schlafe. Zum drittenmal erfüllte stärker und gräßlicher der Jammerlaut die Lüfte. Wir erstarrten im tiefsten Entsetzen, selbst die Pferde wurden unruhig und schnaubten und stampften. Mehrere von den Spaniern sanken auf die Knie nieder und beteten laut. Ein englischer Offizier versicherte, daß er dies Phänomen, das sich in der Atmosphäre erzeuge, und elektrischen Ursprungs sei, schon öfters in südlichen Gegenden bemerkt habe, und daß wahrscheinlich die Witterung sich ändern werde. Die Spanier, zum Glauben an das Wunderbare geneigt, hörten die gewaltigen Geisterstimmen überirdischer Wesen, die das Ungeheure verkündeten, das sich nun begeben werde. Sie fanden ihren Glauben bestätigt, als folgenden Tages die Schlacht mit all ihren Schrecken daherdonnerte.«

»Dürfen wir«, sprach Dagobert, »dürfen wir denn nach Ceylon gehen oder nach Spanien, um die wunderbaren Klagetöne der Natur zu vernehmen? Kann uns das dumpfe Geheul des Sturmwinds, das Geprassel des herabstürzenden Hagels, das Ächzen und Krächzen der Windfahnen nicht ebensogut wie jener Ton mit tiefem Grausen erfüllen? – Ei! gönnen wir doch nur ein geneigtes Ohr der tollen Musik, die hundert abscheuliche Stimmen hier im Kamin aborgeln, oder horchen wir doch nur was weniges auf das gespenstische Liedlein, das eben jetzt die Teemaschine zu singen beginnt!«

»O herrlich!« rief die Obristin, »o überaus herrlich! – Sogar in der Teemaschine bannt unser Dagobert Gespenster, die sich uns in grausigen Klagelauten offenbaren sollen!« »Ganz unrecht«, nahm Angelika das Wort, »ganz unrecht, liebe Mutter, hat unser Freund doch nicht. Das wunderliche Pfeifen und Knattern und Zischen im Kamin könnte mir wirklich Schauer erregen, und das Liedchen, was die Teemaschine so tiefklagend absingt, ist mir so unheimlich, daß ich nur gleich die Lampe auslöschen will, damit es schnell ende.«

Angelika stand auf, ihr entfiel das Tuch, Moritz bückte sich schnell darnach und überreichte es dem Fräulein. Sie ließ den seelenvollen Blick ihrer Himmelsaugen auf ihn ruhen, er ergriff ihre Hand und drückte sie mit Inbrunst an die Lippen.

In demselben Augenblick zitterte Marguerite, wie berührt von einem elektrischen Schlag, heftig zusammen, und ließ das Glas Punsch, das sie soeben eingeschenkt und Dagobert darreichen wollte, auf den Boden fallen, daß es in tausend Stücke zerklirrte. Laut schluchzend warf sie sich der Obristin zu Füßen, nannte sich ein dummes ungeschicktes Ding, und bat sie, zu vergönnen, daß sie sich in ihr Zimmer entferne. Alles was eben jetzt erzählt worden, habe ihr, unerachtet sie es keineswegs ganz verstanden, innerlichen Schauer erregt; ihre Angst hier am Kamin sei unbeschreiblich, sie fühle sich krank, sie wolle sich ins Bett legen. – Und dabei küßte sie der Obristin die Hände, und benetzte sie mit den heißen Tränen, die ihr aus den Augen stürzten.

Dagobert fühlte das Peinliche des ganzen Auftritts und

die Notwendigkeit, der Sache einen andern Schwung zu geben. Auch er stürzte plötzlich der Obristin zu Füßen und flehte mit der weinerlichsten Stimme, die ihm nur zu Gebote stand, um Gnade für die Verbecherin, die sich unterfangen, das köstlichste Getränk zu verschütten, das je eines Rechtsgelehrten Zunge genetzt und sein frostiges Herz erwärmt. Was den Punschfleck auf dem gebohnten Fußboden betreffe, so schwöre er morgenden Tages sich Wachsbürsten unter die Füße zu schrauben und in den göttlichsten Touren, die jemals in eines Hoftanzmeisters Kopf und Beine gekommen, eine ganze Stunde hindurch den Saal zu durchrutschen.

Die Obristin, die erst sehr finster Marguerite angeblickt, erheiterte sich bei Dagoberts klugem Beginnen. Sie reichte lachend beiden die Hände und sprach: »Steht auf, und trocknet eure Tränen, ihr habt Gnade gefunden vor meinem strengen Richterstuhl! – Du, Marguerite, hast es allein deinem geschickten Anwalt und seiner heroischen Aufopferung rücksichts des Punschflecks zu verdanken, daß ich dein ungeheures Verbrechen nicht schwer ahnde. Aber ganz erlassen kann ich dir die Strafe nicht. Ich befehle daher, daß du ohne an Kränkelei zu denken, fein im Saal bleibest, unsern Gästen fleißiger als bisher Punsch einschenkest, vor allen Dingen aber deinem Retter zum Zeichen der innigsten Dankbarkeit einen Kuß gibst!«

»So bleibt die Tugend nicht unbelohnt«, rief Dagobert mit komischem Pathos, indem er Margueritens Hand ergriff. »Glauben Sie«, sprach er dann, »glauben Sie nur, Holde! daß es noch auf der Erde heroische Juriskonsulten gibt, die sich rücksichtslos aufopfern für Unschuld und Recht! – Doch! – geben wir nun unserer strengen Richterin nach – vollziehen wir ihr Urteil, von dem keine Appellation möglich.« Damit drückte er einen flüchtigen Kuß auf Margueritens Lippen, und führte sie sehr feierlich auf den Platz zurück, den sie vorher eingenommen. Marguerite über und über rot, lachte laut auf, indem ihr noch die hellen Tränen in den Augen standen. »Alberne Törin«, rief sie auf französisch, »alberne Törin, die ich bin! – muß ich denn nicht alles tun, was die Frau Obristin befiehlt? Ich werde ruhig sein, ich werde Punsch einschenken und von Gespenstern sprechen hören, ohne mich zu fürchten.« »Bravo«, nahm Dagobert das Wort, »bravo englisches Kind, mein Heroismus hat dich begeistert, und mich die Süßigkeit deiner holden Lippen! – Meine Fantasie ist neu beschwingt und ich fühle mich aufgelegt, das Schauerlichste aus dem *regno di pianto* aufzutischen zu unserer Ergötzlichkeit.« »Ich dächte«, sprach die Obristin, »ich dächte, wir schwiegen von dem fatalen unheimlichen Zeuge.« »Bitte«, fiel ihr Angelika ins Wort, »bitte, liebe Mutter, lassen Sie unsern Freund Dagobert gewähren. Gestehen will ich's nur, daß ich recht kindisch bin, daß ich nichts lieber hören mag, als hübsche Spukgeschichten, die so recht durch alle Glieder frösteln.« »O wie mich das freut«, rief Dagobert, »o wie mich das freut! Nichts ist liebenswürdiger bei jungen Mädchen, als wenn sie recht graulich sind, und ich möchte um alles in der Welt keine Frau heiraten, die sich nicht vor Gespenstern recht tüchtig ängstigt.« »Du behauptest«, sprach Moritz, »du behauptest, lieber Freund Dagobert, vorhin, daß man sich vor jedem träumerischen Schauer, als dem ersten Anfall der Gespensterfurcht, wohl hüten müsse, und bist uns die nähere Erklärung weshalb? noch schuldig.« »Es bleibt«, erwiderte Dagobert, »sind nur die Umstände darnach, niemals bei jenen angenehmen träumerischen Schauern, die der erste Anfall herbeiführt. Ihnen folgt bald Todesangst, haarsträubendes Entsetzen und so scheint jenes angenehme Gefühl nur die Verlockung zu sein, mit der uns die unheimliche Geisterwelt bestrickt. Wir sprachen erst von uns erklärlichen Naturtönen und ihrer gräßlichen Wirkung auf unsere Sinne. Zuweilen vernehmen wir aber seltsamere Laute, deren Ursache uns durchaus unerforschlich ist, und die in uns ein tiefes Grauen erregen. Alle beschwichtigende Gedanken, daß irgendein verstecktes Tier, die Zugluft oder sonst etwas jenen Ton auf ganz natürliche Art hervorbringen könne, hilft durchaus nichts. Jeder hat es wohl erfahren, daß in der Nacht das kleinste Geräusch, was in abgemessenen Pausen wiederkehrt, allen Schlaf verjagt, und die innerliche Angst steigert und steigert bis zur Verstörtheit aller Sinne. – Vor einiger Zeit stieg ich auf der Reise in einem Gasthof ab, dessen Wirt mir ein hohes, freundliches Zimmer einräumte. Mitten in der Nacht erwachte ich plötzlich aus dem Schlafe. Der Mond warf seine hellen Strahlen durch die unverhüllten Fenster, so daß ich alle Möbeln, auch den kleinsten Gegenstand im Zimmer deutlich erkennen konnte. Da gab es einen Ton, wie wenn ein Regentropfen hinabfiele in ein metallnes Becken. Ich horchte auf! – In abgemessenen Pausen kehrte der Ton wieder. Mein Hund, der sich unter dem Bette gelagert, kroch hervor und schnupperte winselnd und ächzend im Zimmer umher und kratzte bald an den Wänden, bald an dem Boden. Ich fühlte, wie Eisströme mich durchglitten, wie kalte Schweißtropfen auf meiner Stirne hervortröpfelten. Doch, mich mit Gewalt ermannend, rief ich erst laut, sprang dann aus dem Bette und schritt vor bis in die Mitte des Zimmers. Da fiel der Tropfe dicht vor mir, ja wie durch mein Inneres nieder in das Metall, das in gellendem Laut erdröhnte. Übermannt von dem tiefsten Entsetzen taumelte ich nach dem Bett, und barg mich halb ohnmächtig unter der Decke. Da war es, als wenn der immer noch in gemessenen Pausen zurückkehrende Ton leiser umd immer leiser hallend in den Lüften verschwebe. Ich fiel in tiefen Schlaf, aus dem ich erst am hellen Morgen erwachte, der Hund hatte sich dicht an mich geschmiegt, und sprang erst, als ich mich aufrichtete, herab vom Bette lustig blaffend, als sei auch ihm jetzt erst alle Angst entnommen. Mir kam der Gedanke, daß vielleicht *mir* nur die ganz natürliche Ursache jenes wunderbaren Klangs verborgen geblieben sein könne, und ich erzählte dem Wirt mein wichtiges Abenteuer, dessen Grausen ich in allen Gliedern fühlte. Er werde, schloß ich, gewiß mir alles erklären können und habe unrecht getan, mich nicht darauf vorzubereiten. Der Wirt erblaßte, und bat mich um des Himmels willen, doch niemanden mitzuteilen, was sich in jenem Zimmer begeben, da er sonst Gefahr laufe, seine Nahrung zu verlieren. Mehrere Reisende, erzählte er, hätten schon vormals über jenen Ton, den sie in mondhellen Nächten vernommen, geklagt. Er habe alles auf das genaueste untersucht, ja selbst die Dielen in diesem Zimmer und den anstoßenden Zimmern aufreißen lassen, so wie in der Nachbarschaft emsig nachgeforscht, ohne auch im mindesten der Ursache jenes grauenvollen Klangs auf die Spur kommen zu können. Schon seit beinahe Jahresfrist sei es still geblieben, und er habe geglaubt, von dem bösen Spuk befreit zu sein, der nun, wie er zu seinem großen Schrecken vernehmen müsse, sein unheimliches Wesen aufs neue treibe. Unter keiner Bedingung werde er mehr irgendeinen Gast in jenem verrufenen Zimmer beherbergen!«

»Ach«, sprach Angelika, indem sie sich wie im Fieberfrost schüttelte, »das ist schauerlich, das ist sehr schauerlich, nein ich wäre gestorben, wenn mir dergleichen begegnet. Oft ist es mir aber schon geschehen, daß ich aus dem Schlaf plötzlich erwachend eine unbeschreibliche innere Angst empfand, als habe ich irgend etwas Entsetzliches erfahren. Und doch hatte ich auch nicht die leiseste Ahnung davon, ja nicht einmal die Erinnerung irgendeines fürchterlichen Traumes, vielmehr war es mir, als erwache ich aus einem völlig bewußtlosen todähnlichen Zustande.«

»Diese Erscheinung kenne ich wohl«, fuhr Dagobert fort.

»Vielleicht deutet gerade das auf die Macht fremder psychischer Einflüsse, denen wir uns willkürlos hingeben müssen. So wie die Somnambule sich durchaus nicht ihres somnambulen Zustandes erinnert und dessen, was sich in demselben mit ihr begeben, so kann vielleicht jene grauenhafte Angst, deren Ursache uns verborgen bleibt, der Nachhall irgendeines gewaltigen Zaubers sein, der uns uns selbst entrückte.«

»Ich erinnere mich«, sprach Angelika, »noch sehr lebhaft, wie ich, es mögen wohl vier Jahre her sein, in der Nacht meines vierzehnten Geburtstages in einem solchen Zustande erwachte, dessen Grauen mich einige Tage hindurch lähmte. Vergebens rang ich aber darnach, mich auf den Traum zu besinnen, der mich so entsetzt hatte. Deutlich bin ich mir bewußt, daß ich eben auch im Traum jenen schrecklichen Traum diesem, jenem, vor allem aber meiner guten Mutter öfters erzählt habe, aber nur, daß ich jenen Traum erzählt hatte, ohne mich auf seinen Inhalt besinnen zu können, war mir beim Erwachen erinnerlich.« »Dieses wunderbare psychische Phänomen«, erwiderte Dagobert, »hängt genau mit dem magnetischen Prinzip zusammen.« »Immer ärger«, rief die Obristin, »immer ärger wird es mit unserm Gespräch, wir verlieren uns in Dinge, an die nur zu denken mir unerträglich ist. Ich fordere Sie auf, Moritz, sogleich etwas recht Lustiges, Tolles zu erzählen, damit es nur mit den unheimlichen Spukgeschichten einmal ende.«

»Wie gern«, sprach Moritz, »wie gern will ich mich Ihrem Befehl, Frau Obristin, fügen, wenn es mir erlaubt ist, nur noch einer einzigen schauerlichen Begebenheit zu gedenken, die mir schon lange auf den Lippen schwebt. Sie erfüllt in diesem Augenblick mein Inneres so ganz und gar, daß es ein vergebliches Mühen sein würde, von andern heitern Dingen zu sprechen.«

»So entladen Sie sich denn«, erwiderte die Obristin, »alles

Schauerlichen, von dem Sie nun einmal befangen. Mein Mann muß bald heimkehren, und dann will ich in der Tat recht gern irgendein Gefecht noch einmal mit euch durchkämpfen, oder mit verliebtem Enthusiasmus von schönen Pferden sprechen hören, um nur aus der Spannung zu kommen, in die mich das spukhafte Zeug versetzt, wie ich nicht leugnen mag.«

»In dem letzten Feldzuge«, begann Moritz, »machte ich die Bekanntschaft eines russischen Obristlieutenants, Livländers von Geburt, kaum dreißig Jahre alt, die, da der Zufall es wollte, daß wir längere Zeit hindurch vereint dem Feinde gegenüberstanden, sehr bald zur engsten Freundschaft wurde. *Bogislav*, so war der Obristlieutenant mit Vornamen geheißen, hatte alle Eigenschaften, um sich überall die höchste Achtung, die innigste Liebe zu erwerben. Er war von hoher, edler Gestalt, geistreichem, männlich schönem Antlitz, seltner Ausbildung, die Gutmütigkeit selbst, und dabei tapfer wie ein Löwe. Er konnte vorzüglich bei der Flasche sehr heiter sein, aber oft übermannte ihn plötzlich der Gedanke an irgend etwas Entsetzliches, das ihm begegnet sein mußte, und das die Spuren des tiefsten Grams auf seinem Gesicht zurückgelassen hatte. Er wurde dann still, verließ die Gesellschaft und streifte einsam umher. Im Felde pflegte er nachts rastlos von Vorposten zu Vorposten zu reiten, nur nach der erschöpfendsten Anstrengung überließ er sich dem Schlaf. Kam nun noch hinzu, daß er oft ohne dringende Not sich der drohendsten Gefahr aussetzte, und den Tod in der Schlacht zu suchen schien, der ihn floh, da im härtsten Handgemenge ihn keine Kugel, kein Schwertstreich traf, so war es wohl gewiß, daß irgendein unersetzlicher Verlust, ja wohl gar eine rasche Tat sein Leben verstört hatte.

Wir nahmen auf französischem Gebiet ein befestigtes Schloß mit Sturm, und harrten dort ein paar Tage, um den erschöpften Truppen Erholung zu gönnen. Die Zimmer, in denen sich Bogislav einquartiert hatte, lagen nur ein paar Schritte von dem meinigen entfernt. In der Nacht weckte mich ein leises Pochen an meine Stubentüre. Ich forschte, man rief meinen Namen, ich erkannte Bogislavs Stimme, stand auf und öffnete. Da stand Bogislav vor mir im Nachtgewande, den Leuchter mit der brennenden Kerze in der Hand, entstellt – bleich wie der Tod – bebend an allen Gliedern – keines Wortes mächtig! – ›Um des Himmels willen – was ist geschehen – was ist dir, mein teuerster Bogislav!‹ So rief ich, führte den Ohnmächtigen zum Lehnstuhl, schenkte ihm zwei – drei – Gläser von dem starken Wein ein, der gerade auf dem Tische stand, hielt seine Hand in der meinigen fest, sprach tröstende Worte, wie ich nur konnte, ohne die Ursache seines entsetzlichen Zustandes zu wissen.

Bogislav erholte sich nach und nach, seufzte tief auf und begann mit leiser, hohler Stimme: ›Nein! – Nein! – Ich werde wahnsinnig, faßt mich nicht der Tod, dem ich mich sehnend in die Arme werfe! – Dir, mein treuer Moritz, vertraue ich mein entsetzliches Geheimnis. – Ich sagte dir schon, daß ich mich vor mehreren Jahren in Neapel befand. Dort sah ich die Tochter eines der angesehensten Häuser und kam in glühende Liebe. Das Engelsbild gab sich mir ganz hin, und von den Eltern begünstigt wurde der Bund geschlossen, von dem ich alle Seligkeit des Himmels hoffte. Schon war der Hochzeitstag bestimmt, da erschien ein sizilianischer Graf, und drängte sich zwischen uns mit eifrigen Bewerbungen um meine Braut. Ich stellte ihn zur Rede, er verhöhnte mich. Wir schlugen uns, ich stieß ihm den Degen durch den Leib. Nun eilte ich zu meiner Braut. Ich fand sie in Tränen gebadet, sie nannte mich den verruchten Mörder ihres Geliebten, stieß mich von sich mit allen Zeichen des Abscheus, schrie auf in trostlosem Jammer, sank ohnmächtig nieder

wie vom giftigen Skorpion berührt, als ich ihre Hand faßte! – Wer schildert mein Entsetzen! Den Eltern war die Sinnesänderung ihrer Tochter ganz unerklärlich. Nie hatte sie den Bewerbungen des Grafen Gehör gegeben. Der Vater versteckte mich in seinem Palast, und sorgte mit großmütigem Eifer dafür, daß ich unentdeckt Neapel verlassen konnte. Von allen Furien gepeitscht, floh ich in einem Strich fort bis nach Petersburg! – Nicht die Untreue meiner Geliebten, nein! – ein furchtbares Geheimnis ist es, das mein Leben verstört! – Seit jenem unglücklichen Tage in Neapel verfolgt mich das Grauen, das Entsetzen der Hölle! – Oft bei Tage, doch öfter zur Nachtzeit vernehme ich bald aus der Ferne, bald dicht neben mir ein tiefes Todesächzen. Es ist die Stimme des getöteten Grafen, die mein Innerstes mit dem tiefsten Grausen durchbebt. Durch den stärksten Kanonendonner, durch das prasselnde Musketenfeuer der Bataillone, vernehme ich dicht vor meinen Ohren den gräßlichen Jammerton, und alle Wut, alle Verzweiflung des Wahnsinns erwacht in meinem Busen! – Eben in dieser Nacht‹ – Bogislav hielt inne und mich, wie ihn, faßte das Entsetzen, denn ein lang ausgehaltener herzzerschneidender Jammerton ließ sich, wie vom Gange herkommend, vernehmen. Dann war es, als raffe sich jemand ächzend und stöhnend mühsam vom Boden empor, und nahe sich schweren, unsichern Trittes. Da erhob sich Bogislav plötzlich von aller Kraft beseelt vom Lehnstuhl und rief, wilde Glut in den Augen, mit donnernder Stimme: ›Erscheine mir, Verruchter! wenn du es vermagst – ich nehm es auf mit dir und mit allen Geistern der Hölle, die dir zu Gebote stehn – ‹ Nun geschah ein gewaltiger Schlag.« –

In dem Augenblick sprang die Türe des Saals auf mit dröhnendem Gerassel.

Sowie Ottmar diese Worte las, sprang auch die Türe des Gartensaals wirklich dröhnend auf und die Freunde erblickten eine dunkle verhüllte Gestalt, die sich langsam mit unhörbaren Geisterschritten nahte. Alle starrten etwas entsetzt hin, jedem stockte der Atem.

»Ist es recht«, schrie endlich Lothar, als der volle Schein der Lichter der Gestalt ins Gesicht fiel und den Freund Cyprianus erkennen ließ, »ist es recht, ehrbare Leute foppen zu wollen mit schnöder Geisterspielerei? – Doch ich weiß es, Cyprian, du begnügst dich nicht mit Geistern und allerlei seltsamen Visionen und tollem Spuk zu hantieren, du möchtest selbst gern manchmal ein Spuk, ein Gespenst sein. Aber sage, wo kamst du so plötzlich her, wie hast du uns hier auffinden können?« »Ja! das sage, das sage!« wiederholten Ottmar und Lothar.

»Ich komme«, begann Cyprian, »heute von meiner Reise zurück, ich laufe zu Theodor, zu Lothar, zu Ottmar, keinen treffe ich an! In vollem Unmut renne ich heraus ins Freie und der Zufall will, daß ich, nach der Stadt zurückkehrend, den Weg einschlage, der bei dem Gartenhause dicht vorbeiführt. Es ist mir, als höre ich eine wohlbekannte Stimme, ich gucke durchs Fenster und erblicke meine würdigen Serapions-Brüder und höre meinen Ottmar den unheimlichen Gast vorlesen.«

»Wie«, unterbrach Ottmar den Freund, »wie, du kennst schon meine Geschichte?«

»Du vergissest«, fuhr Cyprian fort, »daß du die Ingredienzien zu dieser Erzählung von mir selbst empfingest. Ich bin es, der dich mit der Teufelsstimme, mit der Luftmusik bekannt machte, der dir sogar die Idee der Erscheinung des unheimlichen Gastes gab, und ich bin begierig, wie du mein Thema ausgeführt hast. Übrigens werdet ihr finden, daß, als Ottmar die Türe des Saals aufspringen ließ, ich notwendig ein Gleiches tun und euch erscheinen mußte.«

»Doch«, nahm Theodor das Wort, »doch gewiß nicht als unheimlicher Gast, sondern als treuer Serapions-Bruder, der, unerachtet er mich, wie ich gern gestehen will, nicht wenig erschreckt hat, mir tausendmal willkommen sein soll.«

»Und wenn«, sprach Lothar, »er durchaus heute ein Geist sein will, so soll er wenigstens nicht zu den unruhigen Geistern gehören, sondern sich niederlassen Tee trinkend, ohne zu sehr mit der Tasse zu klappern, dem Freunde Ottmar zuhorchen, auf dessen Geschichte ich um so begieriger bin, da er diesmal ein ihm gegebenes fremdes Thema bearbeitet hat.«

Auf Theodor, der von seiner Krankheit her noch sehr reizbar, hatte der Scherz des Freundes in der Tat mehr gewirkt als dienlich. Er war totenbleich und man gewahrte, daß er sich einige Gewalt antun mußte, um heiter zu scheinen. – Cyprian bemerkte dies und war nun über das, was er begonnen, nicht wenig betreten. »In der Tat«, sprach er, »ich dachte nicht daran, daß mein teurer Freund kaum von einer bösen Krankheit erstanden. Ich handelte gegen meinen eignen Grundsatz, welcher total verbietet, dergleichen Scherz zu treiben, da es sich oft schon begeben, daß der fürchterliche Ernst der Geisterwelt eingriff in diesen Scherz und das Entsetzliche gebar. Ich erinnere mich zum Beispiel – «

»Halt, halt«, rief Lothar, »ich leide durchaus keine längere Unterbrechung. Cyprian steht im Begriff, uns nach seiner gewöhnlichen Weise zu entführen in seinen einheimischen schwarzen Zauberwald. Ich bitte dich, Ottmar, fahre fort.«

Ottmar las weiter:

Hinein trat ein Mann von Kopf bis zu Fuß schwarz gekleidet, bleichen Antlitzes, ernsten, festen Blickes. Er nahte sich mit dem edelsten Anstande der vornehmen Welt der

Obristin, und bat in gewählten Ausdrücken um Verzeihung, daß er früher geladen, so spät komme, ein Besuch, den er nicht loswerden können, habe ihn zu seinem Verdruß aufgehalten. – Die Obristin, nicht fähig, sich von dem jähen Schreck zu erholen, stammelte einige unvernehmliche Worte, die ungefähr andeuten sollten, der Fremde möge Platz nehmen. Er rückte einen Stuhl dicht neben der Obristin, Angelika gegenüber, hin, setzte sich, ließ seinen Blick den Kreis durchlaufen. Keiner vermochte, wie gelähmt, ein Wort hervorzubringen. Da begann der Fremde: doppelt müsse er sich entschuldigen, einmal daß er in so später Stunde, und dann daß er mit so vielem Ungestüm eingetreten sei. Nicht seine Schuld sei aber auch das letzte, da nicht *er*, sondern der Diener, den er auf dem Vorsaal getroffen, die Türe so heftig aufgestoßen. Die Obristin, mit Mühe das unheimliche Gefühl, von dem sie ergriffen, bekämpfend, fragte, wen sie bei sich zu sehen das Vergnügen habe. Der Fremde schien die Frage zu überhören auf Margueriten achtend, die, in ihrem ganzen Wesen plötzlich verändert, laut auflachte, dicht an den Fremden hinantänzelte, und immerfort kichernd auf französisch erzählte, daß man sich eben in den schönsten Spukgeschichten erlustigt, und daß nach dem Willen des Herrn Rittmeisters eben ein böses Gespenst erscheinen sollen, als er, der Fremde, hineingetreten. Die Obristin, das Unschickliche fühlend, den Fremden, der sich als eingeladen angekündigt, nach Stand und Namen zu fragen, mehr aber noch von seiner Gegenwart beängstigt, wiederholte nicht ihre Frage, verwies Margueriten nicht ein Betragen, das beinahe den Anstand verletzte. Der Fremde machte Margueritens Geschwätz ein Ende, indem er sich zur Obristin, dann zu den übrigen wendend von irgendeiner gleichgültigen Begebenheit zu sprechen begann, die sich gerade am Orte zugetragen. Die Obristin antwortete, Dagobert versuchte sich ins Gespräch zu mischen, das endlich in einzelnen abgebrochenen Reden mühsam fortschlich. Und dazwischen trillerte Marguerite einzelne Couplets französischer Chansons und figurierte, als besönne sie sich auf die neuesten Touren einer Gavotte, während die andern sich nicht zu regen vermochten. Jeder fühlte seine Brust beengt, jeden drückte wie eine Gewitterschwüle die Gegenwart des Fremden, jedem erstarb das Wort auf den Lippen, wenn er in das todbleiche Antlitz des unheimlichen Gastes schaute. Und doch hatte dieser in Ton und Gebärde durchaus nichts Ungewöhnliches, vielmehr zeigte sein ganzes Betragen den vielerfahrenen gebildeten Weltmann. Der fremde scharfe Akzent, mit dem er deutsch und französisch sprach, ließ mit Recht schließen, daß er weder ein Deutscher, noch ein Franzose sein konnte.

Auf atmete die Obristin, als endlich Reuter vor dem Hause hielten, und die Stimme des Obristen sich vernehmen ließ.

Bald darauf trat der Obrist in den Saal. Sowie er den Fremden erblickte, eilte er auf ihn zu und rief: »Herzlich willkommen in meinem Hause, lieber Graf! – Auf das herzlichste willkommen.« Dann sich zur Obristin wendend: »Graf S–i, ein teurer, treuer Freund, den ich mir im tiefen Norden erwarb, und im Süden wiederfand.«

Die Obristin, der nun erst alle Bangigkeit entnommen, versicherte dem Grafen mit anmutigem Lächeln, nur der Schuld ihres Mannes, der unterlassen, sie auf seinen Besuch vorzubereiten, habe er es beizumessen, wenn er vielleicht etwas seltsam und gar nicht auf die Weise, wie es dem vertrauten Freunde gebühre, empfangen worden. Dann erzählte sie dem Obristen, wie den ganzen Abend über von nichts anderm, als von Spukereien und unheimlichem Wesen die Rede gewesen sei, wie Moritz eine schauerliche Geschichte erzählt, die ihm und einem seiner Freunde begegnet, wie eben in dem Augenblick, als Moritz gesprochen:

»Nun geschah ein entsetzlicher Schlag«, die Türe des Saals aufgesprungen und der Graf eingetreten sei.

»Allerliebst!« rief der Obrist laut lachend, »allerliebst, man hat Sie, lieber Graf, für ein Gespenst gehalten! In der Tat mir scheint, als wenn meine Angelika noch einige Spuren des Schrecks im Gesicht trüge, als wenn der Rittmeister sich noch nicht ganz von den Schauern seiner Geschichte erholen könnte, ja als wenn sogar Dagobert seine Munterkeit verloren. Sagen Sie, Graf! ist es nicht arg, Sie für einen Spuk, für einen schnöden Revenant zu nehmen?«

»Sollte ich«, erwiderte der Graf mit seltsamem Blick, »sollte ich vielleicht etwas Gespenstisches an mir tragen? – Man spricht ja jetzt viel von Menschen, die auf andere vermöge eines besondern psychischen Zaubers einzuwirken vermögen, daß ihnen ganz unheimlich zumute werden soll. Vielleicht bin ich gar solchen Zaubers mächtig.«

»Sie scherzen, lieber Graf«, nahm die Obristin das Wort, »aber wahr ist es, daß man jetzt wieder Jagd macht auf die wunderlichsten Geheimnisse.«

»So wie«, erwiderte der Graf, »so wie man überhaupt wieder an Ammenmärchen und wunderlichen Einbildungen kränkelt. Ein jeder hüte sich vor dieser sonderbaren Epidemie. – Doch ich unterbrach den Herrn Rittmeister bei dem spannendsten Punkt seiner Erzählung und bitte ihn, da niemand von seinen Zuhörern den Schluß – die Auflösung gern missen würde, fortzufahren.«

Dem Rittmeister war der fremde Graf nicht nur unheimlich, sondern recht im Grunde der Seele zuwider. Er fand in seinen Worten, zumal da er recht fatal dabei lächelte, etwas Verhöhnendes und erwiderte mit flammendem Blick und scharfem Ton, daß er befürchten müsse, durch sein Ammenmärchen die Heiterkeit, die der Graf in den düster gestimmten Zirkel gebracht, zu verstören, er wolle daher lieber schweigen.

Der Graf schien nicht sonderlich des Rittmeisters Worte zu beachten. Mit der goldenen Dose, die er zur Hand genommen, spielend, wandte er sich an den Obristen mit der Frage, ob die aufgeweckte Dame nicht eine geborne Französin sei?

Er meinte Margueriten, die immerfort trällernd im Saal herumhüpfte. Der Obrist trat an sie heran und fragte halblaut, ob sie wahnsinnig geworden? Marguerite schlich erschrocken an den Teetisch, und setzte sich still hin.

Der Graf nahm nun das Wort und erzählte auf anziehende Weise von diesem, jenem, was sich in kurzer Zeit begeben. – Dagobert vermochte kaum ein Wort herauszubringen. Moritz stand da über und über rot, mit blitzenden Augen, wie das Zeichen zum Angriff erwartend. Angelika schien ganz in die weibliche Arbeit vertieft, die sie begonnen, sie schlug kein Auge auf! – Man schied in vollem Mißmut auseinander.

»Du bist ein glücklicher Mensch«, rief Dagobert, als er sich mit Moritz allein befand, »zweifle nicht länger, daß Angelika dich innig liebt. Tief habe ich es heute in ihren Blicken erschaut, daß sie ganz und gar in Liebe ist zu dir. Aber der Teufel ist immer geschäftig und säet sein giftiges Unkraut unter den schön blühenden Weizen. Marguerite ist entbrannt in toller Leidenschaft. Sie liebt dich mit allem wütenden Schmerz, wie er nur ein brünstiges Gemüt zerreißen kann. Ihr heutiges wahnsinniges Beginnen war der nicht niederzukämpfende Ausbruch der rasendsten Eifersucht. Als Angelika das Tuch fallen ließ, als du es ihr reichtest, als du ihre Hand küßtest, kamen die Furien der Hölle über die arme Marguerite. Und daran bist du schuld. Du bemühtest dich sonst mit aller möglichen Galanterie um die bildhübsche Französin. Ich weiß, daß du immer nur Angelika meintest, daß alle Huldigungen, die du an Margueriten verschwendetest, nur ihr galten, aber die falsch gerichteten Blitze trafen und zündeten. – Nun ist das Unheil da und ich weiß in der Tat nicht, wie das Ding enden soll ohne schrecklichen Tumult und gräßlichen Wirrwarr!«

»Geh doch nur«, erwiderte der Rittmeister, »geh doch nur mit Margueriten. Liebt mich Angelika wirklich – ach! woran ich wohl noch zweifle – so bin ich glücklich und selig, und frage nichts nach allen Margueriten in der Welt mitsamt ihrer Tollheit! Aber eine andere Furcht ist in mein Gemüt gekommen! Dieser fremde unheimliche Graf, der wie ein dunkles düstres Geheimnis eintrat, der uns alle verstörte, scheint er nicht sich recht feindlich zwischen uns zu stellen? – Es ist mir, als träte aus dem tiefsten Hintergrunde eine Erinnerung – fast möcht ich sagen – ein Traum hervor, der mir diesen Grafen darstellt unter grauenvollen Umständen! Es ist mir, als müsse da, wo er sich hinwendet, irgendein entsetzliches Unheil von ihm beschworen aus dunkler Nacht vernichtend hervorblitzen. – Hast du wohl bemerkt, wie oft sein Blick auf Angelika ruhte, und wie dann ein fahles Rot seine bleichen Wangen färbte, und schnell wieder verschwand? Auf meine Liebe hat es der Unhold abgesehen, darum klangen die Worte, die er an mich richtete, so höhnend, aber ich stelle mich ihm entgegen auf den Tod!«

Dagobert nannte den Grafen einen gespenstischen Patron, dem man aber keck unter die Augen treten müsse, doch vielleicht sei auch, meinte er, viel weniger dahinter, als man glaube und alles unheimliche Gefühl nur der besondern Spannung zuzuschreiben, in der man sich befand, als der Graf eintrat. »Laß uns«, so schloß Dagobert, »allem verstörenden Wesen mit festem Gemüt, mit unwandelbarem Vertrauen auf das Leben begegnen. Keine finstere Macht wird das Haupt beugen, was sich kräftig und mit heiterm Mut emporhebt!« –

Längere Zeit war vergangen. Der Graf hatte sich, immer öfter und öfter das Haus des Obristen besuchend, beinahe unentbehrlich gemacht. Man war darüber einig, daß der Vorwurf des unheimlichen Wesens auf die zurückfalle, die ihm diesen Vorwurf gemacht. »Konnte«, sprach die Obristin, »konnte der Graf nicht mit Recht uns selbst mit unsern blassen Gesichtern, mit unserm seltsamen Betragen unheimliche Leute nennen?« – Der Graf entwickelte in jedem Gespräch einen Schatz der reichhaltigsten Kenntnisse, und sprach er, Italiener von Geburt, zwar im fremden Akzent, so war er doch des geübtesten Vortrags vollkommen mächtig. Seine Erzählungen rissen in lebendigem Feuer unwiderstehlich hin, so daß selbst Moritz und Dagobert, so feindlich sie gegen den Fremden gesinnt, wenn er sprach und über sein blasses, aber schön geformtes ausdrucksvolles Gesicht ein anmutiges Lächeln flog, allen Groll vergaßen, und wie Angelika, wie alle übrige, an seinen Lippen hingen.

Des Obristen Freundschaft mit dem Grafen war auf eine Weise entstanden, die diesen als den edelmütigsten Mann darstellte. Im tiefen Norden führte beide der Zufall zusammen, und hier half der Graf dem Obristen auf die uneigennützigste Weise aus einer Verlegenheit, die was Geld und Gut, ja was den guten Ruf und die Ehre betrifft, die verdrüßlichsten Folgen hätte haben können. Der Obrist, tief fühlend was er dem Grafen verdankte, hing an ihm mit ganzer Seele.

»Es ist«, sprach der Obrist eines Tages zu der Obristin, als sie sich eben allein befanden, »es ist nun an der Zeit, daß ich dir sage, was es mit dem Hiersein des Grafen für eine tiefere Bewandtnis hat. – Du weißt, daß wir, ich und der Graf in P., wo ich mich vor vier Jahren befand, uns immer enger und enger aneinander geschlossen, so daß wir zuletzt zusammen in aneinanderstoßenden Zimmern wohnten. Da geschah es, daß der Graf mich einst an einem frühen Morgen besuchte, und auf meinem Schreibtisch das kleine Miniaturbild Angelikas gewahrte, das ich mitgenommen. Sowie er es schärfer anblickte, geriet er auf seltsame Weise außer aller Fassung. Nicht vermögend, mir zu antworten, starrte er es an, er konnte den Blick nicht mehr davon abwenden, er rief begeistert aus: Nie habe er ein schöneres, herrlicheres Weib gesehen, nie habe er gefühlt, was Liebe sei, die erst jetzt tief in seinem Herzen in lichten Flammen aufgelodert. Ich scherzte über die wunderbare Wirkung des Bildes, ich nannte den Grafen einen neuen Kalaf und wünschte ihm Glück, daß meine gute Angelika wenigstens keine Turandot sei. Endlich gab ich ihm nicht undeutlich zu verstehen, daß in seinen Jahren, da er, wenn auch nicht gerade im Alter vorgerückt, doch kein Jüngling mehr zu nennen, mich diese romantische Art, sich urplötzlich in ein Bild zu verlieben, ein wenig befremde. Nun schwor er aber mit Heftigkeit, ja mit allen Zeichen des leidenschaftlichen Wahnsinns, wie er seiner Nation eigen, daß er Angelika unaussprechlich liebe und daß ich, solle er nicht in den tiefsten Abgrund der Verzweiflung stürzen, ihm erlauben müsse, sich um Angelikas Liebe, um ihre Hand zu bewerben. Deshalb ist nun der Graf hieher und in unser Haus gekommen. Er glaubt der Zuneigung Angelikas gewiß zu sein, und hat gestern seine Bewerbung förmlich bei mir angebracht. Was hältst du von der Sache?«

Die Obristin wußte selbst nicht, warum des Obristen letzte Worte sie wie ein jäher Schreck durchbebten. »Um des Himmels willen«, rief sie, »der fremde Graf unsere Angelika?«

»Fremd«, erwiderte der Obrist mit verdüsterter Stirn, »der Graf *fremd*, dem ich Ehre, Freiheit, ja vielleicht das Leben selbst verdanke? – Ich gestehe ein, daß er im hohen Mannesalter, vielleicht rücksichts der Jahre, nicht ganz für unser blutjunges Täubchen paßt, aber er ist ein edler Mensch, und dabei reich – sehr reich –«

»Und ohne Angelika zu fragen?« fiel ihm die Obristin ins

Wort, »und ohne Angelika zu fragen, die vielleicht gar nicht solche Neigung zu ihm hegt, als er sich in verliebter Torheit einbildet.«

»Habe ich«, rief der Obrist, indem er vom Stuhle aufsprang, und sich mit glühenden Augen vor die Obristin hinstellte, »habe ich dir jemals Anlaß gegeben, zu glauben, daß ich, ein toller, tyrannischer Vater, mein liebes Kind auf schnöde Weise verkuppeln könnte? – Aber mit euren romanhaften Empfindeleien und euren Zartheiten bleibt mir vom Halse. Es ist gar nichts Überschwengliches, das tausend fantastische Dinge voraussetzt, wenn sich ein Paar heiratet! – Angelika ist ganz Ohr, wenn der Graf spricht, sie blickt ihn an mit der freundlichsten Güte, sie errötet, wenn er die Hand, die sie gern in der seinigen läßt, an die Lippen drückt. So spricht sich bei einem unbefangenen Mädchen die Zuneigung aus, die den Mann wahrhaft beglückt. Es bedarf keiner romanesker Liebe, die manchmal auf recht verstörende Weise in euren Köpfen spukt!«

»Ich glaube«, nahm die Obristin das Wort, »ich glaube, daß Angelikas Herz nicht mehr so frei ist, als sie vielleicht noch selbst wähnen mag.«

»Was?« – rief der Obrist erzürnt, und wollte eben heftig losbrechen, in dem Augenblick ging die Türe auf, und Angelika trat ein mit dem holdseligsten Himmelslächeln der unbefangensten Unschuld.

Der Obrist, plötzlich von allem Unmut, von allem Zorn verlassen, ging auf sie zu, küßte sie auf die Stirn, faßte ihre Hand, führte sie in den Sessel, setzte sich traulich hin dicht neben das liebe süße Kind. Nun sprach er von dem Grafen, rühmte seine edle Gestalt, seinen Verstand, seine Sinnesart, und fragte dann, ob Angelika ihn wohl leiden möge? Angelika erwiderte, daß der Graf anfangs ihr gar fremd und unheimlich erschienen sei, daß sie dies Gefühl aber ganz überwunden und ihn jetzt recht gern sähe!

»Nun«, rief der Obrist voller Freude, »nun, dem Himmel sei es gedankt, so mußt es kommen zu meinem Trost, zu meinem Heil! – Graf S–i, der edle Mann liebt dich, mein holdes Kind, aus dem tiefsten Grunde seiner Seele, er bewirbt sich um deine Hand, du wirst sie ihm nicht verweigern –« kaum sprach aber der Obrist diese Worte, als Angelika mit einem tiefen Seufzer wie ohnmächtig zurücksank. Die Obristin faßte sie in ihre Arme, indem sie einen bedeutenden Blick auf den Obristen warf, der verstummt das arme todbleiche Kind anstarrte. – Angelika erholte sich, ein Tränenstrom stürzte ihr aus den Augen, sie rief mit herzzerschneidender Stimme: »Der Graf – der schreckliche Graf! – Nein, nein – nimmermehr!«

Mit aller Sanftmut fragte der Obrist ein Mal über das andere, warum in aller Welt der Graf ihr so schrecklich sei? Da gestand Angelika, in dem Augenblick, als der Obrist es ausgesprochen, daß der Graf sie liebe, sei ihr mit vollem Leben der fürchterliche Traum in die Seele gekommen, den sie vor vier Jahren in der Nacht ihres vierzehnten Geburtstages geträumt und aus dem sie in entsetzlicher Todesangst erwacht, ohne sich auf seine Bilder auch nur im mindesten besinnen zu können. »Es war mir«, sprach Angelika, »als durchwandle ich einen sehr anmutigen Garten, in dem fremdartige Büsche und Blumen standen. Plötzlich stand ich vor einem wunderbaren Baum mit dunklen Blättern und großen, seltsam duftenden Blüten beinahe dem Holunder ähnlich. Der rauschte mit seinen Zweigen so lieblich, und winkte mir zu, wie mich einladend in seine Schatten. Von unsichtbarer Kraft unwiderstehlich hingezogen, sank ich hin auf die Rasen unter dem Baume. Da war es, als gingen seltsame Klagelaute durch die Lüfte und berührten, wie Windeshauch, den Baum, der in bangen Seufzern aufstöhnte. Mich befing ein unbeschreibliches Weh, ein tiefes Mitleid regte sich in meiner Brust, selbst wußte ich nicht weshalb. Da fuhr plötzlich ein brennender Strahl in mein Herz, wie es zerspaltend! – Der Schrei, den ich ausstoßen wollte, konnte sich nicht der, mit namenloser Angst belasteten Brust entwinden, er wurde zum dumpfen Schmerz. Der Strahl, der mein Herz durchbohrt, war aber der Blick eines menschlichen Augenpaars, das mich aus dem dunklen Gebüsch anstarrte. In dem Augenblick standen die Augen dicht vor mir, und eine schneeweiße Hand wurde sichtbar, die Kreise um mich her beschrieb. Und immer enger und enger wurden die Kreise und umspannen mich mit Feuerfaden, daß ich zuletzt in dem dichten Gespinst mich nicht regen und bewegen konnte. Und dabei war es, als erfasse nun der furchtbare Blick der entsetzlichen Augen mein innerstes Wesen und bemächtige sich meines ganzen Seins; der Gedanke, an dem es nur noch, wie an einer schwachen Faser, hing, war mir marternde Todesangst. Der Baum neigte seine Blüten tief zu mir herab und aus ihnen sprach die liebliche Stimme eines Jünglings: ›Angelika, ich rette dich – ich rette dich!‹ – Aber –«

Angelika wurde unterbrochen; man meldete den Rittmeister von R., der den Obristen in Geschäften sprechen wollte. Sowie Angelika des Rittmeisters Namen nennen hörte, rief sie, indem ihr aufs neue die Tränen aus den Augen strömten, mit dem Ausdruck des schneidendsten Wehs, mit der Stimme, die nur aus der vom tiefsten Liebesschmerz wunden Brust stöhnt: »Moritz – ach Moritz!«

Der Rittmeister hatte eintretend diese Worte gehört. Er erblickte Angelika, in Tränen gebadet, die Arme nach ihm ausstreckend. Wie außer sich stieß er das Kaskett vom Haupte, daß es klirrend zu Boden fiel, stürzte Angelika zu Füßen, faßte sie, als sie von Wonne und Schmerz übermannt niedersank, in seine Arme, drückte sie mit Inbrunst an seine Brust. – Der Obrist betrachtete sprachlos vor Erstaunen die Gruppe. »Ich habe geahnet«, lispelte die Obristin leise,

»ich habe es geahnet, daß sie sich lieben, aber ich wußte kein Wort davon.«

»Rittmeister von R.«, fuhr nun der Obrist zornig heraus, »was haben Sie mit meiner Tochter?«

Moritz, schnell zu sich selbst kommend, ließ die halbtote Angelika sanft in den Lehnstuhl nieder, dann raffte er das Kaskett vom Boden auf, trat glutrot im Antlitz mit niedergesenktem Blick vor den Obristen hin, und versicherte auf Ehre, daß er Angelika unaussprechlich, aus der Tiefe seines Herzens liebe, daß aber auch bis zu diesem Augenblick nicht das leiseste Wort, das einem Geständnisse seines Gefühls gleiche, über seine Lippen gekommen sei. Nur zu sehr habe er gezweifelt, daß Angelika sein Gefühl erwidern könne. Erst dieser Moment, dessen Anlaß er nicht zu ahnen vermöge, habe ihm alle Seligkeit des Himmels erschlossen, und er hoffe nicht von dem edelmütigsten Mann, von dem zärtlichsten Vater zurückgestoßen zu werden, wenn er ihn anflehe, einen Bund zu segnen, den die reinste, innigste Liebe geschlossen.

Der Obrist maß den Rittmeister, maß Angelika mit finstern Blicken, dann schritt er, die Arme übereinandergeschlagen, im Zimmer schweigend auf und ab, wie einer, der ringt, irgendeinen Entschluß zu fassen. Er blieb stehen vor der Obristin, die Angelika in die Arme genommen und ihr tröstend zuredete. »Was für einen Bezug«, sprach er dumpf mit zurückgehaltenem Zorn, »was für einen Bezug hat dein alberner Traum auf den Grafen?«

Da warf sich Angelika ihm zu Füßen, küßte seine Hände, benetzte sie mit Tränen, sprach mit halb erstickter Stimme: »Ach mein Vater! – mein geliebtester Vater, jene entsetzlichen Augen, die mein Innerstes erfaßten, es waren die Augen des Grafen, *seine* gespenstische Hand umwob mich mit dem Feuergespinst! – Aber die tröstende Jünglingsstimme, die mir zurief aus den duftenden Blüten des wunderbaren Baums – das war Moritz – mein Moritz!« – »*Dein* Moritz?« rief der Obrist, indem er sich rasch umwandte, so daß Angelika beinahe zu Boden gestürzt. Dann sprach er dumpf vor sich hin: »Also kindischen Einbildungen, verstohlner Liebe wird der weise Beschluß des Vaters, die Bewerbung eines edlen Mannes geopfert!« – Wie zuvor schritt er nun schweigend im Zimmer auf und ab. Endlich zu Moritz: »Rittmeister von R., Sie wissen, wie hoch ich Sie achte, keinen liebern Eidam, als eben Sie, hätte ich mir gewünscht, aber ich gab mein Wort dem Grafen von S–i, dem ich verpflichtet bin, wie es nur ein Mensch sein kann dem andern. Doch glauben Sie ja nicht, daß ich den eigensinnigen tyrannischen Vater spielen werde. Ich eile hin zum Grafen, ich entdecke ihm alles. Ihre Liebe wird mir eine blutige Fehde, vielleicht das Leben kosten, doch es sei nun einmal so – ich gebe mich! – Erwarten Sie hier meine Zurückkunft!«

Der Rittmeister versicherte mit Begeisterung, daß er lieber hundertmal in den Tod gehen, als dulden werde, daß der Obrist sich auch nur der mindesten Gefahr aussetze. Ohne ihm zu antworten, eilte der Obrist von dannen.

Kaum hatte der Obrist das Zimmer verlassen, als die Liebenden im Übermaß des Entzückens sich in die Arme fielen, und sich ewige unwandelbare Treue schworen. Dann versicherte Angelika, erst in dem Augenblick, als der Obrist sie mit der Bewerbung des Grafen bekannt gemacht, habe sie es in der tiefsten Seele gefühlt, wie unaussprechlich sie Moritz liebe, und daß sie lieber sterben, als eines andern Gattin werden könne. Es sei ihr gewesen, als wisse sie ja längst, daß auch Moritz sie ebensosehr liebe. Nun erinnerten sich beide jedes Augenblicks, in dem sie ihre Liebe verraten, und waren entzückt, alles Widerspruchs, alles Zorns des Obristen vergessend, und jauchzten wie frohe selige Kinder. Die Obristin, die die aufkeimende Liebe längst bemerkt und mit vollem Herzen Angelikas Neigung billigte, gab tief gerührt ihr Wort, ihrerseits alles aufzubieten, daß der Obrist abstehe von einer Verbindung, die sie, selbst wisse sie nicht warum, verabscheue.

Es mochte eine Stunde vergangen sein, als die Türe aufging, und, zum Erstaunen aller, der Graf S–i eintrat. Ihm folgte der Obrist mit leuchtenden Blicken. Der Graf näherte sich Angeliken, ergriff ihre Hand, blickte sie mit bitterm schmerzlichem Lächeln an. Angelika bebte zusammen und murmelte kaum hörbar einer Ohnmacht nahe: »Ach – diese Augen!«

»Sie verblassen«, begann nun der Graf, »Sie verblassen, mein Fräulein, wie damals, als ich zum erstenmal in diesen Kreis trat. – Bin ich Ihnen denn wirklich ein grauenhaftes Gespenst? – Nein! – entsetzen Sie sich nicht, Angelika! fürchten Sie nichts von einem harmlosen Mann, der Sie mit allem Feuer, mit aller Inbrunst des Jünglings liebte, der nicht wußte, daß Sie Ihr Herz verschenkt, der töricht genug war, sich um Ihre Hand zu bewerben. – Nein! – selbst das Wort des Vaters gibt mir nicht das kleinste Recht auf eine Seligkeit, die *Sie* nur zu spenden vermögen. Sie sind frei, mein Fräulein! – Selbst mein Anblick soll Sie nicht mehr an die trüben Augenblicke erinnern, die ich Ihnen bereitet. Bald, vielleicht morgen schon kehre ich zurück in mein Vaterland!« – »Moritz – mein Moritz«, rief Angelika im Jubel der höchsten Wonne, und warf sich dem Geliebten an die Brust. Durch alle Glieder zuckte es dem Grafen, seine Augen glühten auf in ungewöhnlichem Feuer, seine Lippen bebten, er stieß einen leisen unartikulierten Laut aus. Sich schnell zur Obristin mit einer gleichgültigen Frage wendend, gelang es ihm, sein aufwallendes Gefühl niederzukämpfen.

Aber der Obrist rief ein Mal über das andere: »Welch ein Edelmut! – welch hoher Sinn! wer gleicht diesem herrlichen Mann! – meinem Herzensfreunde immerdar!« – Dann drückte er den Rittmeister, Angelika, die Obristin an sein Herz, und versicherte lachend, er wolle nun von dem garstigen Komplott, das sie im Augenblick gegen ihn geschmiedet, nichts weiter wissen, und hoffe übrigens, daß Angelika fürder nicht mehr Leid erfahren werde von gespenstischen Augen.

Es war hoher Mittag geworden, der Obrist lud den Rittmeister, den Grafen ein, das Mahl bei ihm einzunehmen. Man schickte nach Dagobert, der sich bald in voller Freude und Fröhlichkeit einstellte.

Als man sich zu Tische setzen wollte, fehlte Marguerite. Es hieß, daß sie sich in ihr Zimmer eingeschlossen und erklärt habe, sie fühle sich krank und sei unfähig in der Gesellschaft zu erscheinen. »Ich weiß nicht«, sprach die Obristin, »was sich mit Margueriten seit einiger Zeit begibt, sie ist voll der eigensinnigsten Launen, sie weint und lacht ohne Ursache, ja voller seltsamer Einbildung kann sie es oft bis zum Unerträglichen treiben.« »Dein Glück«, lispelte Dagobert dem Rittmeister leise ins Ohr, »dein Glück ist Margueritens Tod!« »Geisterseher«, erwiderte der Rittmeister ebenso leise, »Geisterseher, störe mir nicht meinen Frieden.«

Nie war der Obrist froher gewesen, nie hatte auch die Obristin, manchmal wohl um ihr liebes Kind besorgt und nun dieser Sorge entnommen, sich so in tiefer Seele glücklich gefühlt. Kam nun noch hinzu, daß Dagobert in heller Fröhlichkeit schwelgte, daß der Graf, den Schmerz der ihm geschlagenen Wunde vergessend, das vollste Leben seines vielgewandten Geistes herausstrahlen ließ, so konnte es nicht fehlen, daß alle sich um das selige Paar schlossen, wie ein heitrer, herrlich blühender Kranz.

Die Dämmerung war eingebrochen, der edelste Wein perlte in den Gläsern, man trank jubelnd und jauchzend auf das Wohl des Brautpaars. Da ging die Türe des Vorsaals leise

auf und hinein schwankte Marguerite, im weißen Nacht-
kleide, mit herabhängenden Haaren, bleich, entstellt wie
der Tod. »Marguerite, was für Streiche«, rief der Obrist, doch
ohne auf ihn zu achten, schritt Marguerite langsam gerade
los auf den Rittmeister, legte ihre eiskalte Hand auf seine
Brust, drückte einen leisen Kuß auf seine Stirn, murmelte
dumpf und hohl: »Der Kuß der Sterbenden bringt Heil dem
frohen Bräutigam!« und sank hin auf den Boden.

»Da haben wir das Unheil«, sprach Dagobert leise zu dem
Grafen, »die Törin ist verliebt in den Rittmeister.« »Ich weiß
es«, erwiderte der Graf, »wahrscheinlich hat sie die Narrheit
so weit getrieben, Gift zu nehmen.« »Um Gottes willen!«
schrie Dagobert entsetzt, sprang auf und eilte hin zu dem
Lehnsessel, in den man die Arme hineingetragen. Angelika
und die Obristin waren um sie beschäftigt, sie besprengend,
ihr die Stirn reibend mit geistigen Wassern. Als Dagobert
hinzutrat, schlug sie gerade die Augen auf. Die Obristin
sprach: »Ruhig, mein liebes Kind, du bist krank, es wird
vorübergehen!« Da erwiderte Marguerite mit dumpfer hohler Stimme: »Ja! bald ist es vorüber – ich habe Gift!« –
Angelika, die Obristin schrien laut auf, der Obrist rief wild:
»Tausend Teufel, die Wahnsinnige! – Man renne nach dem
Arzt – fort! den ersten besten, der aufzutreiben ist, hergebracht zur Stelle!« – Die Bedienten, Dagobert selbst wollten
forteilen. – »Halt!« – rief der Graf, der bisher ruhig geblieben
war, und mit Behaglichkeit den mit seinem Lieblingswein,
dem feurigen Syrakuser, gefüllten Pokal geleert hatte, »halt!
– Hat Marguerite Gift genommen, so bedarf es keines Arz-
tes, denn ich bin in diesem Fall der beste, den es geben kann.
Man lasse mich gewähren.« Er trat zu Marguerite, die in
tiefer Ohnmacht lag und nur zuweilen krampfhaft zuckte.
Er bückte sich über sie hin, man bemerkte, daß er ein kleines
Futteral aus der Tasche zog, etwas heraus und zwischen die
Finger nahm, und leise hinstrich über Margueritens Nacken

und Herzgrube. Dann sprach der Graf, indem er von ihr abließ, zu den übrigen: »Sie hat Opium genommen, doch ist sie zu retten durch besondere Mittel, die mir zu Gebote stehen.« Marguerite wurde auf des Grafen Geheiß in ihr Zimmer heraufgebracht, er blieb allein bei ihr. – Die Kammerfrau der Obristin hatte indessen in Margueritens Gemach das Fläschchen gefunden, in dem die Opiumtropfen, die der Obristin vor einiger Zeit verschrieben, enthalten waren, und das die Unglückliche ganz geleert hatte.

»Der Graf«, sprach Dagobert mit etwas ironischem Ton, »der Graf ist wahrhaftig ein Wundermann. Er hat alles erraten. Wie er Margueriten nur erschaute, wußte er gleich, daß sie Gift genommen, und dann erkannte er gar von welcher Sorte und Farbe.«

Nach einer halben Stunde trat der Graf in den Saal und versicherte, daß alle Gefahr für Margueritens Leben vorüber sei. Mit einem Seitenblick auf Moritz setzte er hinzu, daß er auch hoffe, den Grund des Übels aus ihrem Innern wegzubannen. Er wünsche, daß die Kammerfrau bei Margueriten wache, er selbst werde die Nacht über in dem anstoßenden Zimmer bleiben, um so bei jedem Zufall, der sich noch etwa ereignen sollte, gleich bei der Hand sein zu können. Zu dieser ärztlichen Hülfe wünschte er sich aber noch durch ein paar Gläser edlen Weins zu stärken.

Damit setzte er sich zu den Männern an den Tisch, während Angelika und die Obristin im Innersten ergriffen von dem Vorgang sich entfernten.

Der Obrist ärgerte sich über den verfluchten Narrenstreich, wie er Margueritens Beginnen nannte. Moritz, Dagobert fühlten sich auf unheimliche Weise verstört. Je verstimmter aber diese waren, desto mehr ließ der Graf eine Lustigkeit ausströmen, die man sonst gar nicht an ihm bemerkt hatte, und die in der Tat etwas Grauenhaftes in sich trug.

»Dieser Graf«, sprach Dagobert zu seinem Freunde, als sie nach Hause gingen, »bleibt mir unheimlich auf seltsame Weise. Es ist, als wenn es irgendeine geheimnisvolle Bewandtnis mit ihm habe.«

»Ach!« erwiderte Moritz, »zentnerschwer liegt es mir auf der Brust – die finstre Ahnung irgendeines Unheils, das meiner Liebe droht, erfüllt mein Innres!«

Noch in derselben Nacht wurde der Obrist durch einen Kurier aus der Residenz geweckt. Andern Morgens trat er etwas bleich zur Obristin: »Wir werden«, sprach er mit erzwungener Ruhe, »wir werden abermals getrennt, mein liebes Kind! – Der Krieg beginnt nach kurzer Ruhe von neuem. In der Nacht erhielt ich die Ordre. Sobald als es nur möglich ist, vielleicht schon in künftiger Nacht, breche ich auf mit dem Regiment.« Die Obristin erschrak heftig, sie brach in Tränen aus. Der Obrist sprach tröstend, daß er überzeugt sei, wie dieser Feldzug ebenso glorreich enden werde, als der frühere, daß der frohe Mut im Herzen ihn an kein Unheil denken lasse, das ihm widerfahren könne. »Du magst«, setzte er dann hinzu, »du magst indessen, bis wir den Feind aufs neue gedemütigt und der Friede geschlossen, mit Angelika auf unsere Güter gehen. Ich gebe euch einen Begleiter mit, der euch alle Einsamkeit, alle Abgeschiedenheit eures Aufenthalts vergessen lassen wird. Der Graf S–i geht mit euch!« – »Wie«, rief die Obristin, »um des Himmels willen! Der Graf soll mit uns gehen? Der verschmähte Bräutigam? – der ränkesüchtige Italiener, der tief im Innersten seinen Groll zu verschließen weiß, um ihn bei der besten Gelegenheit mit aller Macht ausströmen zu lassen? Dieser Graf, der mir in seinem ganzen Wesen, selbst weiß ich nicht warum, seit gestern wieder aufs neue widerwärtiger geworden ist, als jemals!« – »Nein«, fiel der Obrist ihr ins Wort, »nein, es ist nicht auszuhalten mit den Einbildungen, mit den tollen Träumen der Weiber! – Sie begreifen nicht die

Seelengröße eines Mannes vom festem Sinn! – Der Graf ist die ganze Nacht, so wie er sich vorgesetzt, in dem Nebenzimmer bei Margueriten geblieben. Er war der erste, dem ich die Nachricht brachte vom neuen Feldzuge. Seine Rückkehr ins Vaterland ist nun kaum möglich. Er war darüber betreten. Ich bot ihm den Aufenthalt auf meinen Gütern an. Nach vieler Weigerung entschloß er sich dazu und gab mir sein Ehrenwort, alles aufzubieten, euch zu beschirmen, euch die Zeit der Trennung zu verkürzen, wie es nur in seiner Macht stehe. Du weißt, was ich dem Grafen schuldig, meine Güter sind ihm jetzt eine Freistatt, darf ich *die* versagen?« – Die Obristin konnte – durfte hierauf nichts mehr erwidern. – Der Obrist hielt Wort. Schon in der folgenden Nacht wurde zum Aufbruch geblasen, und aller namenloser Schmerz und herzzerschneidende Jammer der Trennung kam über die Liebenden.

Wenige Tage darauf, als Marguerite völlig genesen, reiste die Obristin mit ihr und Angelika nach den Gütern. Der Graf folgte mit mehrerer Dienerschaft.

Mit der schonendsten Zartheit ließ sich der Graf in der ersten Zeit nur bei den Frauen sehen, wenn sie es ausdrücklich wünschten, sonst blieb er in seinem Zimmer, oder machte einsame Spaziergänge.

Der Feldzug schien erst dem Feinde günstig zu sein, bald wurden aber glorreiche Siege erfochten. Da war nun der Graf immer der erste, der die Siegesbotschaften erhielt, ja der die genauesten Nachrichten über die Schicksale des Regiments hatte, das der Obrist führte. In den blutigsten Kämpfen hatte weder den Obristen, noch den Rittmeister eine Kugel, ein Schwertstreich getroffen; die sichersten Briefe aus dem Hauptquartier bestätigten das.

So erschien der Graf bei den Frauen immer wie ein Himmelsbote des Sieges und des Glücks. Dazu kam, daß sein ganzes Betragen die innigste reinste Zuneigung aussprach, die er für Angelika hegte, daß er sich wie der zärtlichste, um ihr Glück besorgteste Vater zeigte. Beide, die Obristin und Angelika, mußten sich gestehen, daß der Obrist wohl den bewährten Freund richtig beurteilt hatte, und daß jenes Vorurteil gegen ihn die lächerlichste Einbildung gewesen. Auch Marguerite schien von ihrer törichten Leidenschaft geheilt, sie war wieder ganz die muntere gesprächige Französin.

Ein Brief des Obristen an die Obristin, dem ein Brief vom Rittmeister an Angelika beilag, verscheuchte den letzten Rest der Besorgnis. Die Hauptstadt des Feindes war genommen, der Waffenstillstand geschlossen.

Angelika schwamm in Wonne und Seligkeit, und immer war es der Graf, der mit hinreißender Lebendigkeit von den kühnen Waffentaten des braven Moritz, von dem Glück sprach, das der holden Braut entgegenblühe. Dann ergriff er Angelikas Hand, und drückte sie an seine Brust und fragte, ob er ihr denn noch so verhaßt sei, als ehemals? Vor Scham hoch errötend, Tränen im Auge versicherte Angelika, sie armes Kind habe ja niemals gehaßt, aber zu innig, zu sehr mit ganzer Seele ihren Moritz geliebt, um sich nicht vor jeder andern Bewerbung zu entsetzen. Sehr ernst und feierlich sprach dann der Graf: »Sieh mich an, Angelika, für deinen treuen väterlichen Freund«, und hauchte einen leisen Kuß auf ihre Stirne, welches sie, ein frommes Kind, gern litt, da es ihr war, als sei es ihr Vater selbst, der sie auf diese Weise zu küssen pflegte.

Man konnte beinahe hoffen, der Obrist werde wenigstens auf kurze Zeit in das Vaterland zurückkehren, als ein Brief von ihm anlangte, der das Gräßlichste enthielt. Der Rittmeister war, als er mit seinem Reitknecht ein Dorf passierte, von bewaffneten Bauern angefallen worden, die ihn an der Seite des braven Reuters, dem es gelang sich durchzuschlagen, niederschossen und fortschleppten. – So wurde die

Freude, die das ganze Haus beseelte, plötzlich in Entsetzen, in tiefes Leid, in trostlosen Jammer verkehrt.

Das ganze Haus des Obristen war in geräuschvoller Bewegung. Treppauf, treppab liefen die in reicher Staatsliverei geputzten Diener, rasselnd fuhren die Wagen auf den Schloßhof mit den geladenen Gästen, die der Obrist, die neuen Ehrenzeichen auf der Brust, die ihm der letzte Feldzug erworben, feierlich empfing.

Oben im einsamen Zimmer saß Angelika bräutlich geschmückt in der vollendetsten Schönheit üppiger Jugendblüte prangend, neben ihr die Obristin.

»Du hast«, sprach die Obristin, »du hast, mein liebes Kind, in voller Freiheit den Grafen S—i zu deinem Gatten gewählt. So sehr ehemals dein Vater diese Verbindung wünschte, so wenig hat er jetzt nach dem Tode des unglücklichen Moritz darauf bestanden. Ja, es ist mir jetzt, als teile er mit mir dasselbe schmerzliche Gefühl, das ich dir nicht verhehlen darf. – Es bleibt mir unbegreiflich, daß du so bald deinen Moritz vergessen konntest. – Die entscheidendste Stunde naht. – Du gibst deine Hand dem Grafen – prüfe wohl dein Herz – noch ist es Zeit! – Möge nie das Andenken an den Vergessenen wie ein finstrer Schatten dein heitres Leben vertrüben!«

»Niemals!« rief Angelika, indem Tränen wie Tautropfen in ihren Augen perlten, »niemals werde ich meinen Moritz vergessen, ach niemals mehr lieben, wie ich ihn geliebt. Das Gefühl, was ich für den Grafen hege, mag wohl ein ganz anderes sein! – Ich weiß nicht, wie der Graf meine innigste Zuneigung so ganz und gar gewonnen! Nein! – ich liebe ihn nicht, ich kann ihn nicht lieben, wie ich Moritz liebte, aber es ist mir, als könne ich ohne ihn gar nicht leben, ja nur durch ihn denken – empfinden! Eine Geisterstimme sagt es mir unaufhörlich, daß ich mich ihm als Gattin anschließen muß, daß sonst es kein Leben mehr hienieden für mich gibt – Ich folge dieser Stimme, die ich für die geheimnisvolle Sprache der Vorsehung halte –«

Die Kammerfrau trat herein mit der Nachricht, daß man Margueriten, die seit dem frühen Morgen vermißt worden, noch immer nicht gefunden, doch habe der Gärtner soeben ein kleines Briefchen an die Obristin gebracht, das er von Margueriten erhalten mit der Anweisung, es abzugeben, wenn er seine Geschäfte verrichtet und die letzten Blumen nach dem Schlosse getragen.

In dem Billett, das die Obristin öffnete, stand:

Sie werden mich nie wiedersehen. – Ein düstres Verhängnis treibt mich fort aus Ihrem Hause. Ich flehe Sie an, Sie, die mir sonst eine teure Mutter waren, lassen Sie mich nicht verfolgen, mich nicht zurückbringen mit Gewalt. Der zweite Versuch, mir den Tod zu geben, würde besser gelingen als der erste. – Möge Angelika das Glück genießen, in vollen Zügen, das mir das Herz durchbohrt. Leben Sie wohl auf ewig – Vergessen Sie die unglückliche

Marguerite

»Was ist das«, rief die Obristin heftig, »was ist das? Hat es die Wahnsinnige darauf abgesehen, unsere Ruhe zu verstören? – Tritt sie immer feindselig dazwischen, wenn du die Hand reichen willst dem geliebten Gatten? – Möge sie hinziehen, die undankbare Törin, die ich wie meine Tochter gehegt und gepflegt, möge sie hinziehen, nie werd ich mich um sie kümmern.«

Angelika brach in laute Klagen aus um die verlorne Schwester, die Obristin bat sie um des Himmels willen, nicht Raum zu geben dem Andenken an eine Wahnsinnige in diesen wichtigen entscheidenden Stunden. – Die Gesellschaft war im Saal versammelt, um, da eben die bestimmte

Stunde schlug, nach der kleinen Kapelle zu ziehen, wo ein katholischer Geistlicher das Paar trauen sollte. Der Obrist führte die Braut herein, alles erstaunte über ihre Schönheit, die noch erhöht wurde durch einfache Pracht des Anzuges. Man erwartete den Grafen. Eine Viertelstunde verging nach der andern, er ließ sich nicht blicken. Der Obrist begab sich nach seinem Zimmer. Er traf auf den Kammerdiener, welcher berichtete, der Graf habe sich, nachdem er völlig angekleidet, plötzlich unwohl gefühlt und einen Gang nach dem Park gemacht, um sich in freier Luft zu erholen, ihm, dem Kammerdiener, aber zu folgen verboten.

Selbst wußte er nicht, warum ihm des Grafen Beginnen so schwer aufs Herz fiel, warum ihm der Gedanke kam, irgend etwas Entsetzliches könne dem Grafen begegnen.

Er ließ hineinsagen, der Graf würde in weniger Zeit erscheinen, und den berühmten Arzt, der sich in der Gesellschaft befand, insgeheim herausrufen. Mit diesem und dem Kammerdiener ging er nun in den Park, um den Grafen aufzusuchen. Aus der Hauptallee ausbiegend, gingen sie nach einem von dichtem Gebüsch umgebenen Platz, der, wie sich der Obrist erinnerte, der Lieblingsaufenthalt des Grafen war. Da saß der Graf ganz schwarz gekleidet, den funkelnden Ordensstern auf der Brust, mit gefalteten Händen auf einer Rasenbank, den Rücken an den Stamm eines blühenden Holunderbaums gelehnt, und starrte sie regungslos an. Sie erbebten vor dem gräßlichen Anblick, denn des Grafen hohle, düster funkelnde Augen schienen ohne Sehkraft. »Graf S–i! – was ist geschehen!« rief der Obrist, aber keine Antwort, keine Bewegung, kein leiser Atemzug! – Da sprang der Arzt hinzu, riß dem Grafen die Weste auf, die Halsbinde, den Rock herab, rieb ihm die Stirne. – Er wandte sich zum Obristen mit den dumpfen Worten: »Hier ist menschliche Hülfe nutzlos – er ist tot – der Nervenschlag hat ihn getroffen in diesem Augenblick« – der Kammerdiener brach in lauten Jammer aus. Der Obrist, mit aller Manneskraft sein tiefes Entsetzen niederkämpfend, gebot ihm Ruhe. »Wir töten Angelika auf der Stelle, wenn wir nicht mit Vorsicht handeln.« So sprach der Obrist, packte die Leiche an, trug sie auf einsamen Nebenwegen zu einem entfernten Pavillon, dessen Schlüssel er bei sich hatte, ließ sie dort unter Acht des Kammerdieners, begab sich mit dem Arzt nach dem Schlosse zurück. Von Entschluß zu Entschluß wankend, wußte er nicht, ob er der armen Angelika das Entsetzliche, was geschehen, verschweigen, ob er es wagen sollte, ihr alles mit ruhiger Fassung zu sagen.

Als er in den Saal trat, fand er alles in größter Angst und Bestürzung. Mitten im heitern Gespräch hatte Angelika plötzlich die Augen geschlossen, und war in tiefer Ohnmacht niedergesunken. Sie lag in einem Nebenzimmer auf dem Sofa. – Nicht bleich – nicht entstellt, nein höher, frischer als je blühten die Rosen ihrer Wangen, eine unbeschreibliche Anmut, ja die Verklärung des Himmels war auf ihrem ganzen Gesicht verbreitet. Sie schien von der höchsten Wonne durchdrungen. – Der Arzt, nachdem er sie lange mit gespannter Aufmerksamkeit betrachtet, versicherte, es sei hier nicht die mindeste Gefahr vorhanden, das Fräulein befinde sich, freilich auf eine unbegreifliche Weise, in einem magnetischen Zustande. Sie gewaltsam zu erwecken, getraue er sich nicht, sie werde bald von selbst erwachen.

Indessen entstand unter den Gästen ein geheimnisvolles Flüstern. Der jähe Tod des Grafen mochte auf irgendeine Weise bekannt geworden sein. Alle entfernten sich nach und nach still und düster, man hörte die Wagen fortrollen.

Die Obristin, über Angelika hingebeugt, fing jeden ihrer Atemzüge auf. Es war, als lispele sie leise Worte, die niemandem verständlich. Der Arzt litt nicht, daß man Angelika entkleide, ja daß man sie auch nur von den Handschuhen befreie, jede Berührung könne ihr schädlich sein.

Plötzlich schlug Angelika die Augen auf, fuhr in die Höhe, sprang mit dem gellenden Ruf: »Er ist da – er ist da!« – vom Sofa, rannte in voller Furie zur Türe heraus – durch den Vorsaal – die Stiegen herab – »Sie ist wahnsinnig«, schrie die Obristin entsetzt, »o Herr des Himmels, sie ist wahnsinnig!« – »Nein, nein«, tröstete der Arzt, »das ist nicht Wahnsinn, aber irgend etwas Unerhörtes mag sich begeben!« Und damit stürzte er dem Fräulein nach!

Er sah, wie Angelika durch das Tor des Schlosses auf dem breiten Landweg mit hoch emporgestreckten Armen pfeilschnell fortlief, daß das reiche Spitzengewand in den Lüften flatterte und das Haar sich losnestelte, ein Spiel der Winde.

Ein Reuter sprengte ihr entgegen, warf sich herab vom Pferde, als er sie erreicht, schloß sie in seine Arme. Zwei andere Reuter folgten, hielten und stiegen ab.

Der Obrist, der in voller Hast dem Arzte gefolgt, stand in sprachlosem Erstaunen vor der Gruppe, rieb sich die Stirne, als mühe er sich die Gedanken festzuhalten!

Moritz war es, der Angelika fest gedrückt hielt an seiner Brust; bei ihm standen Dagobert und ein junger schöner Mann in reicher russischer Generalsuniform.

»Nein«, rief Angelika ein Mal über das andere, indem sie den Geliebten umklammerte, »nein! niemals war ich dir untreu, mein geliebter, teurer Moritz!« Und Moritz: »Ach ich weiß es ja! – ich weiß es ja! Du mein holdes Engelsbild. Er hat dich verlockt durch satanische Künste!«

Und damit trug mehr, als führte er Angelika nach dem Schlosse, während die andern schweigend folgten. Erst im Tor des Schlosses seufzte der Obrist tief auf, als gewänne er nun erst seine Besinnung wieder, und rief sich mit fragenden Blicken umschauend: »Was für Erscheinungen, was für Wunder!«

»Alles wird sich aufklären«, sprach Dagobert und stellte dem Obristen den Fremden vor als den russischen General

Bogislav von S–en, des Rittmeisters vertrautesten innigsten Freund.

In den Zimmern des Schlosses angekommen, fragte Moritz, ohne der Obristin schreckhaftes Staunen zu beachten, mit wildem Blick: »Wo ist der Graf S–i?« »Bei den Toten!« erwiderte der Obrist dumpf, »vor einer Stunde traf ihn der Nervenschlag!« – Angelika bebte zusammen. »Ja«, sprach sie, »ich weiß es, in demselben Augenblick, als er starb, war es mir, als bräche in meinem Innern ein Kristall klingend zusammen – ich fiel in einen sonderbaren Zustand – ich mag wohl jenen entsetzlichen Traum fortgeträumt haben, denn als ich mich wieder besann, hatten die furchtbaren Augen keine Macht mehr über mich, das Feuergespinst zerriß – ich fühlte mich frei – Himmelsseligkeit umfing mich – ich sah Moritz – meinen Moritz – er kam – ich flog ihm entgegen!« – Und damit umklammerte sie den Geliebten, als fürchte sie, ihn aufs neue zu verlieren.

»Gelobt sei Gott«, sprach die Obristin mit zum Himmel gerichtetem Blick, »nun ist mir die Last vom Herzen genommen, die mich beinahe erdrückte, ich bin frei von der unaussprechlichen Angst, die mich überfiel in dem Augenblick, als Angelika ihre Hand dem unseligen Grafen reichen wollte. Immer war es mir, als würde mein Herzenskind mit dem Trauringe unheimlichen Mächten geweiht.«

Der General von S–en verlangte die Leiche zu sehen, man führte ihn hin. Als man die Decke, womit der Leichnam verhüllt, hinabzog und der General das zum Tode erstarrte Antlitz des Grafen schaute, bebte er zurück, indem er laut ausrief: »Er ist es! – Bei Gott im Himmel, er ist es!« – In des Rittmeisters Armen war Angelika in sanften Schlaf gesunken. Man brachte sie zur Ruhe. Der Arzt meinte, daß nichts wohltätiger über sie kommen könne, als dieser Schlaf, der die bis zur Überspanntheit gereizten Lebensgeister wieder beruhige. So entgehe sie gewiß bedrohlicher Krankheit.

Keiner von den Gästen war mehr im Schlosse. »Nun ist es«, rief der Obrist, »nun ist es einmal Zeit, die wunderbaren Geheimnisse zu lösen. Sage, Moritz, welch ein Engel des Himmels rief dich wieder ins Leben.«

»Sie wissen«, begann Moritz, »auf welche meuchelmörderische Weise ich, als schon der Waffenstillstand geschlossen, in der Gegend von S. überfallen wurde. Von einem Schuß getroffen, sank ich entseelt vom Pferde. Wie lange ich in tiefer Todesohnmacht gelegen haben mag, weiß ich nicht. Im ersten Erwachen des dunklen Bewußtseins hatte ich die Empfindung des Fahrens. Es war finstre Nacht. Mehrere Stimmen flüsterten leise um mich her. Es war Französisch, was sie sprachen. Also schwer verwundet und in der Gewalt des Feindes! – Der Gedanke faßte mich mit allen Schrecken, und ich versank abermals in tiefe Ohnmacht. Nun folgte ein Zustand, der mir nur einzelne Momente des heftigsten Kopfschmerzes als Erinnerung zurückgelassen hat. Eines Morgens erwachte ich zum hellsten Bewußtsein. Ich befand mich in einem saubern, beinahe prächtigen Bette mit seidenen Gardinen und großen Quasten und Troddeln verziert. So war auch das hohe Zimmer mit seidenen Tapeten und schwer vergoldeten Tischen und Stühlen auf altfränkische Weise ausstaffiert. Ein fremder Mensch schaute mir, ganz hingebeugt, ins Gesicht und sprang dann an eine Klingelschnur, die er stark anzog. Wenige Minuten hatte es gewährt, als die Türe aufging und zwei Männer hineintraten, von denen der bejahrtere ein altmodisch gesticktes Kleid und das Ludwigskreuz trug. Der jüngere trat auf mich zu, fühlte meinen Puls und sprach zu dem älteren auf französisch: ›Alle Gefahr ist vorüber – er ist gerettet!‹ – Nun kündigte sich mir der Ältere als den Chevalier von T. an, in dessen Schloß ich mich befände. Auf einer Reise begriffen, so erzählte er, kam er durch das Dorf gerade in dem Augenblick, als die meuchelmörderischen Bauern mich niedergestreckt hatten und mich auszuplündern im Begriff standen. Es gelang ihm, mich zu befreien. Er ließ mich auf einen Wagen packen und nach seinem Schloß, das weit entfernt aus aller Kommunikation mit den Militärstraßen lag, bringen. Hier unterzog sich sein geschickter Haus-Chirurgus mit Erfolg der schwierigen Kur meiner bedeutenden Kopfwunde. Er liebe, beschloß er, meine Nation, die ihm einst in der verworrenen bedrohlichen Zeit der Revolution Gutes erzeigt, und freue sich, daß er mir nützlich sein könne. Alles, was zu meiner Bequemlichkeit, zu meinem Trost gereichen könne, stehe mir in seinem Schloß zu Diensten, und dulden werde er unter keiner Bedingung, daß ich ihn früher verlasse, als bis alle Gefahr, die meine Wunde sowohl, als die fortdauernde Unsicherheit der Straßen herbeiführe, vorüber sei. Er bedauerte übrigens die Unmöglichkeit, meinen Freunden zur Zeit Nachricht von meinem Aufenthalt zu geben.

Der Chevalier war Witwer, seine Söhne abwesend, so daß nur er allein mit dem Chirurgus und zahlreicher Dienerschaft das Schloß bewohnte. Ermüden könnt es nur, wenn ich weitläuftig erzählen wollte, wie ich unter den Händen des grundgeschickten Chirurgus immer mehr und mehr gesundete, wie der Chevalier alles aufbot, mir das einsiedlerische Leben angenehm zu machen. Seine Unterhaltung war geistreicher und sein Blick tiefer, als man es sonst bei seiner Nation findet. Er sprach über Kunst und Wissenschaft, vermied aber so wie es nur möglich war, sich über die neuen Ereignisse auszulassen. Darf ich's denn versichern, daß mein einziger Gedanke Angelika war, daß es in meiner Seele brannte, sie in Schmerz versunken zu wissen über meinen Tod! – Ich lag dem Chevalier unaufhörlich an, Briefe von mir zu besorgen nach dem Hauptquartier. Er wies das von der Hand, indem er für die Richtigkeit der Besorgung nicht einstehen könne, zumal der neue Feldzug so gut als gewiß sei. Er vertröstete mich, daß er, sowie ich nur ganz genesen, dafür sorgen werde, mich, geschehe auch was da wolle, wohlbehalten in mein Vaterland zurückzubringen. Aus seinen Äußerungen mußt ich beinahe schließen, daß der Krieg wirklich aufs neue begonnen und zwar zum Nachteil der Verbündeten, was er mir aus Zartgefühl verschwiege.

Doch nur der Erwähnung einzelner Momente bedarf es, um die seltsamen Vermutungen zu rechtfertigen, die Dagobert in sich trägt.

Beinahe fieberfrei war ich schon, als ich auf einmal zur Nachtzeit in einen unbegreiflichen träumerischen Zustand verfiel, vor dem ich noch erbebe, unerachtet mir nur die dunkle Erinnerung daran blieb. Ich sah Angelika, aber es war, als verginge die Gestalt in zitternden Schimmer, und vergebens ränge ich darnach sie festzuhalten. Ein anderes Wesen drängte sich dazwischen und legte sich an meine Brust, und erfaßte in meinem Innersten mein Herz, und in der glühendsten Qual untergehend, wurde ich durchdrungen von einem fremden wunderbaren Wonnegefühl. – Andern Morgens fiel mein erster Blick auf ein Bild, das dem Bette gegenüber hing, und das ich dort niemals bemerkte. Ich erschrak bis in tiefster Seele, denn es war Marguerite, die mich mit ihren schwarzen, lebendigen Augen anstrahlte. Ich fragte den Bedienten, wo das Bild herkomme und wen es vorstelle? Er versicherte, es sei des Chevaliers Nichte, die Marquise von T., und das Bild habe immer da gehangen, nur sei es von mir bisher nicht bemerkt worden, weil es erst gestern vom Staube gereinigt. Der Chevalier bestätigte dies. Sowie ich nun Angelika, wachend, träumend erschauen wollte, stand Marguerite vor mir. Mein eignes Ich schien mir entfremdet, eine fremde Macht gebot über mein Sein, und in dem tiefen Entsetzen, das mich erfaßte, war es mir, als könne ich Margueriten nicht lassen. Nie vergesse ich die Qual dieses grauenhaften Zustandes.

Eines Morgens liege ich im Fenster, mich erlabend in den süßen Düften, die der Morgenwind mir zuweht; da erschallen in der Ferne Trompetenklänge. – Ich erkenne den fröhlichen Marsch russischer Reuterei, mein ganzes Herz geht mir auf in heller Lust, es ist, als wenn auf den Tönen freundliche Geister zu mir wallen und zu mir sprechen mit lieblichen tröstenden Stimmen, als wenn das wiedergewonnene Leben mir die Hände reicht, mich aufzurichten aus dem Sarge, in dem mich eine feindliche Macht verschlossen! – Mit Blitzesschnelle sprengen einzelne Reuter daher – auf den Schloßhof! – Ich schaue herab – ›Bogislav! – mein Bogislav!‹ schrie ich auf im Übermaß des höchsten Entzückens! – Der Chevalier tritt ein, bleich – verstört – von unverhoffter Einquartierung – ganz fataler Unruhe stammelnd! – Ohne auf ihn zu achten, stürze ich herab und liege meinem Bogislav in den Armen!

Zu meinem Erstaunen erfuhr ich nun, daß der Friede schon längst geschlossen und der größte Teil der Truppen in vollem Rückmarsch begriffen. Alles das hatte mir der Chevalier verschwiegen und mich auf dem Schlosse wie seinen Gefangenen gehalten. Keiner, weder ich noch Bogislav konnten irgendein Motiv dieser Handlungsweise ahnen, aber jeder fühlte dunkel, daß hier irgend Unlauteres im Spiel sein müsse. Der Chevalier war von Stund an nicht mehr derselbe, bis zur Unart mürrisch, langweilte er uns mit Eigensinn und Kleinigkeitskrämerei, ja, als ich im reinsten Gefühl der Dankbarkeit mit Enthusiasmus davon sprach, wie er mir das Leben gerettet, lächelte er recht hämisch dazwischen und gebärdete sich, wie ein launischer Grillenfänger. – Nach achtundvierzigstündiger Rast brach Bogislav auf, ich schloß mich ihm an. Wir waren froh, als wir die altväterische Burg, die mir nun vorkam, wie ein düstres unheimliches Gefängnis, im Rücken hatten. – Aber nun fahre du fort, Dagobert, denn recht eigentlich ist nun an dir

die Reihe, die seltsamen Ereignisse, die uns betroffen, fort-
zuspinnen.«

»Wie mag«, begann Dagobert, »wie mag man doch nur das
wunderbare Ahnungsvermögen bezweifeln, das tief in der
menschlichen Natur liegt. Nie habe ich an meines Freundes
Tod geglaubt. Der Geist, der in Träumen verständlich aus
dem Innern zu uns spricht, sagte es mir, daß Moritz lebe,
und daß die geheimnisvollsten Bande ihn irgendwo um-
strickt hielten. Angelikas Verbindung mit dem Grafen
zerschnitt mir das Herz. – Als ich vor einiger Zeit herkam,
als ich Angelika in einer Stimmung fand, die mir, ich gestehe
es, ein inneres Entsetzen erregte, weil ich, wie in einem
magischen Spiegel, ein fürchterliches Geheimnis zu erblik-
ken glaubte – ja! da reifte in mir der Entschluß, das fremde
Land so lange zu durchpilgern, bis ich meinen Moritz gefunden. – Kein Wort von der Seligkeit, von dem Entzücken, als
ich schon in A. auf deutschem Grund und Boden meinen
Moritz wiederfand und mit ihm den General von S–en.
Alle Furien der Hölle erwachten in meines Freundes
Brust, als er Angelikas Verbindung mit dem Grafen vernahm. Aber alle Verwünschungen, alle herzzerschneidende
Klagen, daß Angelika ihm untreu worden, schwiegen, als
ich ihm gewisse Vermutungen mitteilte, als ich ihm versicherte, daß es in seiner Macht stehe, alles Unwesen auf
einmal zu zerstören. Der General S–en bebte zusammen, als
ich den Namen des Grafen nannte, und als ich auf sein
Geheiß, sein Antlitz, seine Figur beschrieben, rief er aus: ›Ja,
kein Zweifel mehr, er ist es, er ist es selbst.‹«

»Vernehmen Sie«, unterbrach hier der General den Red-
ner, »vernehmen Sie mit Erstaunen, daß Graf S–i mir vor
mehreren Jahren in Neapel eine teure Geliebte raubte durch
satanische Künste, die ihm zu Gebote standen. Ja, in dem
Augenblick, als ich ihm den Degen durch den Leib stieß,
erfaßte sie und mich ein Höllenblendwerk, das uns auf ewig

trennte! – Längst wußte ich, daß die Wunde, die ich ihm beigebracht, nicht einmal gefährlich gewesen, daß er sich um meiner Geliebten Hand beworben, ach! – daß sie an demselben Tage, als sie getraut werden sollte, vom Nervenschlag getroffen, niedersank!«

»Gerechter Gott«, rief die Obristin, »drohte denn nicht wohl gleiches Schicksal meinem Herzenskinde? – Doch wie komme ich denn darauf, dies zu ahnen?«

»Es ist«, sprach Dagobert, »es ist die Stimme des ahnenden Geistes, Frau Obristin, die wahrhaft zu Ihnen spricht.«

»Und die gräßliche Erscheinung«, fuhr die Obristin fort, »von der uns Moritz erzählte an jenem Abende, als der Graf so unheimlich bei uns eintrat?«

»Es fiel«, nahm Moritz das Wort, »es fiel, so erzählte ich damals, ein entsetzlicher Schlag, ein eiskalter Todeshauch wehte mich an, und es war als rausche eine bleiche Gestalt in zitternden, kaum kenntlichen Umrissen durch das Zimmer. Mit aller Kraft des Geistes bezwang ich mein Entsetzen. Ich behielt die Besinnung, mein Bogislav war erstarrt zum Tode. Als er nach vielem Mühen zu sich selbst gebracht wurde vom herbeigerufenen Arzt, reichte er mir wehmütig die Hand und sprach: ›Bald – morgen schon enden meine Leiden!‹ – Es geschah, wie er vorausgesetzt, aber wie die ewige Macht des Himmels es beschlossen, auf ganz andere Weise, als er es wohl gemeint. Im dicksten wütendsten Gefecht am andern Morgen traf ihn eine matte Kartätschenkugel auf die Brust, und warf ihn vom Pferde. Die wohltätige Kugel hatte das Bild der Ungetreuen, das er noch immer auf der Brust trug, in tausend Stücken zersplittert. Leicht war die Kontusion geheilt, und seit der Zeit hat mein Bogislav niemals etwas Unheimliches verspürt, das verstörend in sein Leben getreten sein sollte.«

»So ist es«, sprach der General, »und selbst das Andenken an die verlorne Geliebte erfüllt mich nur mit dem milden

Schmerz, der dem innern Geist so wohl tut. – Doch mag unser Freund Dagobert nur erzählen, wie es sich weiter mit uns begab.«

»Wir eilten«, nahm Dagobert das Wort, »wir eilten fort von A. Heute in der frühesten Morgendämmerung trafen wir ein in dem kleinen Städtchen P., das sechs Meilen von hier entfernt. Wir gedachten einige Stunden zu rasten, und dann weiterzureisen geradesweges hieher. Wie ward uns, meinem Moritz und mir, als aus einem Zimmer des Gasthofes uns Marguerite entgegenstürzte, den Wahnsinn im bleichen Antlitz. Sie fiel dem Rittmeister zu Füßen, umschlang heulend seine Knie, nannte sich die schwärzeste Verbrecherin, die hundertmal den Tod verdient, flehte ihn an, sie auf der Stelle zu ermorden. Moritz stieß sie mit dem tiefsten Abscheu von sich und rannte fort.« – »Ja!« fiel der Rittmeister dem Freunde ins Wort, »ja, als ich Marguerite zu meinen Füßen erblickte, kamen alle Qualen jenes entsetzlichen Zustandes, den ich im Schlosse des Chevaliers erlitten, über mich und entzündeten eine nie gekannte Wut in mir. Ich war im Begriff Margueriten den Degen durch die Brust zu stoßen, als ich mich mit Gewalt bezähmend, davonrannte.«

»Ich hob«, fuhr Dagobert fort, »ich hob Margueriten von der Erde auf, ich trug sie in das Zimmer, es gelang mir, sie zu beruhigen und in abgerissenen Reden von ihr zu erfahren, was ich geahnet. Sie gab mir einen Brief, den sie von dem Grafen gestern um Mitternacht erhalten. Hier ist er!«

Dagobert zog einen Brief hervor, schlug ihn auseinander und las: – »Fliehen Sie, Marguerite! – Alles ist verloren! – Er naht der Verhaßte. Alle meine Wissenschaft reicht nicht hin gegen das dunkle Verhängnis, das mich erfaßt am höchsten Ziel meines Seins. – Marguerite! ich habe Sie in Geheimnisse eingeweiht, die das gewöhnliche Weib, das darnach strebte, vernichtet haben würde. Aber mit besonderer geistiger Kraft, mit festem starkem Willen ausgerüstet, waren Sie eine würdige Schülerin des tief erfahrnen Meisters. Sie haben mir beigestanden. Durch Sie herrschte ich über Angelikas Gemüt, über ihr ganzes inneres Wesen. Dafür wollt ich Ihnen das Glück des Lebens bereiten, wie es in Ihrer Seele lag, und betrat die geheimnisvollsten gefährlichsten Kreise, begann Operationen, vor denen ich oft mich selbst entsetzte. Umsonst! – fliehen Sie, sonst ist Ihr Untergang gewiß – Bis zum höchsten Moment trete ich kühn der feindlichen Macht entgegen. Aber ich fühl es, dieser Moment gibt mir den jähen Tod! – Ich werde einsam sterben. Sowie der Augenblick gekommen, wandre ich zu jenem wunderbaren Baum, unter dessen Schatten ich oft von den wunderbaren Geheimnissen zu Ihnen sprach, die mir zu Gebote stehen. Marguerite! – entsagen Sie für immer diesen Geheimnissen. Die Natur, die grausame Mutter, die abhold geworden den entarteten Kindern, wirft den vorwitzigen Spähern, die mit kecker Hand an ihrem Schleier zupfen, ein glänzendes Spielzeug hin, das sie verlockt und seine verderbliche Kraft gegen sie selbst richtet. – Ich erschlug einst ein Weib, in dem Augenblick, als ich wähnte, es in der höchsten Inbrunst aller Liebe zu umfangen. Das lähmte meine Kraft, und doch hoffte ich wahnsinniger Tor, noch auf irdisches Glück! – Leben Sie wohl, Marguerite! – Gehen Sie in Ihr Vaterland zurück. – Gehen Sie nach S. Der Chevalier von T. wird für Ihr Glück sorgen – Leben Sie wohl!«

Als Dagobert den Brief gelesen, fühlten sich alle von innerm Schauer durchbebt.

»So muß ich«, begann endlich die Obristin leise, »so muß ich an Dinge glauben, gegen die sich mein innerstes Gemüt sträubt. Aber gewiß ist es, daß es mir ganz unbegreiflich blieb, wie Angelika so bald ihren Moritz vergessen und sich ganz dem Grafen zuwenden konnte. Nicht entgangen ist mir indessen, daß sie sich fast beständig in einem exaltierten Zustande befand, und eben dies erfüllte mich mit den quälendsten Besorgnissen. Ich erinnere mich, daß sich Angelikas Neigung zum Grafen zuerst äußerte auf besondere Weise. Sie vertraute mir nämlich, wie sie beinahe in jeder Nacht von dem Grafen sehr lebhaft und angenehm träume.«

»Ganz recht«, nahm Dagobert das Wort, »Marguerite gestand mir ein, daß sie auf des Grafen Geheiß Nächte über bei Angelika zugebracht und leise, leise, mit lieblicher Stimme ihr des Grafen Namen ins Ohr gehaucht. Ja, der Graf selbst sei manchmal um Mitternacht in die Türe getreten, habe minutenlang den starren Blick auf die schlafende Angelika gerichtet, und sich dann wieder entfernt. – Doch bedarf es jetzt, da ich des Grafen bedeutungsvollen Brief vorgelesen, wohl noch eines Kommentars? – Gewiß ist es, daß er darauf ausging, durch allerlei geheime Künste auf das innere Gemüt psychisch zu wirken, und daß ihm dies vermöge besonderer Naturkraft gelang. Er stand mit dem Chevalier von T. in Verbindung, und gehörte zu jener unsichtbaren Schule, die in Frankreich und Italien einzelne Glieder zählt, und aus der alten P–schen Schule entstanden sein soll. – Auf seinen Anlaß hielt der Chevalier den Rittmeister fest in seinem Schlosse, und übte an ihm allerlei bösen Liebeszauber. – Ich könnte weiter eingehen in die geheimnisvollen Mittel, vermöge der der Graf wußte, sich des fremden psychischen Prinzips zu bemeistern, wie sie Marguerite mir entdeckte, ich könnte manches erklären aus einer Wissenschaft, die mir nicht unbekannt, deren Namen ich aber nicht nennen mag, aus Furcht mißverstanden zu werden – doch man erlasse mir dieses.wenigstens für heute.« – »O für immer«, rief die Obristin mit Begeisterung, »nichts mehr von dem finstern unbekannten Reich, wo das Grauen wohnt und das Entsetzen! – Dank der ewigen Macht des Himmels, die mein liebes Herzenskind gerettet, die uns befreit hat von dem unheimlichen Gast, der so verstörend in unser Haus trat.« – Man beschloß andern Tages nach der Stadt zurückzukehren. Nur der Obrist und Dagobert blieben, um die Beerdigung des Grafen zu besorgen.

Längst war Angelika des Rittmeisters glückliche Gattin. Da geschah es, daß an einem stürmischen Novemberabend die Familie mit Dagobert in demselben Saal am lodernden Kaminfeuer saß wie damals, als Graf S–i so gespenstisch durch die Türe hineinschritt. Wie damals heulten und pfiffen wunderliche Stimmen durcheinander, die der Sturmwind in den Rauchfängen aus dem Schlafe aufgestört. »Wißt ihr wohl noch«, fragte die Obristin mit leuchtenden Blicken – »erinnert ihr euch noch?« – »Nur keine Gespenstergeschichten!« rief der Obrist, aber Angelika und Moritz sprachen davon, was sie an jenem Abende empfunden, und wie sie schon damals sich über alle Maßen geliebt, und konnten nicht aufhören, des kleinsten Umstandes zu erwähnen, der sich damals begeben, wie in allem nur der reine Strahl ihrer Liebe sich abgespiegelt, und wie selbst die süßen Schauer des Grauens sich nur aus liebender sehnsüchtiger Brust erhoben, und wie nur der unheimliche Gast, von den gespenstischen Unkenstimmen verkündigt, alles Entsetzen über sie gebracht. »Ist es«, sprach Angelika, »ist es, mein Herzens-Moritz, denn nicht so, als wenn die seltsamen Töne des Sturmwindes, die sich eben jetzt hören lassen, gar freundlich zu uns von unserer Liebe sprächen?« »Ganz recht«, nahm Dagobert das Wort, »ganz recht, und selbst das Pfeifen und Zirpen und Zischen der Teemaschine klingt gar nicht im mindesten mehr graulich, sondern, wie mich dünkt, ungefähr so, als besänne sich das darin verschlossene artige Hausgeistlein auf ein hübsches Wiegenlied.«

Da barg Angelika das in hellen Rosenflammen aufglühende Antlitz, im Busen des überglücklichen Moritz. *Der* schlang aber den Arm um die holde Gattin und lispelte leise: »Gibt es denn noch hienieden eine höhere Seligkeit als diese?«

Zu dieser Ausgabe

insel taschenbuch 1880: E. T. A. Hoffmann, Spukgeschichten. *Die Automate:* Erstdruck in: Zeitung für die elegante Welt. 7.-16. April 1814; 1819 aufgenommen in die Sammlung »Die Serapions-Brüder«. Der vorliegende Text folgt der Ausgabe: E. T. A. Hoffmann, Werke. Zweiter Band. Insel Verlag Frankfurt am Main 1967, S. 352-378. Die Illustrationen folgen der Ausgabe: E. T. A. Hoffmann, Die Sera-pions-Brüder. Gesammelte Erzählungen und Märchen in vier Bänden. Mit einem Nachwort von Hartmut Steinecke und farbigen Illustrationen von Monika Wurmdobler. Zweiter Band. Insel Verlag Frankfurt am Main 1983 (insel taschenbuch 631); *Die Abenteuer der Silvester-Nacht:* Erstdruck: Fantasie-Stücke in Callots Manier. Band 4. Berlin 1815. Der vorliegende Text folgt der Ausgabe: E. T. A. Hoffmann, Werke. Erster Band. Insel Verlag Frankfurt am Main 1967, S. 204-232. Die Illustrationen folgen in Auswahl der Ausgabe: E. T. A. Hoffmann, Die Abenteuer der Silvester-Nacht. Insel Verlag Frankfurt am Main 1984 (insel taschenbuch 798); *Das Majorat:* Erstdruck in: Nachtstücke. Band 2. Berlin 1817. Der vorliegende Text folgt der Ausgabe: E. T. A. Hoffmann, Werke. Zweiter Band. Insel Verlag Frankfurt am Main 1967, S. 41-113. Die Illustrationen folgen in Auswahl der Ausgabe: E. T. A. Hoffmann, Das Majorat. Insel Verlag Frankfurt am Main 1988 (insel taschen-buch 1085); *Der unheimliche Gast:* Erstdruck in: Der Erzähler. Eine Unterhaltungsschrift für Gebildete. Berlin 1819. Der vorliegende Text folgt der Ausgabe: E. T. A. Hoffmann, Die Serapions-Brüder. Gesammelte Erzählungen und Märchen in vier Bänden. Mit Illu-strationen von Monika Wurmdobler und einem Nachwort von Hartmut Steinecke. Dritter Band. Insel Verlag Frankfurt am Main 1983 (insel taschenbuch 631), S. 791-844. Die Illustrationen folgen in Auswahl der Ausgabe: E. T. A. Hoffmann, Der unheimliche Gast. Insel Verlag Frankfurt am Main 1989 (insel taschenbuch 2302).

Klassische deutsche Literatur
im insel taschenbuch

161/1/12.95

Klassische deutsche Literatur
im insel taschenbuch

Klassische deutsche Literatur
im insel taschenbuch

Klassische deutsche Literatur
im insel taschenbuch

161/5/12.95

Klassische deutsche Literatur
im insel taschenbuch

Klassische deutsche Literatur
im insel taschenbuch

161/7/12.95

Biographien, Leben und Werk
im insel taschenbuch

162/1/12.95